Corinna John

Das Loch im Nichts

____

**Fortsetzung von
„Halbsichtigkeit" und „3D-Schock"**

____

____

Gibt es ein Leben außerhalb des Raums?

____

Mit Dank an

alle Linux- und LibreOffice-Entwickler,
weil ihr das Werkzeug zum Schreiben liefert.

die Fern-Universität in Hagen,
für inspirierende Mathe-Aufgaben.

alle hier Fehlenden,
weil ihr die Wichtigsten seid.

FSC
www.fsc.org
MIX
Papier aus ver-
antwortungsvollen
Quellen
Paper from
responsible sources
FSC® C105338

Wenn dir jemand Steine in den Weg legt, bau eine Treppe daraus, lautete ein altes Sprichwort. Galt das auch, wenn die Steine silbriger Stahl waren?

Halb blind tastete Julie sich in der jämmerlich beleuchteten Röhre voran. Der verdammte Hebel musste ganz in ihrer Nähe sein. Durch Luftlöcher in der rechten Wand fielen dünne Lichtstrahlen auf eine endlose Reihe von Sicherungen, Kabeln und Schaltern.

Die Erbauer dieser verkommenen Raumstation orientierten sich per Sonarsinn und benötigten keinerlei Beleuchtung. Daher war sie auf flackerndes Streulicht aus der Hafenhalle angewiesen; dem lang gestreckten, eintönigen Flur da draußen, wo Augentiere wie Namariden und Menschen zu ihren nummerierten, magnetisch gesicherten Portalen hetzten oder schwebende Container zum schwerelosen Marktplatz in der Radnabe der Station manövrierten.

Noch einmal verfluchte Julie den Tag, an dem sie beschlossen hatte hierher zu fliegen.

„Nishu, bist du überhaupt noch da?", flüsterte sie über die Schulter, „Hier, ich hab unseren Hebel gefunden."

Mit beiden Händen packte sie den kühlen, glatten Metallriegel und drückte. Nichts bewegte sich. Sie stemmte ihr ganzes Gewicht darauf, doch außer, dass ihre Handgelenke protestierten, tat sich wenig.

„Sie brauchen kein Licht, sind schwer wie Blei, wie

kann man so etwas eine interstellare Handelsstation konstruieren lassen?"

Normalerweise lief hier alles ferngesteuert. Blitzschnelle Gedankenbefehle ließen den Bordcomputer Tore öffnen und Atemluft anpassen, er interpolierte sie aus den Gehirnwellen der drei dominierenden Rassen. Doch genau diese Automatik hatte jemand ausgetrickst, hatte ihren Parkplatz entriegelt und ihren Hyperraum-Frachter besetzt.

Natürlich gab es weder Polizei noch Aufseher, denn die allgegenwärtige künstliche Intelligenz regelte den Betrieb automatisch. Natürlich wollte diese nichts von einem Alarm wissen, denn laut ihren Daten war ja alles in bester Ordnung. Also blieb ihnen nur, mit dem Backup-Schalter die Steuerung für ihre Parkzelle zu überbrücken.

„Mach mal Platz", flüsterte Nishu und kroch neben sie, „zu zweit geht es vielleicht."

Unter vier Armen gab der Hebel schließlich nach und rastete in Aus-Position ein. Erst jetzt, als das Stahlrohr still in ihrer Faust lag, fiel Julie auf, dass es vorher leise vibriert hatte. Wie alles in dem gespenstisch surrenden Gang. Während sie sich mit einer Hand die klebrigen, schwarzen Haarsträhnen aus dem Gesicht wischte, zog sie mit der anderen ihr Funkgerät aus der Tasche und klemmte es ans Ohr.

„Julie an Rihm, wir haben ihnen die Leitung gekappt. Wie ist dein Status?"

„Voll im Zeitplan", antwortete ihr eigener Hacker, der drei Tunnel weiter an einer Datenleitung hing. „Da drinnen wurde noch keine Abreiseprozedur gestartet, das heißt, sie sitzen jetzt fest."

Fast glaubte Julie, ein zufriedenes Grinsen zu hören. „Wenigstens das hat geklappt. Und wie weit bist du?"

Ein paar Sekunden blieb die Leitung still, Rihm prüfte seine Anzeigen. „Gib mir noch fünf Minuten und deren Parkplatz steht offen wie ein Scheunentor."

„Perfekt", antwortete Julie, „wir sehen uns also nachher zu Hause."

Kurz darauf sendete Rihms Lebenszeichen-Emulator einen neuen Satz gefälschter Messwerte an die zentrale Zugangskontrolle. Diesmal wurde der bunte Mix von an Überwachungsmikrofonen abgezapften Stimmen, aus Personenprofilen näherungsweise berechneten Bewegungsmustern und blind geratenem Füllmaterial anstandslos akzeptiert.

Rihm stand der Triumph ins Gesicht geschrieben, als sich in der Miniatur der Hafenhalle eine Parkzelle öffnete. Das System war nun überzeugt, der Besitzer des dort geparkten Schiffs stünde vor dem Tor.

Neben der Miniatur, die einen Meter über dem Fußboden in seinem virtuellen Raum schwebte, öffnete sich ein Fenster ins Betriebssystem. Mit einer routinierten Handgeste winkte er es heran, hielt dann aber inne und starrte in den Boden.

Die Unterseite seiner Werkstatt bestand aus unzähligen, halb transparenten Schichten, die verschiedene Informationen abbilden konnten. Ziemlich weit unten lief unter anderem ein Video des Marktplatzes.

„Rihm an Julie", sagte er in lautloser Zeichensprache zum Telefonfenster hinter sich, „wenn ihr gleich raus kommt, geht doch mal einen Umweg über den Markt. Zis ist gerade dort aufgetaucht."

„Na, wunderbar! Die lebt also auch noch?", zischte Matrose Nishu ins Funkgerät seiner Kommandantin. „Julie ist gerade damit beschäftigt, das Schloss zum Wartungstunnel von innen noch mal neu zu knacken." Eine kurze Pause, wahrscheinlich wartete er auf Julies Meinung. „Wir sehen uns nachher an der Frittenbude!"

Also ging es nicht gleich nach Hause zum Frachter, um die Piraten raus zu werfen und dieses interstellare Irrenhaus zu verlassen. Erst würden sie dem kleinen Tintenfisch Hallo sagen, ohne den beziehungsweise die es sie kaum jemals hierher verschlagen hätte.

Nun, wieso nicht? Ein Wenig Vorfreude auf warme Pommes im Hinterkopf, griff Rihm ins Systemfenster, stupste ein Speichersymbol an und klinkte sich aus. Die Welt schien sich zusammen zu ziehen, bevor sie verblasste und die flache Wirklichkeit wieder voll sichtbar wurde. Auch nach Jahren kam ihm diese Illusion noch seltsam vor.

Zis war Namaride, ein blauer, achtbeiniger, etwa dreißig Zentimeter hoher Kopffüßer. Julie hatte sie oder ihn einst auf Terra Nova getroffen und für den Rückflug ins heimische Sonnensystem als Aushilfe eingestellt, um die Laderäume gründlich aufzuräumen. In Uranus-3 war die Krake wieder von Bord gegangen, hatte bis dahin aber genug vom *Experiment Austausch-1* erzählt, dass die ganze

Besatzung es einmal selbst sehen wollte.

Überall sonst hatten die Völker kaum direkt miteinander zu tun, da dies von Architektur und Umweltbedingungen her schwierig war. Von brauchbarer Kommunikation ganz abgesehen. *Austausch-1* war eine Idee von Spinnern, Hippies und Sprachforschern, die auf unerklärliche Weise sogar umgesetzt wurde, genau hier, genau jetzt.

Die Flure konnten alle Atmosphären nachstellen, teilten sich bei Bedarf mit hauchdünnen Folien. Auf dem Marktplatz herrschte ein Mischklima, eng anliegende Druckanzüge und Konservenluft sorgten für den nötigsten Ausgleich. Was die Schwerkraft anging, hatte man sich an den Schwächsten orientiert. So hüpften alle Menschen und Ortalyen herrlich leicht durch die Gegend.

Vor der Luke zum Flur angekommen, fiel Rihm ein, dass er sein Datenstirnband noch auf hatte.

Man muss sich ja nicht sofort als Software-Bastler zu erkennen geben, überlegte er und steckte die kupfern blitzenden Elektroden in die Tasche.

Vor der Frittenbude hatte er wiedermal Schwierigkeiten, Personal und Haustiere auseinander zu halten. Seit man für einfache Tätigkeiten dressiertes Vieh einsetzte, war nicht mehr sofort erkennbar, ob beispielsweise der Papagei, der Holzgabeln verteilte und „Auf Wiedersehen" sagte, vom Koch bezahlt oder gefüttert wurde.

Julie und die übrigen Besatzungsmitglieder hatten sich bereits einen weiß mattierten, verwinkelt geschlängelten Stehtisch reserviert. Auf der Erde hätte man so einen Tisch langweilig rechteckig gebaut, aber hier würde die Mehrheit das schlicht hässlich finden. Als Rihm sich vorsichtig an einer namaridischen Gruppe vorbei schob, rückten die Menschen schon zusammen und machten einen Platz neben der Pilotin frei.

Vielleicht war der Weltraum doch nicht so langweilig wie anfangs befürchtet. Die meisten an diesem Tisch waren freiwillige Nomaden, sogar den heutigen Zwischenfall schienen sie im Nachhinein lustig zu finden. *Verrückte,* fand Rihm, *aber auch irre Vorbilder!*

Ursprünglich hatte er sich eine Karriere daheim auf der Erde ausgemalt. Die jedoch war innerhalb weniger Wochen zersplittert wie Eiszapfen, als er kurz nach dem Schulabschluss – Anfang Zwanzig musste er da gewesen sein – ein Mal den falschen Leuten vertraut hatte.

Aber das war nun fast sechs Jahre her und er war froh, überlebt zu haben. Dank Juliette, die zur perfekten Zeit den richtigen Ort angesteuert hatte.

Die Kauffrau und Pilotin war zwar genauso achtundzwanzig Jahre alt wie er, aber sie schien einen angeborenen Blick dafür zu haben, mit wem man Geschäfte machte und von wem man lieber die Finger ließ. Nicht umsonst leitete sie in so jungen Jahren schon ihre eigene kleine Spedition.

Zugegeben, der Frachter war fast historisch, von ihrem alten Lehrmeister geerbt. Aber dennoch ein Stück Autarkie.

„Super Arbeit hast du gerade geleistet", meinte sie strahlend in der hier üblichen Fingersprache. „Unser Zuhause dürfte bis auf Weiteres bewegungslos verriegelt sein, eventuell Geklautes holen wir uns nachher zurück. Wir können uns diesen Moment also leisten."

Dann schlang Julie einen Arm um seine Schultern und deutete mit dem anderen auf Zis, die vor ihr auf dem Tisch stand. „Seit ihr letzter Kapitän sie rausgeworfen hat, lebt sie hier von Gelegenheitsjobs. Nun ja, du hast doch sicher nichts dagegen ..."

Rihm duckte sich unter einem Servietten schleppenden Sittich und nickte Zis ergeben zu. „Klar, von mir aus kannst du mit uns fliegen."

Jemand schob ihm einen Pappteller mit heißen Kartoffelstäbchen zu und fragte dabei Julie, wann sie denn vorhabe, wieder startklar zu sein.

„Sobald wir mit den Pommes fertig sind, gehen wir aufräumen", antwortete sie, drückte eine der Knöpfe an ihrem Ärmel und beobachtete die Statusanzeigen, die daraufhin auf dem weißen Stoff erschienen.

„Der Kohlendioxid-Anteil in der Bordluft ist stabil bei sechs Prozent, so eine Mischung mag keine bekannte Rasse. Wer in unser Schiff eingebrochen ist, wird also kaum in der Lage sein, dort etwas kaputt zu machen."

„Und falls etwas fehlt", fügte Rihm hinzu, „finden wir es in ihren Laderäumen. Die biometrischen Daten von einem Berechtigten hab ich vorhin gespeichert."

Zwei Stunden später saß Julie endlich wieder auf dem Pilotensitz, den Navigationssensor auf der Stirn und vier Übersichten auf dem Bildschirm. Ilsina, ihre älteste Schülerin, saß daneben und startete gerade die Abreiseprozedur. Draußen mussten die Luftschleusen bereits ohrenbetäubend zischen.

Still lächelnd fragte die Pilotin sich, ob die vier Bewusstlosen, die sie vorhin einfach in die Halle geworfen hatten, bereits aufgewacht waren.

Ein großer Frühjahrsputz war sowieso längst fällig, fand sie. *Wie gut, dass wir gerade eine Aushilfe haben die das Chaos im vorderen Maschinenraum wieder aufräumt.*

Der grün aufleuchtende Rand der Luftschleuse riss sie aus ihren Gedanken. Noch fünf Sekunden bis zum Abflug. Durch die Karten und Zahlen auf der Frontscheibe hindurch sah man das äußere Portal: zwei schwere Halbkreise, die sich langsam auseinander schoben, um den Blick auf das Sternenmeer freizugeben.

„Tschüss, Pirateninsel!", formten Ilsinas Finger.

„So schlimm ist es nun wirklich nicht", zwinkerte Julie ihr zu, „vielleicht hätten wir einfach nicht so angeben sollen. Je mehr wir gestern Abend von unserem neuen Antrieb erzählt haben, desto schärfer wurden die Typen darauf."

„Dabei konnten sie ihn gar nicht finden …"

„… weil er noch nicht existiert!"

Die beiden Frauen schauten sich an und brachen plötzlich in unkontrolliertes Kichern aus. „In der Datenbank hätten sie suchen müssen, nicht im Maschinenraum! Über den schicken Entwurf ist hier doch noch gar nichts hinaus."

Das Licht war mies, wunderschön mies. So grell streifig und tief schattiert wie sie es heute brauchte.

Ein Zittern durchlief die Wand, als draußen die Bahn vorbei raste. Es raschelte im Regal, das rote Plastikherz fiel zu Boden. Durch die Schattenstreifen der Gardine sah es so schwarzweiß aus wie der Rest des Raums.

„Du Schlampe", flüsterte Lara zu sich selbst, als sie aufstand und das Regalbrett notdürftig aufräumte.

Eigentlich musste hier nichts herunter fallen. Die Wand sollte nicht mal vibrieren. Aber sie war seit Tagen zu träge, um das Problem zu melden.

Schon saß sie wieder an ihrem Arbeitsplatz. Einem Drehstuhl vor einem schwarzen Hohlraum, ihrem Blickfeld füllenden 3D-Bildschirm. Alle Büros auf dem Flur waren so eingerichtet, weil die Vorgesetzten es für praktisch hielten, wenn ihre Leute offline arbeiteten. Sie sollten jederzeit ansprechbar sein. Wer ständig in die Simulation abtauchte, galt als schwer greifbar. Dass sie offline weniger Arbeit schafften, war im öffentlichen Dienst anscheinend egal.

Für die Transportbehörde entwarf sie die Innenausstattung einer neuen Tunnelbahn. Dinge zu zeichnen, die sich als reale Gegenstände bauen ließen, fiel ihr schwerer als gedacht. Immerhin hatte ihre Skizze „Blaues Glas" den Design-Wettbewerb gewonnen. Aber für die konkrete Umsetzung fiel so viel weg! Besonders die unscharfen Oberflächen, welche die Vorstellung in ihrem Kopf erst schön machten, ließen sich mit keinem existierenden Werkstoff herstellen.

Mit Handgesten navigierte sie durch das Modell ihres Waggons. Die feine Naht zwischen Sitzen und Polstern war nicht mehr zu erkennen, die blauen

Schlieren der Teile flossen ineinander über. Blaues Glas, überall. Immerhin wurde mehrfarbiges Gel für die Polster zugelassen. Die Muster in allen erdenklichen Blautönen sollten ständig in Bewegung sein. Ein Anblick im Fluss, so sanft beweglich wie die Bahn selbst.

Die nächste echte Bahn fuhr hinter der Wand vorbei. Diesmal hielt ihre Unordnung das Zittern aus. Da sie die Wirklichkeit hinter ihrem Rücken nun wirklich nicht mehr bewachen musste, holte sie das Neural-Interface aus der Schublade, setzte das Stirnband auf und tauchte in die vollständige Simulation ab.

Schillernd glitt Hochglanzboden unter ihr hinweg, während sie zwischen Sitzreihen entlang schlenderte. Schmutzabweisend, selbstreinigend, rutschfest. Sie legte nur die Eigenschaften fest. Einen passenden Rohstoff wählte das Programm dann aus.

Stimmte das Geräusch, wenn man sich setzte, wenn man aufstand? Wie klangen die Türen? Die Haltegriffe an den Stehplätzen dufteten rosig, die Polster eher wie Metall. Die Flächen vor den Türen rochen dezent nach Essigreiniger.

Das war wichtig, damit Fahrgäste von sich aus die Türen frei hielten. Wer seinen Sitzplatz für Senioren her gab, sollte im Stehen das unterschwellige Gefühl bekommen, dass dies sowieso besser sei.

Noch blöder als Materie waren die altmodischen Kollegen. Natürlich würde es in den Waggons öffentlichen Netzzugang geben. Lara hatte deshalb vorgeschlagen, den Passagieren die gerade online waren die aufdringlichen Durchsagen zu ersparen.

Welche Station nahte, was der Leitstand durchsagen wollte, das sollte die Bahn ihnen direkt in die Gedanken schreiben. Sie würden alles Wichtige einfach im richtigen Moment wissen, ohne das Gefühl zu haben, von oben herab belehrt zu werden.

Aber die Chefplaner hatten es geschlossen abgelehnt. Das sei angeblich inakzeptabel, ein dreister Eingriff in die Persönlichkeit. Selbst wenn es technisch möglich sei, dürfe man Menschen nicht einfach so beschreiben.

Dass so gut wie jeder hin und wieder ein Gedächtnis-Upgrade aufsetzte, ließen die Bürokraten nicht gelten. Denn deren ordnungsgemäß deklarierter Inhalt war sorgfältig geprüft. Nur Gebäudepläne, Öffnungszeiten, eben statischer Kleinkram stand darin. Ein Benutzer wählte sein Upgrade bewusst aus, das Wissen darin konnte nur an der Ladestation verändert werden. Das sei etwas völlig anderes, als Gedanken irgendwie bei Bedarf zu versenden.

Nun, es war technisch möglich. Lara kannte gute Freunde, die seit Jahren auf eben dieser Software saßen. Dass bisher nur unbekannte Künstler sie nutzten, lag ausschließlich an den ewig gestrigen Ethikkommissionen, die jede Veröffentlichung des so genannten Emotionsexportformats blockierten.

Also wurde es nur heimlich unter Bekannten weitergereicht. Wer die wunderbare Möglichkeit nutzen wollte, sich direkt in gespeicherten Gefühlen oder Gedankeneinheiten auszutauschen, musste jemanden kennen, der die Schnittstelle bereits besaß.

Langsam fragte sie sich, warum sie diese Stelle

überhaupt angenommen hatte. Falls sie tatsächlich Geld gebraucht hatte, fiel ihr gar nicht mehr ein, wofür überhaupt.

Zurück zur Arbeit – da endete der Waggon, mit einer Art von Führerhaus an der Front. „Träum nicht so viel, prüf den Entwurf, du Schlampe."

Irgendwie wollte sie vor sich selbst nicht zugeben, dass sie es nur geschafft haben wollte, aus eigener Kraft Geld zu verdienen. Mit einem Job den kein älterer Freund ihr vermittelt hatte. Mit einem Auftrag den sie sich ganz allein organisiert hatte.

Egal, immerhin war es Zeichnen. Weder Benutzer-Oberflächen noch Programmierung, aber zumindest etwas mit Grafik.

„Träum nicht so viel, prüf den Entwurf, du Schlampe." Sorgfältig prüfte sie das Geräusch der Tür zum Aufenthaltsraum der Zugaufsicht. Einen Fahrer benötigte die Tunnelbahn nicht. Die Aufsicht passte normalerweise mehr auf die Passagiere auf, als auf den ohnehin reibungslosen Verkehr.

Wände und Tür schimmerten im gleichen, glasigen Dunkelblau, zarte Schlieren leuchteten darin, die hellsten umrissen den Türrahmen. Das Schloss würde rein physikalisch nach klickendem Klappern klingen. Zu billig. Deshalb ließ sie die Bewegung von einem Ton begleiten, der das echte Geräusch genau so überlagerte, dass ein sanftes Zischen daraus wurde.

Von hier aus konnte die Zugaufsicht alle Waggons überblicken, sowie Meldungen vom Leitstand empfangen. Es wäre ein perfekter Anwendungsfall gewesen, vielleicht der Durchbruch für das

Gedankenexportformat:

Der Leitstand schickte einen Gedanken und der Aufseher kannte sofort die komplette Lage, ohne erst etwas anhören und begreifen zu müssen. Bei einem Vorfall im Tunnel müsste er nur in den Waggon schauen und seinen Gesamteindruck an den Leitstand schicken, ohne zeitraubende Gespräche.

Aber nein, stattdessen sollte dieselbe Technik wie vor zwanzig Jahren verbaut werden. Das Sicherheitsrisiko bei direktem Zugriff auf den menschlichen Geist sei zu hoch. Ja, klar, das Risiko durch langes Gelaber und unvollständige Information bei einem Unfall war wohl kleiner.

Wurde wenigstens niemand vom Motorgeräusch belästigt? Mit einer schnellen Handgeste ließ sie die Bahn anfahren, beschleunigen – was sollte das denn jetzt? Sie hatte die Klangüberlagerung gestern erst justiert, das Fahrgeräusch war ein samtiges Summen gewesen. Jetzt kratzte es wieder von den Rädern her.

Sofort unterbrach sie die simulierte Fahrt. Eine weitere Handgeste öffnete die Skript-Konsole, als Textfenster mitten in der Luft.

Wieder so eine Sache, die sie am Konstruieren realer Gegenstände nervte. Kaum bereinigte man ein Detail, hatte es Seiteneffekte auf ein anderes. Wahrscheinlich war es die winzige Korrektur an der Form der Fenster, die nun den Zug minimal anders vibrieren ließ, was ihr das ganze Motorsummen zerkratzte.

Sie wollte dringend wieder virtuelle Dinge basteln, die ließen sich braver programmieren – egal, diesen Job würde sie durchziehen. Immerhin hatte Sound-

Design etwas von Programmierung.

Im Skript für die Tonüberlagerung suchte sie den Code für die Überlagerungsfrequenzen. Das Schleifen musste gemessen und mit einem Gegenschall überlagert werden. Schließlich schleifte kein echtes Teil; und wenn schon, abgenutzte Stellen würden immer wieder vorkommen, das durfte man nicht unschön hören.

So betrachtet reichte es gar nicht, das Geräusch für einen brandneuen Waggon abzurunden. Ein Programm musste her, das Störgeräusche automatisch erkannte und ausglich. Lara vertiefte sich in den Code, zog das Fenster immer näher heran.

Schließlich wurde ihr die Textansicht zu dumm. Ohne darüber nachzudenken, stellte sie sich die sieben Hebel vor. Die ersten beiden waren herunter geklappt, Stufe zwei der Simulation. Routiniert stupste sie drei weitere herunter.

Ideen setzte sie immer in Stufe fünf um. Denn drei Raumdimensionen waren erbärmlich flach.

Das Universum mit der Innenausstattung dämmerte jetzt am Rande ihres Bewusstseins. Das Fahrgeräusch visualisierte sie auf zwei neuen Dimensionen, das Volumen darüber wurde von der Struktur ihres Programms ausgefüllt. In diesem sechsdimensionalen Arbeitsraum konnte sie endlich vernünftig schreiben.

Mit der Geschicklichkeit eines alten Hackers zog sie Verbindungen; Sensoren hier, Tongeneratoren dort, Dämpfer und ein wenig Dekorationsduft. Warum sollte der Zug nicht umso frischer riechen, je älter die Räder klangen?

Nach zwei Minuten war das Skript fertig. Lara schaltete die drei Extra-Dimensionen wieder ab und ließ den Zug weiter rollen. Endlich hörte er sich an wie Samt.

Das hieß, sie konnte den Entwurf rechtzeitig abgeben. Mit einem Gedanken an ihre Eingangshalle beendete sie die Simulation. Der blaue Waggon verschwand um sie herum. Dafür stand sie in ihrem gewohnten Übersichtsraum, zwischen neuen Nachrichten und abgelegten Memos.

Das frisch aktualisierte Tunnelbahn-Objekt lag als kleiner Würfel in der Ecke für aktuelle Aufgaben. Sie sammelte ihn auf, warf ihn in ein neues Memo und schickte es ab. Damit war die Aufgaben-Ecke leer, das bedeutete Feierabend.

Sie nahm das Stirnband ab und schaute sich vorsichtig um. Hoffentlich hatte in der Zwischenzeit kein Rückständiger versucht, persönlich in ihr Büro zu kommen, um hier mir ihr zu reden.

Nach dem Ausflug in den tieferen Raum fühlte sich ihr Büro so flach wie farblos an. Länge, Breite, Höhe, so konnte sie nicht arbeiten. Um etwas zu konstruieren, brauchte sie einfach mehr Richtungen.

Für heute hatte sie jedenfalls frei. Plötzlich spürte sie, wie dieser Bürokomplex sie einengte; überhaupt waren die ganzen Verwaltungsetagen grau, viel zu viele Wände – nichts wie raus in die Waldetagen!

Laras Lieblingswald wuchs auf Etage 307, nur sieben Ebenen über den höchsten Dörfern. Dort hatte sie schon als Kind gespielt, bevor sie zum ersten Mal ein Neural-Interface in die Finger bekommen hatte. Denn 307 war über einen Treppen-Baum mit ihrem Heimatdorf verbunden.

Wenn man direkt darunter stand, sah ihr Treppen-Baum aus wie eine besonders hohe Linde an der Hauptstraße, mit völlig undurchsichtiger Krone. Man öffnete eine unsichtbare Tür im Stamm, stellte sich auf die rotierende Wendeltreppe und ließ sich mehrere Etagen weit nach oben tragen. Ein Spaß für Spaziergänger, die nicht immer den überfüllten Aufzug nehmen wollten.

Während sie über ihre Kindheit und den Wald sinnierte, verließ Lara die Transportbehörde und sprang auf das Laufband in Richtung Außenwand. Deutschland hatte, wie fast jedes Land, vier Hauptaufzüge. Der Nord-Lift lag am nächsten und war nicht zu verfehlen, wenn man stumpf im Strom des Berufsverkehrs schwamm.

Sie hasste Berufsverkehr. Zum Glück war sie früh fertig geworden, noch war es nicht allzu voll. Am Endpunkt hüpfte sie vom Laufband und wartete mit den anderen Büromenschen auf den nördlichen Aufzug. Eine graue Null unter vielen. Nach einem weiteren sinnlosen Arbeitstag.

Wer brauchte eigentlich eine überholte Tunnelbahn? Die Alte fuhr genauso gut und Mode war ohnehin vergänglich. Bevor sie sich fragen konnte, weshalb sie aus eigener Kraft nur überflüssige Arbeit fand, folgte sie schon der Masse in die Fahrstuhlkabine.

Mit Etage 41 begannen die Städte. Nach und nach leerte der Fahrstuhl sich. Bei 66 überlegte Lara, ob sie lieber nach Hause gehen sollte. Sie bewohnte dort eine Kammer in einer Künstler-Wohngemeinschaft. Künstler ... immerhin machte sie etwas mit Grafik. Und heute fühlte sie sich nur nach Wald.

Jugendliche mit peinlich modernen Frisuren, ältere Leute mit Einkaufstaschen, Haustiere mit ihren Besitzern. Im Aufzug wurde es immer bunter, bis bei Etage 160 die ländliche Gegend begann. Die letzten Dorfbewohner stiegen aus. Ab 300 gab es nur noch Gärten, Parks und anderes Grünzeug. Wer hier nicht ausstieg, wollte weg; denn darüber kam nur noch der Flughafen.

Fünfhundert Etagen, fünf Kilometer Haus, das Ganze 220 Mal auf der Erde. Wie lang und breit war ein Land noch mal? Etage 307, nichts wie raus ins Grüne!

Die Luft duftete blau-grün, frisches Laub, feuchter Boden. Lara atmete tief ein und wartete, bis die drei anderen Ausgestiegenen einen Weg eingeschlagen hatten. Zwei Hundebesitzer verschwanden nach links, der Jogger im rosa Trikot trabte nach rechts davon. Also nahm sie den Waldweg geradeaus, um ihre Ruhe zu haben.

Alte Laubbäume warfen Schatten aufs Unterholz. Dazwischen entdeckte sie Buschwindröschen. Das musste diese neue Sorte sein, die ohne Licht auskam und den ganzen Sommer lang blühen konnte. Weit darüber zwitscherte ein Buchfink seine gelb geringelte Melodie. Sie riss ein Buchenblatt von einem tief hängenden Zweig und kaute darauf herum, bis sich vor ihr eine kleine Lichtung öffnete.

Warmes Licht flutete die Wiese, doch der gleichmäßig bewässerte Boden blieb schön feucht.

Am Rand der Lichtung hatte sich ein Moosteppich gebildet. Das nahm Lara als Einladung, sich weich in die Sonne zu legen.

Übers Jahr nahm die Beleuchtung die Farben des natürlichen Sonnenlichts an. Jetzt im Sommer fühlte sich der hohe Ultraviolett-Anteil richtig lebendig an. Wie tausend Goldtropfen auf der Haut, die einsickerten und die Trägheit vertrieben.

Moos und frische Erde mischten sich zu einem Duft, dem sie stundenlang hätte zusehen können. Dieses Dunkelblau, durchzogen von hellen Schlieren bis hin zu Weiß, bei jedem Windhauch in Bewegung – in diesem Muster hatte sie schon einige virtuelle Kunstwerke eingefärbt. Natürlich war auch ihr Tunnelbahn-Waggon ganz an Moos und Erde entlang entworfen. Doch Letzterer hätte gerade nicht weiter weg sein können.

Ein Schleier glitt über ihre geschlossenen Augen. War schon Zeit für die Abenddämmerung? Nein, jemand stand in ihrer Sonne. Träge öffnete Lara ein Auge, dann langsam das zweite.

Sie brauchte ein paar Sekunden, um die Person zu erkennen, die aufrecht neben ihr stand. In lautlosem Interstellar redete Ilsina daher, auf der Schulter trug sie ihren namaridischen Kollegen. Die beiden waren Arbeiter auf einem Weltraum-Frachtschiff, auf dem sie jemanden kannte. Was zum Blackout hatten sie hier zu suchen?

„Ich kann immer noch keine Fingersprache … aber toll, euch persönlich zu treffen!"

Die beiden Matrosen warfen sich nichtssagende

Blicke zu. Ilsina trug ausnahmsweise keinen weißen Anzug, sondern ortsübliche Frauenkleider. Der achtarmige Winzling auf ihrer Schulter steckte wie immer in seiner Uniform.

„Was führt euch her?", Lara stand ungeschickt auf. Von der Überraschung war ihr fast schwindlig.

Automatisch begann Ilsina erst mit den Fingern zu reden, dann riss sie sich zusammen und wechselte zu Lautsprache.

„Das Raumschiff wird gerade repariert", erklärte sie mit dem Akzent von jemandem der sonst nie sprach. „Rihm arbeitet mit den Handwerkern, der Rest von uns macht Urlaub."

Rihm war der alte Bekannte, über den sie Kontakt zu dieser Mannschaft pflegte. Ihm so unvorbereitet über den Weg zu laufen, wäre sicher unbequem gewesen.

Glück gehabt, dachte Lara, dass sie stattdessen nur den beiden wortkargen Plaudertaschen begegnete. Auch wenn es sie nervös machte, dass sie kein Wort von dem verstand, was dort in Interstellar mit Fingern oder blauen Ärmchen gequasselt wurde.

Zu dritt gingen sie weiter durch den Wald. Nun bekam Lara mit, dass die Besitzerin des Frachters die Tage nutzte, um Geschäftspartner zu treffen. Juliette war die Freundin von Rihm und Chefin der sechs Mitarbeiter. Und nein, niemand hatte Lara gezielt gesucht, alles reiner Zufall.

„Das ist übrigens Zis", stellte Ilsina ihre Begleitung vor. Der blaue Kopffüßer winkte höflich. „Sie lässt fragen, was du so machst."

Gemeine Falle! War sie nicht für eine Pause hierher

gekommen? Tiefer und tiefer sinken, das tat sie in letzter Zeit. Angefangen hatte sie vor fünf Jahren, im Wettstreit mit einer neuseeländischen Hackergruppe um die breiteste Massenverarbeitung.

Damals hatte sie noch studiert, so dass sie Zugang zum Bio-Assembler ihrer Hochschule hatte. Immer gewagtere Drogen hatte sie heimlich synthetisiert, um ihr Bewusstsein auf das nötige Niveau zu erweitern.

Nach ein paar Unfällen war sie aufgeflogen, ihr Hausverbot galt noch bis nächstes Jahr. Die Neuseeländer hatten daraufhin Angst bekommen und ihre Aufzeichnungen vorauseilend veröffentlicht. Deren Universität war aufgeschlossener und stellte daraufhin sogar Forschungsmittel bereit. Denn der Ansatz sei faszinierend, nur vernünftige Rahmenbedingungen müssten geschaffen werden.

„Eigentlich nichts", meinte sie schließlich, „also, ich arbeite gerade an nichts Konkretem."

Das traf es am besten. Seit drei Jahren lebte sie von der Grundversorgung und redete sich ein, ihr Studium sei nicht ab- sondern nur unterbrochen. Ab und zu wollte sie ein neues Projekt beginnen, brauchte Startkapital und ließ sich von ihren alten Kontakten einen tollen, aber kurzfristigen Job vermitteln.

Das wurde langsam peinlich, doch ohne Hilfe ihrer Beziehungen bekam sie nur minderwertige Arbeit. Ihr Lebenslauf sah einfach zu ungehobelt aus. Also, nicht objektiv minderwertig, jedoch gefühlt unter ihrer Würde.

Die uninteressante Arbeit stumpfte sie stets

dermaßen ab, dass sie keine Lust mehr auf das Projekt hatte das sie damit finanzieren wollte. Also tat sie wieder nichts, bis der Kreis von vorn begann. Doch davon musste weder Zis noch der Rest der *Vereinigung interplanetarischer Gütertransport* erfahren.

„Da vorne ist ein Geheimgang, den müsst ihr sehen", versuchte sie das Thema zu wechseln, als der Treppen-Baum in Sichtweite kam.

„Glauben wir nicht."

„Klar ist das ein Geheimgang ..."

„Nein, dass du nichts tust."

Konnte Ilsina nicht endlich Ruhe geben? Lara blieb vor dem Baumstamm stehen und tastete nach der getarnten Tür.

„Eine Abkürzung in die nächsten Dörfer. Los, fahren wir runter!"

Sie ließ dem Frachter-Team den Vortritt, so dass sie eine Stufe über ihnen auf der Fahrtreppe stand. Zis kletterte von Ilsinas Schulter über die Hand und fuhr auf dem Geländer. Die beiden führten einen pausenlosen Dialog, ihre Finger respektive Ärmchen hielten niemals ganz still.

Lara wusste nicht ganz, ob sie sich dumm oder ausgeschlossen fühlen sollte, weil sie immer zu faul gewesen war Interstellar zu lernen. Diese angeblich ganz leichte Sprache, die lautlos funktionierte und von allen raumfahrenden Wesen artikuliert werden konnte.

„Mal ehrlich", hakte Ilsina nach, „ihr habt die Medikamente mit entwickelt, mit denen Kollege Rihm wieder hören gelernt hat. Und wie nebenbei diese Software, die einen ganzen Lagerbestand in ein Gedankenpaket komprimiert, so dass wir da draußen viel geordneter arbeiten können."

Sie drehte den Kopf, um Lara direkt anzuschauen. „Die Neuseeländer führen den Kram mit staatlicher Förderung weiter. An der Hochschule. Und du bist raus?"

Weil ich am falschen Ende der Erde wohne, flüsterte es in Laras Kopf. Konnte man das so sagen? Besser ließ sich die Sache jedenfalls kaum zusammenfassen.

„Ja, weil ich am verdammten falschen Ende der Erde wohne."

In einem Land, durch das bald blaue Züge fahren würden, während anderswo die nächste Generation von Neural-Interfaces entwickelt wurde.

Zis gestikulierte, Ilsina übersetzte. „Wie alt bist du, dreiundzwanzig?"

„Vierundzwanzig. Was hat Alter mit Nichtstun zu tun?" Lara spielte nervös an ihren dunkelroten Locken und war froh, dass sie nicht nach Details gefragt wurde.

„Nun, es wäre schade, so jung zu verblöden. Du könntest uns nach Aufträgen herum horchen lassen. Wir sind zwar auch alte Kontakte, aber uns hast du noch nicht peinlich oft gebeten."

Das Team schaute sich an und kicherte. Dann übersetzte die Menschenfrau den nächsten Spruch.

„Du könntest auch alles hinschmeißen und eine völlig neue Ausbildung anfangen. Wir kommen gleich in einem Dorf raus, ja? Dann fragen wir den erstbesten Bauern ..."

„... danke, aber dort stamme ich her. Ich könnte die

Gärtnerei meiner Eltern übernehmen, aber danke, dann hocke ich lieber weiter in unserer Künstler-Kommune und lebe von Grundversorgung."

„Erdlinge!", seufzte Ilsina. „Woher diese Aversion gegen den Beruf der Eltern? Meine Mutter war Raumschiffpilotin, mein Vater war Maschinist, meine Großeltern waren ..."

„Ist ja schon gut!" Endlich sah Lara die nächste Tür. „Hier können wir wieder raus. Und nein, ich habe nichts gegen Pflanzen. Die ganze Außenwelt liegt mir einfach nicht, ich kann nur online vernünftig arbeiten."

„Tristan, noch zwei mit Schokolade!", schallte es aus Richtung der Ladentheke.

Der Küchenhelfer hob zwei Eistörtchen auf schneeweiße Teller und griff zur Schoko-Soße. „Schon fertig!" Die Arbeit gefiel ihm jeden Tag besser. Sie war so friedlich. Erstmals erlebte Tristan den Luxus von Routine.

Freilich änderte das nichts daran, dass er hier fest saß. Das Restaurant war sein Versteck, die Rolle des netten Küchenhelfers die schnellste Tarnung die er sich hatte zulegen können. Er würde sie nur ein paar Tage oder Wochen spielen. Dann würden seine Leute ihn garantiert abholen. Oder ihm irgendwie mitteilen, wo er sie zu finden hatte.

„Tristan, der Nachschub ist da. Kontrollierst du bitte die Lieferscheine?" Diesmal rief der Chef.

Brav ging er in den Kühlraum, prüfte Vorräte und Lieferscheine gegeneinander. Dann kam wieder einer dieser kritischen Momente, in denen er hoffte, nichts unterschreiben zu müssen. Seine Identität war zwar von Profis gefälscht. Aber die hatten so schnell geliefert, dass Tristan sich nicht vorstellen konnte, dass sie auch sorgfältig gearbeitet hatten.

Zum Glück brauchte der Roboter des Kühlprodukte-Zentrallagers keinen Fingerabdruck. Das Siegel des Restaurants genügte, damit er grün blinkend zum nächsten Laden weiterzog. Erleichtert schloss Tristan den Kühlraum ab, lehnte sich gegen die Tür und atmete tief durch. Erst als sein Spiegelbild in den Kachelwänden keine Unsicherheit mehr verriet, ging er zurück in die Küche.

Was würde passieren, wenn sie sich nie meldeten? Dann könnte er hier bleiben, solange es gut ging. Er ertappte sich selbst dabei, wie ihm diese Vorstellung gefiel. Ein ruhiges Leben mit geregeltem Einkommen. Wenn er lange genug unauffällig blieb, könnte er vielleicht einen Härtefallantrag stellen und seine neue Identität offiziell anerkennen lassen. Wie viele Jahre guter Führung man dafür wohl brauchte?

Schnell wischte er den Gedanken beiseite, während seine Hände das nächste Eistörtchen mit Zuckerschrift überzogen. Wenn seine Leute noch lebten, würden sie ihn überall finden.

Im Hafen ging ein Arbeitstag seinem Ende zu. Die Handwerker verabschiedeten sich. Rihm lobte ihr Werk, damit sie morgen pünktlich wieder erschienen. Anschließend prüfte er jede Schraube persönlich. Schließlich gehörte das Schiff seiner Julie und sie hatte ihm die Reparatur übertragen. Das war kein Auftrag, sondern ein Vertrauensbeweis.

Wann tauchte sie endlich wieder auf? Das blau-weiße Duett, ihre beiden *Mädel für alles*, hatte vorhin vorbei geschaut. Laut ihnen verhandelte Julie mit einem Bauunternehmen über eine Serie von Transportflügen.

Seine Kontrollrunde führte durch den Laderaum, welcher sich endlich wieder versiegeln ließ. Neulich hatten Einbrecher das Schloss demoliert. Vorher hatte er nicht mal gewusst, dass es Raumschiff-Diebe überhaupt gab. Aber in dieser letzten Ecke des Alls, die Julie *mal ausprobieren* wollte, war offenbar alles möglich.

Was hatten die Schiffsmädchen noch erwähnt? Ach ja, hier im Turm wohnte auch die kleine Lara. Sie war noch nicht endgültig durch die Maschen gefallen, darum würde Ilsina herum plaudern und Leute mit eventuellen Projekten für sie hier herauf schicken.

Vielleicht war es gut, wenn die eventuell suchenden Leute jemanden zum Ansprechen vorfanden. Also kletterte er an die Decke des Laderaums, dort durch einen Notausstieg nach draußen. Vom Dach des Mittelklasse-Transporters konnte er die Hafenhalle gut überblicken. Hier oben machte er es sich bequem und packte sein Abendessen aus.

Der frisch polierte Lack strahlte genauso weiß wie sein Reiseanzug. Die Wand dahinter war ebenfalls weiß verkleidet. Ob man so unsichtbar werden konnte? Von Weitem sah man bestimmt nur seine schulterlangen, schwarzen Haare. Und eine rote Brotdose.

Die Ruhe hielt genau ein Brötchen lang. Als Rihm aufschaute, stand ein dürrer Typ mit grauem

Kurzhaarschnitt vor dem Landeplatz, als suchte er die üblichen Tafeln mit Stellenangeboten. Hier gab es keine, denn Julie hatte genug Personal.

Wenn der Typ etwas anderes wollte, sollte er es gefälligst sagen. Rihm hatte absolut keine Lust, ihn von sich aus anzusprechen. Denn bei geheimnisvollen Fremden schrillten in seinem Kopf sämtliche Alarmglocken.

Fünf Jahre war der prägende Überfall durch geheimnisvolle Fremde inzwischen her. Gerade hatte er alle Medikamente abgesetzt, konnte sogar wieder ausreichend gut hören. Das Misstrauen blieb. Anders ausgedrückt, er hatte aus der Erfahrung gelernt.

Mit gemischten Gefühlen beobachtete er den Besucher. Der schleppte eine Aura aus Unsicherheit durch die Halle, durch die hindurch er dreimal zu Rihm aufschauen musste, bis er endlich den Mund aufmachte.

„Ich komme wegen der Software-Sache", begann der Typ zögerlich. „Jemand sagte, ich solle mich an Leute von deinem Frachter wenden, mit unlösbaren Problemen und so."

„*Jemand* ist gerade nicht hier", antwortete Rihm von oben herab, „aber ich helfe gern weiter. Was genau ist denn unlösbar?"

Ja, es war eine gute Idee, die Auftraggeber zu filtern. Lara allein konnte bestimmt nicht abschätzen, ob sie es mit einem Spinner zu tun hatte.

Er kletterte am Schiff herunter und sprang den letzten Meter zu Boden. So konnten sie sich leiser unterhalten. Als er sich gezielt an den Torbogen der Luftschleuse lehnte, achtete er sehr darauf, dass dies beiläufig aussah.

Falls der Fremde es überhaupt bemerkte, sollte er denken, dass er rein zufällig auf der anderen Seite davon stand. Bei einer falschen Bewegung konnte er die Schleuse blitzschnell schließen lassen. Irgendwie hielt er sich selbst für paranoid, aber schlechte Erfahrungen ließen sich eben nicht ausradieren.

„Ich muss jemanden im Italien-Turm kontaktieren", deutete der Besucher an, „und zwar anonym."

„Du brauchst also ein gefälschtes Profil?" Beinahe hätte Rihm hinzugefügt, dass er das an einem halben Tag erledigen könne. Aber erstens ging es um anständige Jobs, zweitens um welche für Lara.

„Leider nein", meinte der Typ, „einem anonymen Gegenüber würde er nicht vertrauen. Da könnte ja jeder kommen und sich als jeder ausgeben."

„Dann hättet ihr bei Zeiten eine Parole ausmachen müssen … gibt es keine persönlichen Details die nur du kennst?" Es konnte nicht schaden, ihn etwas auf die Probe zu stellen.

„Bitte nimm mich ernst", plötzlich zitterte dem Fremden auch noch die Stimme, „wenn möglicherweise jemand mithört, kann ich nicht auch noch persönliche Details in Klartext erzählen. Die werden sonst mitgeschrieben, danach kann sie jeder nachplappern, sie taugen also nicht mehr als Nachweis. Und weil das schon passiert sein kann, taugen sie überhaupt nicht."

„So so, jemand hört mit." War wirklich nur er paranoid? „Dann öffne dafür doch einen verschlüsselten Raum. Das sollte man sowieso tun, bevor man im Netz etwas Privates ausspricht. Warum kannst du eigentlich nicht dein echtes Bürgerprofil benutzen?"

Der grauhaarige Typ seufzte, blieb aber ernst. Wenn er nicht blöd war, musste er merkten, dass er gerade auf Ernsthaftigkeit überprüft wurde.

„Ich habe Grund zu der Annahme, dass eine Behörde mich auf dem Schirm hat. Weil die vermutet, dass ich jemanden kenne, der gesucht wird. Alles klar?"

Eine Atempause verging. „Ja, klar. Und?"

„Und sobald ich im Netz mit jemandem rede, hinterlasse ich Spuren in einem Log. Egal ob der Raum verschlüsselt ist oder nicht."

Noch eine Atempause. „Ist klar. Und mit einem gehackten Profil?"

„Dann vertraut die Person mir nicht. Weil dahinter jeder stehen kann und man sich persönliches Wissen auch … anders beschaffen kann. Außerdem will ich nichts Illegales an einem Netzzugang machen, an dem nachweisbar ist, dass ich ihn benutzt habe."

Nichts Illegales? Optimal! Dann war es ein Job für Lara. „Für illegalen Scheiß wären wir auch nicht zu haben", erwiderte Rihm, wobei ihm unwillkürlich ein Lächeln ins Gesicht kroch.

Eine Sekunde darauf musste er sich konzentrieren, um das Lächeln stabil zu halten. Er verstand jetzt, worauf sein Gegenüber hinaus wollte. Ja, er hatte dasselbe bereits geschafft. Eine Erinnerung, auf die er definitiv keine Lust hatte.

Ziemlich genau fünf Jahre war es her, dass … Fremde mit seltsamen Aufträgen, wie der da … ihm diesen verdammten Chip implantiert hatten, der seine Wahrnehmung nicht nur anzapfen, sondern komplett überschreiben konnte. Verschlüsseln, Bekannten im Netz vertrauen, absolut ausgeschlossen. Er hatte die Kristallstruktur von Fensterscheiben in digitalen Kunstwerken verschoben, um unerkannt mit der Außenwelt zu kommunizieren.

Doch dieser Weg war längst nicht mehr geheim. Im Gegenteil, in der Szene hatte er unfreiwillig eine Art von Mode losgetreten. Botschaften in physikalisch unmöglichen Verzerrungen in virtueller Materie zu kodieren, hatte sich nach seiner Flucht zum Untergrund-Trend entwickelt, so dass es heute jedem Insider auffallen musste.

Aber er musste ja auch keine Lösung finden. Schon morgen Abend würde sich diese schöne Luftschleuse schließen. Mit irdischen Problemen konnte sich dann Lara die Zeit vertreiben.

„Da findet sich eine Lösung", sagte er schließlich. „Wie kann die Expertin dich erreichen?"

Natürlich fragte der Typ nach ihrem Namen. Doch Rihm dachte nicht daran, sie ungebeten zu nennen oder gar eine Wohnadresse weiter zu geben. Diesen Fehler hatte er schon hinter sich, er wusste gut genug was passieren konnte.

Stattdessen ließ er sich einen Wegwerf-Link geben. Das war ein Verweis auf einen eigens eingerichteten virtuellen Raum, der verschlüsselt und genau ein Mal über dieses Symbol zu finden war.

Lara wusste sich zu anonymisieren. Anders gesagt, wenn irgendwer im oberirdischen Teil Deutschlands sich zu anonymisieren wusste, dann war das Lara. Ob dies wirklich ganz legal war, konnte ihr egal sein, weil man sie ja nicht erwischte.

Am nächsten Tag gab es wenig zu tun. Die Abreise war auf den späten Nachmittag terminiert. Während ein paar Roboter neue Container in den Frachter luden, musste nicht die ganze Besatzung daneben stehen.

„Kommt jemand mit nach S66?", fragte Rihm in die Runde. „Ihr wisst schon, Projektvermittlung spielen und so."

Er wollte Lara den Wegwerf-Link persönlich überspielen. Denn was er direkt verschickte, würde mit ihrem offiziellen Netz-Profil in Kontakt kommen.

Zis sprang sofort auf. „Hier, es war schließlich meine Idee!"

„Gut, gehen wir", Juliette stand ebenfalls auf. „Ihr könnt mir unterwegs erklären, was genau hier läuft."

Den Weg zum Aufzug lief Zis zwischen seinen beiden Vorgesetzten. Erst im Gedränge kletterte der kleine, blaue Achtbeiner auf Rihms Schulter. Denn einerseits hatte er vor der Pilotin zu viel Respekt, andererseits achteten die vielen Terraner im Fahrstuhl nicht auf kleinere Wesen vor ihren Füßen. So ließ er sich sicherheitshalber ein Stück tragen, aber auf keinen Fall die ganze Zeit.

„Woher kennt ihr diese Lara eigentlich?", fragte Zis, als der Aufzug gerade etwas leerer war.

„Also, jetzt wo du es sagst", Julie überlegte kurz, „als ich sie zuletzt persönlich getroffen habe, war sie vierzehn oder so. Als Erwachsene kenne ich sie nur aus euren Videokonferenzen."

„Erwachsen? Geistig ist sie höchstens sechzehn", seufzte Rihm leise. „Wenn jemand sie emotional auf dem Teppich hält, löst sie jedes EDV-Problem. Aber darüber hinaus ist sie ein Kind."

Wenn Rihm in Funknetz-Reichweite der Erde kam, traf er seine alten Freunde. Diese trafen sich öfters mit Lara. So kam es, dass sie einander oft in einem virtuellen Club begegneten. Daher wusste er auch, dass sie dringend eine sinnvolle Beschäftigung brauchte.

Keine Hochschule wollte das große Kind mehr aufnehmen, seit ihre leichtsinnigen Selbstversuche nach und nach verboten worden waren. Minimal verantwortungsbewusster ausgeführt, wurden die gleichen Experimente in anderen Ländern preisgekrönt. Doch Lara war eben risikofreudig und Deutschland eher konservativ.

Auf Etage 66 nahmen sie die Tunnelbahn. Als sie die richtige Straße gefunden hatten und den Hauseingang suchten, war es gerade Mittagszeit. Sie standen vor einer doppelstöckigen Ladenzeile, auf der zwei weitere Stockwerke mit Wohnungen aufsetzten. Die Lücke zwischen Gebäude und Etagendecke war wohl eine städtische Ausbaureserve.

Ein Junge mit Gitarre auf dem Rücken trat mit beiden Händen voller Schokoriegel aus einem Kiosk. „Sucht ihr die komischen Dauerstudenten?", fragte er im Vorbeigehen. „Durch den Laden und zwei Treppen hoch!"

Im Wohngeschoss über der Ladenzeile entwickelte

sich eine Diskussion über Mittagessen. Gina wohnte hier seit über zwölf Jahren. Ihre Skulpturen hingen im Flur von der Decke, selbst die Küchenschränke hatte sie bemalt.

Im Moment jedoch versuchte sie, Lara dazu zu überreden, heute gemeinsam Nudeln zu kochen. Ihre Mitbewohnerin saß am langen Gruppentisch und fütterte Silberfinken mit Haferflocken.

Bei ihrem Einzug hatte Lara ein Vogelpärchen mitgebracht. Andere Mitbewohner hatten die Haustiere versorgt, wenn sie wiedermal ewig am Netz hing. Irgendwann hatten sie sich zu Finkenzüchtern erklärt, so dass mittlerweile fünf Vögel ihre Nester in die lebenden Wände bauten.

Serris, der Gitarrist, hatte sein Zimmer komplett mit Bambus eingegrenzt, denn darin konnten die Tiere schlecht sitzen. Daneben wohnte Tim hinter einer edel frisierten Buchsbaumhecke. Gegenüber lebte Lara hinter ihren schlampig wuchernden Hundsrosen.

Gina selbst bepflanzte ihre Grenzlinie regelmäßig mit neuen Schlingpflanzen. Feste Wände hatte es in dieser Wohnung nie gegeben, nur Hecken in Blumenkästen.

Die Türklingel scheuchte die Vögel auf. Lara aß die letzte Haferflocke selber und schaute demonstrativ weg. Gina zuckte mit den Schultern und knabberte eine rohe Nudel.

Es klingelte erneut. „Die Klügere gibt nach", seufzte Gina und durchquerte den lang gezogenen Wohnraum. Am anderen Ende schirmte ein kleiner Flur das kreative Chaos von der Eingangstür ab.

Sie öffnete, betrachtete den Besuch. „Lara, für dich!"

„Wer ist da?", rief Lara quer durch die Wohnung zurück.

„Ein Namaride. Ich versteh kein Wort. Aber du hast hier am meisten mit Ausländern zu tun, sie oder er wird wohl dich suchen."

Eine Sekunde später war sie an der Tür. „Oh, hallo Zis … was machst du hier? … Tut mir leid, ich kann kein Wort Interstellar." Wenn sie den Gast schon nicht verstand, konnte sie ihn wenigstens vorstellen. „Das ist Zis, eine Kollegin von einem Freund. Leider haben wir keine gemeinsame Sprache."

Und dann auch noch diese Unordnung! Im Flur lagerten Zeichenblöcke und Farbtöpfe. Da hatte Gina eine Idee. Sie fischte einen Buntstift aus dem Schuhregal, griff sich das erstbeste Blatt Aquarellpapier und legte es Zis vor die Tentakel.

Im Kiosk hing ein Schild: *Bin gleich wieder da, klingeln sie nach meinem Hund!* Das Süßwarenregal hatte in der Mitte eine Aussparung für die Treppe ins Obergeschoss. Davor saßen Julie und Rihm auf dem Boden, der genannte Hund hatte sich warm auf ihre Füße gelegt.

„Eigentlich sind wir gemein", fand Rihm, während er dem Hund das Fell kraulte.

„Ach was", Julie winkte ab, „das ist ein Eignungstest. Ich bin gespannt, wie lange Zis braucht, um sich verständlich zu machen."

An diesem Ort ließ es sich bestens aushalten. Sie hielten sich an den Händen, benebelt vom Duft hunderter Schokoriegel genossen sie ihre Pause zu zweit.

Doch schon nach fünf Minuten polterte es auf der Treppe. „Wollt ihr uns eigentlich veralbern?"

Zwei Bewohnerinnen tauchten mit einem Blatt Papier auf. Darauf wechselten sich drei Handschriften ab. Julie las nur die letzte Zeile:

Können wir drei kurz herein kommen oder stören wir gerade?

„Stören wir gerade?", zitierte sie das Papier. Zis hatte seinen Test hervorragend bestanden. Dafür würde sie ihm morgen einen unbefristeten Vertrag anbieten.

Kurz darauf saßen alle am großen Holztisch vor der bunt bemalten Küchenzeile. Vor Zis, der Sprache verstand, nur keine Stimme besaß, lag einer von Ginas Zeichenblöcken.

„Gestern hatte ich den Eindruck, du hättest zu wenig zu tun", schrieb er in geschwungenem Grün. Dann griff er verspielt in die Stiftsammlung, um mit Hellblau fortzufahren. „Darum habe ich mal herum gefragt."

War das nicht ein Scherz gewesen? Lara schaute verunsichert von einem zum anderen.

Rihm hielt einen roten Buntstift in die Luft, bis ein Vogel darauf landete. „Zu niedlich, eure zahmen Silberfinken! Stimmt es, dass du seit vorletztem Jahr keinen einzigen Artikel veröffentlicht hast?"

„Worüber sollte ich denn veröffentlichen?"

„Keine Ideen mehr? Nun, Zis hat eine heran geschafft." Der Vogel flatterte davon, als seine Sitzstange wackelte. „Wenn du drüber schreibst, wie du diese Mission ohne Drogen bewältigt hast, nimmt dich jede Schule wieder auf.“

Bei letzterer Aussicht überhörte Lara den blöden Spruch. Der Auftrag, der ihr daraufhin beschrieben wurde, klang so bescheuert wie anspruchsvoll.

Im Prinzip würde sie einem Italiener eine Nachricht überbringen, ohne sich oder den Absender zu erkennen zu geben. Aber trotzdem so, dass er den Inhalt glauben und den Absender erraten würde. Und natürlich so, dass niemand sonst etwas ahnen konnte. Ach ja, das Ganze bitte weder verschlüsselt noch signiert, denn der andere hatte keine korrekte Identität.

Sofort begann ihr Kopf zu rotieren. Sie würde ein paar Details über den Empfänger brauchen. Am besten seine zuletzt benutzte Kanal-Abbildung. Denn in der mehrschichtigen Simulation stellte jeder die Abbildung der Daten auf sekundäre Sinne individuell ein. Sie selbst ließ sich Datentypen als Textur des Geruchs des Objektsymbols anzeigen, das war extrem selten – und wenn jeder ein so seltenes Merkmal besaß … später! Für heute musste sie das Gedankenkarussell noch stoppen.

Sie schaute auf, in vier wartende Gesichter. „Also, eine grobe Idee hätte ich ja.“

„Ist das nicht wundervoll? Du lebst wieder!“ Trotz aller Bedenken musste Rihm nun lachen. Da war sie noch, dieselbe Lara die vor zehn Jahren mal aus dem Computer abgeholt werden musste, damit ihr Körper draußen nicht verdurstete. „Dann möchtest du also Kontakt zum Auftraggeber?“

Ohne große Worte legten sie ihre Info-Armbänder

nebeneinander, um den Wegwerf-Link zu verschieben.

„Spiel nicht damit herum. Er funktioniert nur ein einziges Mal."

„Ja, ich kenne diese Dinger."

Nicht zu erkennen geben, aber kein illegaler Scheiß. Na fein, das war der erste Widerspruch. Sie würde ihr amtliches Profil überschreiben müssen. Oder sich gleich eine künstliche Identität basteln.

Beides war mit normalen Interfaces nicht möglich. Andererseits hatten sie das schon als Schulkinder gemacht.

Lara erinnerte sich daran, wie sie ihre Freunde in Neuseeland kennengelernt hatte. Fast alle waren anonym gewesen, gerade das hatte sie interessant gemacht. Dabei hatten sie gar nichts angestellt. Sie hatten nur frisch herausgefunden wie das ging, und wollten austesten wie lange sie mit dem Quatsch durchkamen.

Sich zu anonymisieren war Kinderkram für jemanden, der in der Lage war, seine Hardware zu manipulieren und ein Bisschen Programmcode zu schreiben. Also beschloss sie, dass Kavaliersdelikte nicht zählten. Außerdem würde man sie sowieso nicht erwischen, weil sie ja anonym war.

Das hieß, sie musste sich eine Person ausdenken, bevor sie den Wegwerf-Link ins Terminal kopierte. Dann würde der Link ausschließlich mit dem neuen Profil in Berührung kommen. So dass niemand nachvollziehen konnte, wer sich mit wem-auch-immer getroffen hatte.

Wie wollte sie heißen? Heinz-Peter? Nein, sich als Mann auszugeben wäre eine dumme Idee. Denn sie würde sich früher oder später verplappern. Eine Fassade musste man aufrecht halten können.

Also ein aussagelos normaler Mädchenname. Anna. Wie die aussah, war eigentlich egal. Lara besorgte sich einen Modekatalog, kopierte vier Bilder und fügte sie zu einer hübschen Mischung zusammen. Anna sah aus wie ein Mannequin

Während sie an ihren echten dunkelroten Locken herum zwirbelte, verpasste sie Anna einen braun-blond gesträhnten Kurzhaarschnitt sowie einen Wohnsitz in den Stadt-Ebenen von Italien.

Schließlich ging sie die Checkliste durch: Staatliches Login überschreiben? Lief. Log-Einträge unterdrücken? Lief, wo es möglich war. Änderungs-datum aller Profilfelder auf plausible Jahre setzen? Erledigt.

Ihr selbst gebautes Interface saß nicht so bequem wie das offizielle, das Stirnband war schief genäht ... *ja, ich Schlampe!* Wie immer würde sie ihren realen Tastsinn einfach abschalten, wenn sie sich damit einloggte.

Überhaupt, die Sinne! Beinahe hätte sie vergessen, ihre Kanal-Abbildung zu kopieren. Alle Statuszeichen und Details, die man so brauchte, um effizient im Netz zu navigieren, mussten noch auf die richtigen Ausgabekanäle gelegt werden.

Verknüpfungsarten auf genau ihr olfaktorisches Farbschema, Hinweistexte auf die Temperatur vor Luftwirbeln, ihre Beziehung zu Personen auf die Farben ihrer Stimmen ... alles für Anna neu zu konfigurieren, würde zu lange dauern.

Also brauchte sie noch kurz Zugriff auf ihr eigenes Bürgerprofil auf unterster Ebene. Das wäre auffällig; normale Leute spielten niemals low-level an ihren Einstellungen.

Warum auch … sie kopierte das Schema kurzerhand aus dem Arbeitsspeicher ihres Terminals, so musste sie nicht mal das Haus verlassen.

Von außen betrachtet, würde Anna einfach mit Standardparametern sehen. Die Umsetzung in ein effizientes Schema, eines mit dem Lara vernünftig arbeiten konnte, würden dann auf dem letzten Draht zwischen Terminal und Stirnband stattfinden.

Nachdem alles vorbereitet war, öffnete sie den Wegwerf-Link. Am Rande ihres Bewusstseins baute sich der virtuelle Raum Schicht für Schicht um sie herum auf. Ein Quadratmeter nach dem anderen breitete sich vor ihren Füßen aus, der Boden einer hohen Halle, an deren Ende ein farbloser Himmel den Horizont berührte.

Als sie die Intensität der Simulation hoch drehte, erschien dieser Ort genauso real wie die Außenwelt. Schließlich schloss sie die Augen, um besser sehen zu können.

Zuletzt formten sich vier Wände aus dem Weiß des Horizonts heraus. Die Umgebung war vollständig geladen, als eng begrenztes Zimmer, um die Darstellung zu beschleunigen.

Antonio wartete pünktlich im leeren, virtuellen Raum. Der Typ aus dem Raumschiff hatte ihm versichert, dass sein Hacker sich heute Abend melden würde. Endlich klopfte es an der Tür, ein Kontrollfeld erschien einen halben Meter vor ihm. Er wählte „Zugang gewähren, Verbindung verschlüsseln" und schob es beiseite.

Offensichtlich hatte jemand den Versuch, sich als Frau auszugeben, etwas übertrieben. An der hinteren Wand materialisierte sich ein heißes Mädel. Antonio schloss, dass der Hacker in Wirklichkeit ein Mann um die fünfzig sei. Jemand mit Erfahrung, hervorragend!

„Hallo, ich bin die Anna", stellte das gefälschte Mädel sich vor. „Du fühlst dich also überwacht?"

Lara war klar, dass sie keine Hintergründe erfahren würde. Ihr Auftraggeber deutete nur wenig mehr an, als sie schon von Rihm wusste. Irgendwo im äußeren Sonnensystem war also irgendwas passiert. Dieser Antonio war davongekommen, ging aber davon aus, dass er verfolgt wurde.

Natürlich betonte er, kein Krimineller zu sein. Natürlich hängte man ihm irgendwas an oder hatte ihn am falschen Ort gesehen, was auch immer.

„Das ist übliche Ermittlertaktik", meinte er voll überzeugt. „Die haben mich laufen gelassen, weil sie glauben, dass ich Komplizen hätte die ich bald kontaktieren würde."

Anna-Lara schaute zuckersüß zurück. „Lass mich raten. Du musst nach Hause telefonieren. Was bewirken würde, dass jeder mit dem du redest kurz darauf verschwin ... verdächtigt wird?"

„Ja, genau. Nimmst du mich überhaupt ernst?"

„Klar doch. Und dein Kompl ... nennen wir ihn Bruder wird ebenfalls beobachtet?"

Antonio setzte sich auf den kahlen Boden. Der

Raum war in keiner Weise möbliert, nicht mal eingefärbt. Ein toter, glasig-grauer Kubus. Etwas unbeholfen schaute er zu Anna hoch, die auf langen Fotomodell-Beinen stehen blieb und ihn genauso unsicher begutachtete.

„Er konnte abtauchen, ohne dass die Sicherheitskräfte ihn in den Fingern hatten. Aber ohne offizielle Identität gibt es keinen Schlüssel. Wir könnten nur in Klartext reden, in öffentlichen Räumen wie Online-Supermärkten und so."

Jetzt wurde die Geschichte komplex. „Keine Identität?", hakte Lara nach.

„Weil sie ihn gelöscht haben. Ist ein paar Jahre her. Der Boss hatte Leute, die jeden aus dem Staatsregister löschten, den er für sich arbeiten ließ."

„Der Boss", wiederholte Anna. „Ich denke, Sklaverei ist seit Jahrhunderten abgeschafft."

Antonio schüttelte den Kopf, stützte ihn dann in die Hände. Anna-Lara kam sich komisch vor, wie sie so von oben auf ihn herab schaute. Also setzte sie sich auch hin. Im putzigen Körper einer Schaufenster-puppe musste sie sich arg zusammenreißen, ihm nicht mit der Fußspitze den Kopf anzuheben. *Keine schlechten Witze, Spielkind!*

Antonio schaute gar nicht wieder auf. „Sie hatten ein paar dumme Jungen zu, du weißt schon, einem Job überredet. Als die Bezahlung ausblieb, drohten sie die ... Bande einfacher Arschlöcher anzeigen. Daraufhin wurden ihre Identitäten aus dem Register gelöscht, so dass sie nirgendwo legal an Land gehen konnten."

Lara fand die Geschichte bloß lustig. Sollte sie das

etwa glauben? Egal, weiter spielen. „Und seitdem arbeiten sie für die Löcherbande? Warum war keiner bei der Polizei?"

Ihr Auftraggeber verlor sich in Andeutungen. Ihm fiel wohl kein Märchen mehr ein. Lara gab sich alle Mühe die Bruchstücke zu kombinieren. Schließlich fasste sie ihren Eindruck zusammen.

„Sie hielten sich also für Team-Mitglieder und hätten auch nicht anders gekonnt, weil sie sich an keinem Hafen ausweisen konnten. Richtig?"

„Ja, bis neulich der Boss festgenommen wurde. Jetzt kann er uns nicht mehr überall finden. Höchstens vor seiner Zelle, falls wir ihn besuchen sollten."

Langsam schloss sich der Kreis, das Märchen schien in sich plausibel. „Dann seid ihr doch frei", versuchte Lara es abzuschließen.

„Weitgehend", nickte die Figur auf dem Fußboden, „aber da gibt es ein Problem. Und ich muss ihn unbedingt sprechen. Wie gesagt, er ist der Stationssicherheit entkommen und wird jetzt darauf warten, dass ..."

„... ausgerechnet auf der Erde?"

„Auf der Station war er nicht mehr, als ich entlassen wurde." Wieder wurde Antonio seltsam still, als dachte er sich das nächste Kapitel erst aus. „Alle Schiffe steuern regelmäßig die Erde an, also musste er ziemlich sicher hier ankommen. Und dass er sich nach Italien durchschlagen will, wenn er jemals nach Hause kommt, davon hat er immer schon geredet."

Da stand Anna auf und trat ihm sanft gegen das Knie. „Du spinnst doch!" Mehr fiel ihr dazu nicht ein.

„Und wenn nicht?" Nun sortierte auch Antonio seine Füße, schwerfällig stand er auf.

„Falls der Typ sich wirklich illegal nach Italien rein gemogelt hat", Lara dachte laut nach, „muss er längst in einem Sonderquartier im Verwaltungskeller sitzen."

„Du hilfst also nicht, ihn zu finden?"

„Das habe ich nicht gesagt."

Natürlich hatte der Typ die Geschichte erfunden. Umso brennender interessierte Lara, was wirklich passiert war. Sie wollte helfen – und wenn sie den Jungen fand, die Wahrheit eben aus ihm heraus quetschen.

Ein paar Minuten später sagte sie zu. Mit einer Vorwarnung: „Wenn mir irgendwas zu dreckig wird, liefere ich alle Daten die ich bis dahin habe den Behörden aus."

Auf eine Bezahlung ließ sie sich noch nicht festlegen. Angeblich wolle sie darauf zurückkommen, wenn sie einen Plan habe. Insgeheim wollte sie später, mit dem ersten Erfolg in der Tasche, den Typen darauf festnageln, dass sie alle anfallenden Daten behalten und einen Artikel über den Fall schreiben durfte.

Er würde nicht nein sagen können. Schließlich konnte sie jederzeit bei der Verwaltung petzen gehen.

Das Schönste an Landurlaub war immer die riesige Auswahl an Lebensmitteln, die man für Spottpreise einlagern konnte. Die Besatzung des Frachters hatte sogar alte Konserven weggeworfen, um die Vorräte mit mehr gefrorenem Gemüse aufzufüllen.

Noch besser war, dass die Schwerkraft wieder funktionierte. Auf dem letzten Flug war sie ständig ausgefallen.

Zwar war das Schiff zu gebaut, dass man alle wirklich nötigen Handgriffe auch schwerelos ausführen konnte. Aber ein anständiges Essen zu kochen hatte Nishu aufgegeben. Wie sollte man Kräuter hacken, wenn sie einem plötzlich ohne Vorwarnung in die Augen schwirrten? Heute, da die Schwerkraft wieder stabil lief, wurde alles gekocht was sich nicht konservieren ließ.

Nishu stammte von der Erde, und zwar aus dem indischen Turm. Dort hatte er so einige Küchenkulturen der Welt erlernt. Seit seinem Umzug in die *Vereinigung interplanetarischer Gütertransport* setzte er sich für autarke Gemüsekulturen ein. Nicht aus wissenschaftlichem Interesse, sondern lediglich, weil ihm die Umstellung auf Kompaktkonserven sehr schwer gefallen war.

Bei Juliette hatte er zumindest ein kleines Kräuterbeet durchgesetzt. Den Platz für eine Reihe Karotten oder Kartoffeln würde er ihr noch abschwatzen, es war nur eine Frage der Hartnäckigkeit.

Zwei Stunden nach Verlassen der Erdatmosphäre stand er mit Zis in der Küche. Sie durchforsteten ihre medizinische Datenbank und sortierten Zutaten für die nächste Mahlzeit. Wenn man für mehr als eine Spezies kochte, wurde das Anpassen der Rezepte zu einem Puzzle. Alle Pflanzen und Gewürze mussten so kombiniert und mit Zusatzstoffen abgerundet werden, dass eventuelle Gifte sich neutralisierten.

Am Ende kam immer etwas dabei heraus, das sowohl schmeckte als auch genießbar war. Schließlich studierte Nishu Gastronomie mit Nebenfach Medizin an der globalen Universität. Größtenteils im Fernstudium, dafür mit maximalem Praxisanteil.

Als sich Schritte auf dem Flur näherten, rechneten beide mit Ilsina, die beim Kochen helfen wollte. Doch stattdessen stand plötzlich die Chefin in der Tür. Kommentarlos begann Juliette einen Salatkopf zu waschen.

„Der Salat ist übrigens ein Geschenk", plauderte Zis drauf los, „von Lara. Weil ich ihr einen Job vermittelt habe. Ihre Eltern besitzen eine Gärtnerei, sie bauen das Zeug selbst an."

Bevor Juliette reagieren konnte, griff Nishu die Vorlage auf. „Wir könnten das auch, zwei Quadratmeter Hochbeet ..."

„... Themenwechsel!"

Sie warf die Blätter hin, dass das Wasser über den Tisch spritzte. Als ihre Leute endlich die plappernden Finger still hielten, setzte sie neu an.

„Wir müssen noch mal über den Einbruch von neulich reden. Die Nieten von der Stationssicherheit wollen für die Strafanzeige von jedem noch mal eine Aussage darüber, was genau passiert ist."

„Dachte ich mir schon", meinte Zis und warf ein paar Rüben in den Schäler.

„Können wir uns rechtzeitig auf eine einheitliche Version einigen?" Damit schnappte Juliette sich die geschälten Wurzeln und schaute auffordernd in die Runde. „Wir müssen alle das Gleiche erzählen. Klar?"

Nishu ahnte, dass er die Rüben erst für ein Ja zurück bekäme. Eine Kindergartentaktik, die bei ihm trotzdem immer funktionierte.

„Wir sind frühestens in vier Tagen in Funkreichweite dieser Dreckecke. Aber natürlich, lass uns das noch heute ausdiskutieren."

Auch wenn jeder sich etwas anders an den Aufenthalt auf *Austausch-1* erinnerte, einigten sie sich auf eine plausible Geschichte die für sie selbst straffrei ausgehen musste. In das bunt gemischte Abendessen mischte sich die Hoffnung, alles Weitere telefonisch regeln zu können.

Niemand hatte wirklich Lust, eine längere Zeit auf der Chaosstation zu verbringen, um sich mit einem Mist wie Piraterie zu befassen. Wer auch immer dafür zuständig war, sollte sich ihre Aussage abholen und sie dann mit dem Fall in Ruhe lassen.

Schließlich würde es auf der von Menschen allein betriebenen Station Neptun-4 noch aufregend genug werden. Diese war ein Experimentierfeld der Fakultät für Maschinenbau; der Frachter versorgte es gelegentlich mit Lebensmitteln und Rohstoffen. Bei ihrem letzten Besuch hatte Juliette sich zu einem Nebenjob als Testpilotin überreden lassen.

Statt für viel Geld einen zeitgemäßen Antrieb in den alten Transporter einbauen zu lassen, konnte sie ihn kostenlos auf den technischen Stand von übermorgen bringen. Und die Meinung der Besatzung würde in die Entwicklung der Steuerschnittstelle einfließen. Ein Jahr lang sollten sie einen neuartigen Hyperraum-Antrieb im echten

Alltagsgeschäft testen.

„Wieso können wir nicht warten, bis das Ding marktreif ist?", fragte Nishu in die Runde. Er sah den nächsten Quadratmeter für seine Salatbeete schwinden.

„Weil es ein einzigartiger Spaß wird", konterte Rihm. Auch wenn er es nie zugeben würde, war Software-Entwicklung das Einzige, was er aus seinem letzten Leben vermisste.

Juliette schaute zwischen beiden hin und her und grinste in sich hinein. „Seht es als positive Abwechslung. Morgen sind wir bei Neptun-4, übermorgen wird installiert. Den unvermeidlichen Abstecher in Funkreichweite von Austausch-1 machen wir dann schon mit dem neuen Antrieb."

In einem Büro der Transportbehörde, tief im Verwaltungskomplex des deutschen Turms, öffnete Lara ihre Nachrichten. Ein Wunder! Endlich hatte man ihr den Entwurf für die Tunnelbahn abgenommen. Das Ding würde demnächst gebaut werden und schon im nächsten Frühjahr in Betrieb gehen.

Das hieß, ab sofort blieb ihr mehr Zeit für den Rätseltypen und seinen entlaufenen Sklaven. Oder doch nicht? Das nächste Memo enthielt ein Verlängerungsangebot. Im nächsten Bauabschnitt sollten die Haltestellen an die neue Ästhetik der Züge angeglichen werden.

Da waren sie wieder, die Luxusprobleme einer Kreislaufwirtschaft in der jedes Material endlos wiederverwendet werden konnte. Mit jeder neuen

Mode wurde die halbe Infrastruktur umdekoriert.

Im Moment war Glasoptik der letzte Schrei. Oberflächen die auf den ersten Blick halbtransparent aussahen, von Lichtbrechung und geschichteten Mustern jedoch blickdicht waren. Gemeinheiten wie durchsichtige Türen mit zehn Lagen lockerer Blumenmuster – so übereinander gestapelt, dass man an keiner Stelle hindurch sehen konnte.

Für eine Haltestelle war das keine schlechte Idee. Es würde weniger dunkle Ecken geben, da das Licht jeden Raumteiler durchdringen könnte, ohne dass zu viel Transparenz die hektischen Passagiere verwirrte. Man würde genug sehen, ohne einander zu sehen.

Genug sehen, ohne einander zu sehen. Moment mal, ließ sich das Prinzip übertragen? Sie wollte eine Zielperson kontaktieren die nur öffentliche Plätze betreten konnte, unter Ausschluss der Öffentlichkeit. Man müsste so eine Wand programmieren, durch die helle und dunkle Schemen drangen, aber kein allzu klares Bild.

Erwies sich ihr Exkurs in die Innenarchitektur am Ende noch als nützlich? In jedem Fall konnten stabile Verhältnisse nicht schaden. Vielleicht durfte sie langfristig hier arbeiten, später sogar etwas Interessantes konstruieren. Seit dem gestrigen Treffen war sie gar mehr sicher, ob dieser Arbeitsplatz nicht doch besser war, als im Puppenkostüm für nebulöse Figuren die Kommunikationsschnittstellen zu hacken.

Kurzerhand nahm sie den neuen Werkvertrag an. Der nächste Weg führte in die Teeküche, um ihn mit einer standesgemäßen Kaffeepause zu feiern. Doch ihre Gedanken kreisten längst wieder um die Suche nach … Tristan hatte er angeblich geheißen, bevor sein Bürgerprofil gelöscht worden war.

Sie hatte sich eine ziemlich genaue Personenbeschreibung geben lassen. Und den ungefähren Zeitpunkt, an dem er zuletzt legal einen Turm verlassen hatte. Gleich nachher, sobald sie nach Hause kam, würde sie im Archiv wühlen. Dies war eine Einrichtung des spanischen Museums für globale Kultur. So regelmäßig, wie die Speicherkapazität es erlaubte, erstellte es Momentaufnahmen von ausgewählten Teilen des Netzes. Seit alle europäischen Museen sich angeschlossen hatten, konnten wöchentlich die Profile aller Einwohner archiviert werden.

Falls es jemals ein legales Profil von diesem Tristan gegeben hatte, würde sie es dort finden. Einfach alle Personen abrufen, deren Historie in dem Zeitraum endete, in dem er gelöscht wurde. Darin die suchen, deren letzte Änderung ein Standortwechsel nach außerhalb der Erde war. Das dürften so wenige sein, dass man sogar von Hand nach Personen suchen konnte, auf die seine Beschreibung passte.

Das Problem dabei war, freien Suchzugriff auf die Datenbank zu erhalten. Um niemands Privatsphäre zu verletzen, durfte die Öffentlichkeit nur sehr begrenzt in diesem Teil des Archivs blättern. Man durfte blättern … reichte das nicht? Höchstens einen Tag brauchte sie, um ein Programm ganz dumm blättern zu lassen, welches alle Objekte kopierte deren letzte Aktivität im vorletzten Februar lag. Was davon ins Suchraster passte, legte das Programm in ihren Posteingang.

Doch was nutzte seine öffentliche Visitenkarte? Na gut, sie wusste dann, dass so ein Junge wirklich existiert hatte. Um ihn da draußen zu finden, war jedoch der private Teil des Profils erforderlich. Die Sprungmarken virtueller Orte die er regelmäßig aufsuchte. Seine zuletzt benutzte Kanal-Abbildung wollte Lara ebenfalls haben.

Wenn sie diese Einstellungen nicht normal lesen durfte, dann vielleicht vom Büro aus? Sie war jetzt doch Verwaltungsangestellte … nein, die erste Regel lautete *kein illegaler Quatsch*. Außerdem saß sie ohnehin viel zu weit unten in der Hierarchie sowie in der falschen Behörde.

Wenn also das Archivprogramm sie nicht lesen ließ, dann gab es noch den Weg an ihm vorbei. Wenn sie technische Mitarbeiterin des Archivs wäre, oder Praktikantin für Wartungskram im richtigen Museum … das ließ sich einrichten!

Schließlich sollte sich ihre Tunnelbahn-Haltestelle an historischen Vorbildern orientieren, das hätte Stil, nicht wahr? Sofort ließ Lara ihren Kaffee stehen und eilte zurück ins Büro.

„Ihr habt doch sicher alte Pläne von Gebäuden die nie gebaut wurden", schrieb sie ans Museum, „Architektur die verworfen und abgeheftet wurde. In ein aktuelles Projekt möchte ich ein paar davon einfließen lassen."

Denn verworfene Pläne landeten nicht in den Akten der Verwaltung. Architekten bewahrten sie privat auf. Die Landesverwaltung speicherte nur den tatsächlich gebauten Entwurf und setzte Verweise auf die nicht realisierten Alternativen.

Wenn Lara erst Zugriff auf die persönlichen Mappen von Archiv-Menschen hatte, dann auch auf die von diesem gelöschten Tristan. Von dort aus wäre es gewissermaßen eine Frage der Perspektive, auch in andere Ecken des Profils zu schielen. Und falls das nicht klappte, hatte sie immerhin einen Fuß in der Tür. Mit etwas Glück bekam sie ein Praktikum in der EDV des Museums.

Nun also Testflüge. Vollkommenes Neuland für Juliette, die das Fliegen auf dem Frachter gelernt und diesen später von ihrem Lehrmeister übernommen hatte. Doch je mehr sie darüber nachdachte ... ja, experimentelle Antriebe zu testen war der perfekte Nebenjob. Der überalterte Transporter wurde nicht nur gratis aufgemotzt, man bot ihr sogar eine Aufwandsentschädigung dafür an.

Insgeheim sollte dieser Hyperraum-Testbetrieb ein Versuch sein, ihren Partner bei Laune zu halten. Zwar tat er nach außen so, als fände er den ruhigen Alltag an Bord immer noch prima. Trotzdem glaubte Juliette, dass er früher oder später sein Kellerlabor vermissen würde. Dem musste vorgebeugt werden! Wenn sie Rihm für immer an Bord halten wollte, dann musste die Forschung eben zu ihnen kommen.

Ein namaridischer Monteur winkte ihr zu. „Wie kamt ihr mit dem Trainingsprogramm zurecht?" Seine Werkzeuge in vier Armen, landete er mit den anderen vier Armen neben ihr auf dem Boden.

„Erstaunlich gut", erwiderte sie. „Die ganze Besatzung hat zwei Wochen lang damit geübt. Echte

Schwierigkeiten hatte nur mein jüngster Lehrling.“

Der Lehrling hieß Jerry, hatte schon Relativität nur langsam begriffen und konnte mehr als drei Dimensionen kaum im Kopf organisieren. Im Moment half er den Studenten die Montagehalle aufzuräumen.

Als Juliette zu ihm hinüber schaute, ertappte sie sich wieder bei dem Gedanken, ihn bei seinen Eltern abzuliefern. Doch sie gab die Hoffnung nicht auf, dass er bald von selbst kündigte.

„Im Prinzip können wir nachher die erste Runde drehen“, der Namaride hakte einen Listenpunkt ab.

Nur am Logo auf der Checkliste erkannte man, dass die Halle zu einem Außenposten der globalen Universität gehörte. Ansonsten waren die Teile, die Juliette zuordnen konnte, extrem zweckmäßig gestaltet. Ob der Rest auch einen Zweck erfüllte oder eher Spielzeug technikverliebter Forschungsgruppen war, ließ sich schwer sagen.

„Von mir aus jederzeit“, gab sie mit den Fingern zurück, während sie sich nach dem Projektleiter umschaute. Der war ein Mensch und drehte ihr gerade den Rücken zu. Als rief sie ihm einfach in Lautsprache zu. „Wohin geht der erste Probeflug?“

Natürlich führte der erste Flug ein Stück von der Station weg, dann durch einen Hyperraum-Tunnel ans andere Ende des Sonnensystems und wieder zurück. Technische Details mussten sie nicht interessieren.

Umso genauere Rückmeldungen erwarteten die Ingenieure zum Steuerprogramm. Ob die neuronale Simulation die vielen Raumdimensionen für

Menschen verständlich vermittelte. Und ob intuitive Gesten in die korrekten Lenkmanöver umgesetzt wurden.

Am nächsten Tag entließ man sie in die *freie Wildbahn*, wie man an der Universität das reale Leben jenseits der Labore bezeichnete. Mit der Vorfreude eines kleinen Kindes setzte Juliette den Prototypen des Interface-Stirnbands auf. Hatte bisher eine kleine Elektrode auf der Stirn gereicht, um durch die kosmische Heimat zu navigieren, so musste es neuerdings eine komplette Simulation unter Ausblendung der Realität sein.

Ein letztes Mal schaute sie Ilsina auf die Finger, die neben ihr saß und die Statusanzeigen überwachte. Alles im grünen Bereich? Mit einem Gedankenbefehl startete sie die Simulation.

Typ der Ansicht: Navigator. Sie schaute sich um, während das Cockpit verschwand, besser gesagt, von einem nebeligen Kubus verdrängt wurde. In der Mitte schwebte ihr Bewusstsein – ohne Körper, sehr gewöhnungsbedürftig. Sie hatte das bereits freundlich bemängelt, aber angeblich sollte diese Ansicht verhindern, dass sie sich selbst im Blickfeld stand.

Um sie herum leuchteten alle Objekte die sie ansteuern konnte aus dem dunkelgrauen Nebel. Um einen Kurs zu setzen, sollte es reichen, sich auf einen Zielpunkt zu konzentrieren und mit der Hand darauf zu zeigen. Mit der Hand. So in Gedanken, denn sie sah keine Hand. Was auch gut war, denn sonst würde sie genau den Ort verdecken, um den es ging.

Jetzt war ein guter Zeitpunkt, noch kurz den Maschinisten nach seinem Systemstatus zu fragen. Kaum wurde diese Idee konkret, setzte die Schnittstelle sie auch schon um. Parallel zum dreidimensionalen Weltraum spürte sie einen weiteren Raum, darin befand sich eine Miniatur von Rihms Übersicht. Alle Räume des Schiffs zeichneten sich transparent übereinander ab. Sie schaute genauer hin, das Puppenhaus zeichnete sich schärfer.

Wie schickte man noch mal eine Nachricht? Ausformulieren, wiederholen, Knopf drücken.

Sie formulierte im Kopf „Was meinst du, können wir starten?", wiederholte den Satz und tastete mit der unsichtbaren Hand nach einem unsichtbaren Kopf, von dem sie auswendig gelernt hatte, dass er immer rechts neben dem kleinen Finger lag.

Der Knopf fühlte sich warm an, dann duftete er grünlich-frisch für „Nachricht angekommen". Sie würde ihre Augen zum Navigieren brauchen, hatte der Ingenieur gesagt, sowie die Ohren zum Telefonieren. Alle Ein- und Ausgaben des Systems wurden deshalb auf Tast- und Geruchssinn abgebildet. Ein paar Dinge mussten auch schmecken, aber damit hätten sich die Designer zurückgehalten, denn manche Benutzer könne das verwirren.

Jetzt formte der Duft eine Linientextur: Antwort liegt vor. Gleichzeitig breitete sich ein Gedankenpaket in ihrem Kopf aus. „Alles arbeitet wie erwartet."

„Dann tauchen wir bei der verdammten Station *Austausch-1* wieder auf!" Kaum dachte sie den Namen des Zielobjekts, erschien ein weißer Halo drumherum. Sie fokussierte das Symbol, versuchte ihre nicht vorhandene Hand zu bewegen, schon verzerrte sich der Nebel.

Erst jetzt fiel auf, dass der Kubus multidimensional gezeichnet war. Im grauen Staub öffnete sich ein Tunnel senkrecht zu allen Richtungen.

Ein Teil ihres Bewusstseins schwebte hinein, während das Raumschiff in einen Hyperraum-Tunnel glitt. Der Rest von ihr verweilte im Überblick. Als Doppelpräsenz verfolgte sie ihre eigene Bahn durch den Tunnel von außen und innen gleichzeitig.

Als die Ich-Hälften wieder verschmolzen, glimmte das Symbol für Station *Austausch-1* wenige Meter vor ihr. Bevor sie die Simulation abschaltete, gab sie dem Schiff die Anweisung, die Position zu halten.

Der Raumnebel verblasste. Unter sich spürte sie wieder das Sitzpolster, im Sessel daneben wartete Ilsina.

„Wir sind in Reichweite", erwähnte die Blondine unnötigerweise, „das ging ja unglaublich schnell!"

„Ja und es fühlt sich an, als ginge man mal eben zu Fuß. Hast du uns schon angemeldet?"

Auch Julies Frage war unnötig, den in diesem Moment rief die Station sie an. Sie schaltete den Anruf auf die große, flache Frontscheibe.

Ihr Zuständiger vom Sicherheitsdienst erschien auf einem Viereck vor dem Bild der Außenwelt. Sein Kopf erinnerte an einen irdischen Geier, statt Federn trug er jedoch dunkel-metallisch glänzende Schuppen. Mit dem cremeweiß schimmernden Schnabel im Gesicht musste er jedem, der ihm direkt gegenüberstand, unwillkürlich Respekt einflößen. Es war zu schade, dass sie sich nie persönlich begegnen würden. Denn seine Rasse lebte von ultravioletter Strahlung die einen Menschen in Minuten verbrennen konnte.

„Vielen Dank für ihren ausführlichen Bericht“, sprach er mit den Stirnfühlern in makellosem Interstellar, „wir haben nur noch wenige Fragen. Hätten Sie zwanzig Stunden Zeit für ein Schadensgutachten?“

„Leider mussten wir alle Schäden schnell beheben lassen“, wandte Julie mit einer Hand ein, während die andere hinter dem Rücken sagte: „Mit der Maschine an Bord lande ich dort nicht. Sonst wird sie nur wirklich gestohlen.“

Nach weiteren Ausreden von knappem Treibstoff und engen Terminplänen gab der Vogelköpfige schließlich nach. Ob er sich im Fall dringender Rückfragen direkt an die Erde wenden könne?

Höflich erinnerte Julie ihn daran, dass die 220 Gebäude der Erde sich dezentral verwalteten. Es gab keine oberste Instanz die man ansprechen konnte. Doch da sie glücklicherweise ein Frachtschiff seien, könne er sich jederzeit an das Verwaltungsbüro des Niedrigschwerkraft-Verladehafens auf dem Mond wenden.

Genau dorthin wollte sie jetzt auch zurück. Mit dem herkömmlichen Antrieb steuerte sie ein paar tausend Kilometer von der Station weg, dabei rief sie ihren begriffsstutzigen Schüler ins Cockpit. Denn Reisezeit war Unterrichtszeit.

Heute war es außerdem die Gelegenheit, den Autopiloten zu testen. Wenn das Schiff sich erst im Tunnel befand, war es nicht mehr nötig, die

Simulation in voller Intensität laufen zu lassen. Angeblich sollte es mit etwas Übung kein Problem sein, offline miteinander zu reden und gleichzeitig den vierdimensionalen Tunnel im hinteren Blickfeld zu behalten.

Entwürfe enttäuschter Architekten, nie gebaute Gebäude – die konnten nichts taugen, sonst wären sie realisiert worden. Mit mäßigem Interesse schlug Lara die Verlierer einiger Ausschreibungen nach und folgte den Verweisen in ihre persönlichen Arbeitsmappen.

Skizzen abgelehnter Laufbandstrecken, gut gemeinte Dorfplätze, Stadtteilparks die eigentlich ganz hübsch geworden wären.

In der halb transparenten, oberflächlichen Simulation überlagerte das Aktenarchiv des Museums ihr echtes Büro nur dämmerig. Lara sah sich in einer riesigen Halle mit verschnörkelten Säulen. In der Mitte stand eine Eingabetafel, auf der sie recherchieren konnte. Es war ein billiges Rechercheprogramm. Zweckmäßig, aber altmodisch. Die jeweils gefundenen Akten flogen aus Regalen heran, die weit entfernt an den Wänden mehr angedeutet als gezeichnet waren.

Während sie beiläufig genug Material zusammen kopierte, dass es für zwei Haltestellen gereicht hätte, galt ihre größte Aufmerksamkeit dem unauffälligen Hineinfälschen eines Entwurfs in eine uralte Ausschreibung.

Vor Jahren war irgendwo ein Aufzugportal neu gestaltet worden. Ursprünglich hatte es fünf

Einreichungen gegeben. An den historischen Fakten konnte Lara nichts ändern, doch nach einer Viertelstunde hatte sie es geschafft, sich Schreibrechte auf die bloße Visualisierung der Akte zu verschaffen.

Kurzerhand fügte sie eine sechste Seite ein. Nun kam Tristans gelöschte Visitenkarte ins Spiel, die sie im Archiv der Bürgerprofile gefunden hatte. Diese Person trug sie als Absender ein, den Rest des Formblatts ließ sie einfach leer. Nun sollte sich zeigen, wie gammelig dieses alte Programm wirklich arbeitete.

Tatsächlich prüfte es nicht, ob der aktuelle Datensatz wirklich existierte. Als Lara auf der hinein gemalten Seite die Entwurfdetails aufrief, wurde anstandslos das komplette Profil des angeblichen Architekten aus dem Archiv beschafft.

Und das in einer Behörde, dachte sie, als die leere Arbeitsmappe in den Vordergrund sprang. Wenn der Benutzer eine Funktion aufrief, dann musste man jawohl prüfen, ob der Aufruf aus einer zuvor vom selben Programm ausgegebenen Quelle stammte. Und ob derjenige überhaupt die nötige Berechtigung hatte. Wenn sie den Entwickler je erwischte, dann würde es auf ihre Tagesstimmung ankommen, ob sie ihn küsste oder verprügelte.

Egal, dafür stand sie für den Moment vor einer Kopie der Identität, mit der bis vor zwei Jahren ein Jugendlicher gelebt hatte, bis er erst ausgewandert und dann gelöscht worden war. Jetzt musste sie nur noch den Lesezugriff auf die nutzlose Mappe in einen auf das volle Profil umwandeln.

Die Darstellung des Dokuments kam ihr bekannt vor. Es handelte sich um eine Standardansicht die damals an ihrer Schule eingesetzt wurde, um Klassenarbeiten zu sortieren.

Die alte Sicherheitslücke, durch die man heimlich im Klassenbuch pfuschte, war natürlich längst bereinigt. Doch Lara erinnerte sich, letztens davon gelesen zu haben, dass man die Zugriffskontrolle mit einem ganz bestimmten, ungeschickten Gedanken zum Absturz bringen konnte. Ein neuer Fehler, der noch nirgendwo korrigiert war.

Wie ging dieser ungeschickte Gedankenbefehl? So genau hatte sie den Artikel nicht gelesen. Also musste sie nachschlagen, und zwar jetzt, so lange sie das Profil noch geöffnet halten durfte.

Sie winkte der Eingabetafel das Zurück-Zeichen zu. Das Aktenlager zog sich zu einem Würfel zusammen und blieb neben ihrem Fuß liegen. Um sich herum sah sie ihre Eingangshalle mit dem Posteingang und ihrer Sammlung von Lieblingsverweisen. Da sie nie aufräumte, glich Letzteres inzwischen einem Bällebad. Doch zum Glück ließ es sich automatisch sortieren wie durchsuchen.

Zeitschrift von neulich, wo steckst du? Schon erhob sich eine grün schillernde Kugel aus dem bunten Haufen, gefolgt von einer dunkelblauen. Sie hatte wirklich zwei Magazine gelesen? Ach ja, in einem Fachblatt für Vogelzüchter hatte sie gestöbert. Sie wählte das grüne Lesezeichen und betrat den Nachrichtengarten ihrer EDV-Zeitung.

Hier lief man auf schmalen Pfaden zwischen den grafischen Grobstrukturen der Artikel. Links und rechts türmten sich Textgebirge in den Farben des inhaltlichen Kontextes auf. Sie bestieg einen Aussichtsturm auf dessen Sockel *Inhaltsverzeichnis* stand. Nach Norden breitete sich die aktuelle Ausgabe aus, im Uhrzeigersinn wurden die Beiträge älter.

Lara versuchte, sich an möglichst viel aus dem Artikel über die Sicherheitslücke im Dokumentenbetrachter zu erinnern. Es fühlte sich kühl an, wie der furchige Duft tief roter Glockenklänge. Vom Namen des Autoren wusste sie nur noch, dass er sich türkisgrünlich las.

Dem Inhaltsverzeichnis reichte das. Es drehte die Landschaft, blendete sie grau ab und hob den zur Erinnerung passenden Artikel in Knallfarben hervor. Lara hüpfte vom Aussichtsturm, landete auf dem quietschbunten Gebirge und fand sich im Leseraum wieder.

Der Autor wollte seine Sicherheitslücke aus Versehen entdeckt haben. Man müsse, so schrieb er, auf den Seitenfuß starren und in Gedanken eine bestimmte Melodie summen, um Sekunde fünf herum dann die Umblättern-Handgeste machen. Aus irgendeinem Grund verwechselte das Programm die Melodie mit einem Suchbefehl, lief bei dessen Interpretation auf einen Fehler und lud dann beim Umblättern ein ungültiges Ziel. Und zwar die administrative Übersicht der Person.

Immerhin schien das kein billiger Programmfehler zu sein. Die Beschreibung klang eher nach einem Kompatibilitätsproblem.

Der gute, alte Dokumentenbetrachter war vor etwa

zehn Jahren für damals gängige Schnittstellen geschrieben worden. Seitdem hatte sich auf dem Markt der Neural-Interfaces viel getan.

Synästhetische Abbildungen in vierfacher Schachtelung, neue Raumdimensionen, immer mehr grafischer Kitsch und jedes Jahr eine feinere Auflösung für Gedankenbefehle. Solche Eingabefolgen, wie sie heute versehentlich auftreten konnten, hatte es früher einfach nicht gegeben.

Zwar gaben seine Erfinder sich Mühe, den Dokumentenbetrachter regelmäßig an den aktuellen Stand anzupassen. Aber eigentlich war klar, dass sie nicht jeden Eingabefehler abfangen konnten. Bestimmt gab es noch mehr Fehler, über die irgendwann jemand zufällig stolpern musste – weil niemand bewusst auf die Idee kam, so einen Input von sich zu geben.

Als sie meinte, die Fehleingabe nun ungefähr auswendig zu kennen, kehrte sie in die Eingangshalle zurück und trat auf den Würfel der für das Aktenlager stand. Schon saß sie wieder vor Tristans leerer Arbeitsmappe. Dort gab sie sich selbst fünf Minuten, um gezielt den Fehler auszulösen. Sie brauchte nur zwei.

Noch bevor ihre Hand die Geste zu Ende geführt hatte, wurde ihr schwindlig. Der Raum bog sich und brach auseinander. Für einen Moment existierte nur noch eine dünne Ebene, ein Universum ohne Volumen. Doch das flache Nichts streckte sich hoch und formte eine neue Z-Achse. Der Raum stand wieder und Lara mittendrin.

Mittendrin in der administrativen Übersicht eines

Tristan aus Italien. Neunzehn Jahre alt, Schulabbrecher, Stammgast einer virtuellen Einkaufsmeile. Sie kopierte alle Orte, die er im letzten Jahr seiner offiziellen Existenz regelmäßig besucht hatte. Dort würde sie später warten, ob jemand mit seinem Äußeren vorbei kam. Jemand mit einer gefälschten Identität. Lara erkannte eine Fälschung, sie führte schließlich selbst bei Bedarf eine spazieren.

Das nächste Problem war, ihn dann anzusprechen. An öffentlichen Orten wurde zu viel mitgehört. Außerdem konnte sich ohnehin kein glaubwürdiges Gespräch zwischen zwei anonymen Fälschungen entwickeln. Sie würde etwas brauchen, um sein Vertrauen zu gewinnen, ohne ein Wort zu sagen.

Vertrauen … wieso konnte man das nicht einfach kopieren? Moment mal … dafür war das Emotionsexportformat da.

Um ganze Gedankenblöcke mit Assoziationen und Gefühlen zu transportieren, mussten beide Gesprächspartner die passende Software besitzen. Aber für den Anfang ging es nur um bloße Emotion, Vertrauen ohne Sinn und Verstand.

Wie hatte es damals begonnen, bevor das Projekt im Untergrund … nein, also, offiziell in der Schublade verschwunden war? Genau, es hatte mit dem Trick begonnen, einen Raum mit einer diffusen Aura zu untermalen. Eine Unterwasserhöhle die sich geheimnisvoll anfühlte, oder ein Strand der wörtlich Ruhe ausstrahlte. Durch eine filigrane Modifikation ließ sich ein beliebiges Symbol so mit einem zuvor modellierten Gefühl vermengen, dass der Betrachter beide zusammen interpretierte. Die künstliche

Emotion rutschte sozusagen huckepack mit den anderen Eindrücken durch das Neural-Interface.

Um auf diese Art ein vertrauensbildendes Ding zu modellieren, brauchte sie nicht mal zu recherchieren. Denn als Lissa-Alexa, die Entwicklerin, all ihre Programme in einem Wutanfall veröffentlicht hatte, war Lara einer der ersten gewesen, die sich eine komplette Kopie aller Projektunterlagen besorgt hatte. Sie war sogar in Deutschlands zweiten Keller hinab gefahren und hatte bei der Basis angeklopft, um Lissa nach dem Verbot persönlich zu trösten. Aber das war eine andere Geschichte.

Jedenfalls brauchte sie nun drei Dinge. Erstens einen plausiblen Anlass, selbst modellierte Objekte in einer Einkaufsmeile zu verteilen. Zweitens passend modifizierte Objekte. Und Drittens seine zuletzt benutzte Kanal-Abbildung, um auch komplexere Inhalte zu kommunizieren, ohne dass Außenstehende etwas verstanden.

Letzteres kopierte sie direkt aus dem Profil. Zugriff auf absolut alles zu haben, war wirklich praktisch. Wie war das noch, kein illegaler Quatsch? Ach was, sie hätte auch rein zufällig ungeschickt denken können. Sie hatte doch nur ein Phänomen ausgenutzt, über das praktisch jeder ohne böse Absicht stolpern konnte.

„Zweidimensionale Wesen, die auf der Oberfläche einer Kugel leben", erklärte Julie die flimmernde Projektion zwischen ihr und Jerry. „Selbst wenn die unendlich lange geradeaus kriechen, sie kommen immer wieder am Ausgangspunkt an."

Beiläufig schob sie das Datenstirnband hin und her, das zu eng saß und langsam anfing, sich unangenehm in ihre Haut zu drücken. Um so direkt wie möglich mit Maschinen und Besatzung in Kontakt bleiben, holte sie sich gewöhnlich die virtuelle Brücke in den Kopf. Heute kam eine Schicht für den neuen Hyperraum-Antrieb dazu. Doch sie war es gewohnt, dass ihr Hinterkopf unterwegs von Parallelwelten dröhnte.

„Und so soll das Universum aussehen, nur Flecken auf einer Glasmurmel?" Zweifelnd beobachtete Jerry, der jüngere Lehrling, einen Schwarm kindisch gezeichneter Käfer, die über den blau schimmernden Ball wuselten.

„Im Prinzip ja, aber", fuhr die Pilotin fort, „neben Fläche und Zeit kennen wir auch noch die Höhe. Deshalb können wir sehen, wie sich diese Oberfläche nach oben und unten krümmt, bis sie sich selbst berührt und sich zur Kugel schließt. Aus Sicht der Flachkäfer existiert keine Höhe, für sie ist es einfach nur eine endlose Fläche."

„Also ist unsere Welt, die Ebene und Höhe hat ... " – „Raum", korrigierte Julie lächelnd – „ ... die für uns Raum hat, in eine zusätzliche Dimension gekrümmt, die wir nicht wahrnehmen können?"

„In mindestens eine. Gut, jetzt gräbst du ihnen einen Tunnel!"

Sie hielt ihm einen spitzen Bleistift hin. Jerry fasste den Stift ganz hinten am Radiergummi und pikste mit der Spitze die Kugel an. Die Projektion verzog sich an der Oberseite des Holzstäbchens, darunter lag ein Teil kurz im Schatten. Als er die Hand zurück zog, wurde das Bild wieder vollständig sichtbar; quer durch den Ball ging ein sechseckiges Loch, ein Tunnel.

„Die lernen ja schnell", kommentierte er die ersten Käfer, die bereits durch die Abkürzung krochen und ihren Weg auf der anderen Seite fortsetzten.

„Lernen? Nicht im Geringsten." Gelangweilt nahm Julie ihm den Bleistift ab und steckte ihn zurück in die Innentasche ihres dunkelgrünen Pilotenumhangs. „Sie fallen hinein, weil sie von ihrer vertikalen Richtung gar nichts wissen. Das Loch können sie noch nicht mal sehen. Die Oberfläche ist lückenlos, alles andere liegt jenseits ihrer Welt. So wandern sie einfach geradeaus und sind plötzlich an einem Ort, zu dem sie normalerweise viel länger unterwegs gewesen wären."

Sie zwang sich dazu, nicht die Augen zu verdrehen. Ilsina hatte sie das alles nie erklären müssen. *Na gut, weiter mit dem letzten Modell für heute.*

„Murmeln sind für Kinder, die Wirklichkeit ist natürlich deutlich krummer."

Dabei spreizte sie die Finger, drückte die Kugel zu einem unförmigen Etwas zusammen und zeigte dann auf den nun geschlängelten, aber auch viel kürzeren Tunnel.

„Die Welt als multidimensionale Kartoffel. Schau mal, dort hat sie eine dünne Stelle. Um von jenem Punkt zu dem darunter liegenden zu kommen, muss man um die ganze Wölbung herum; das sind mindestens zehn Zentimeter. Wenn wir hier rein stechen, sind es durch dieses Loch hindurch nur noch fünf Millimeter bis zum gleichen Punkt."

Jerry schaute und nickte kurz darauf. „Ja, so ist es eigentlich einleuchtend. Das erklärt, warum der Antrieb nicht auf allen Strecken gleich schnell ist. Mal kann man solche irren Abkürzungen graben, anderswo beißt man sich durch ein größeres Stück Kartoffel.“

„Gut erkannt“, Julie rang sich ein Lächeln ab, „wo der Hyperraum ungünstig geformt ist, sind die Verbindungen länger. Verlegt man den Startpunkt um ein paar tausend Kilometer, kann der Weg zum Zielpunkt schon auf ein Hundertstel schrumpfen.“

Mit einem linken Arm hielt Zis sich am Regal fest, während die fünf vorderen Tentakel Kleinkram in magnetischen Kästchen zählten. Die anderen zwei Arme hielt sie nach hinten gedreht, um mit Rihm schwatzen zu können, der an einen Container gelehnt am Boden saß und eine Simulation im Bordcomputer laufen ließ. Dies war zwar kein ergonomisch korrekt eingerichteter Arbeitsplatz, aber einer der ruhigsten an Bord.

„Im Prinzip sind wir auf Kurs“, grinsten Rihms Finger, bevor sie eine Notiz auf die Fehlerliste setzten. „Ich bin mir gar nicht mehr so sicher, dass dieser Autopilot wirklich nie funktionieren wird.“

Zis schob ihre seitlich am Körper sitzenden Augen ein wenig nach hinten. „Pardon, was hast du eben gesagt? Hab gerade nicht hin geschaut.“

„Ach, nichts“, erwiderte der Maschinist vom Fußboden aus. „Halt, warte mal ...“ Plötzlich zog er sein Datenstirnband fest und schloss die Augen, offenbar hatte er etwas Unerwartetes entdeckt. Doch bevor Zis danach fragen konnte, sprang er auf, warf seine Kabel in die Ecke und stürmte zwischen bunten Kunstfasercontainern hindurch aus der Halle.

Zis zog ihr Augenpaar so weit zum Rücken hin, dass ihre Sicht nach vorn unscharf wurde. Auf der Folie mit dem Navigationsdaten sah sie jedoch nur unverständliche Zahlen. *Was soll schon sein*, dachte sie und wandte sich wieder der Inventur zu.

Julie war froh über die Unterbrechung, die sich in Form eines Infopakets von Rihm in ihrem Gedächtnis breit machte und den Unterricht für einen Moment verdrängte. Als die Nachricht vollständig übertragen war, kam sie ihr zu seltsam vor, um mehr als ein Messfehler zu sein. Ein Stein in diesem Hyperraum-Tunnel, von der Größe her ein kleiner Planetoid? Unmöglich. Bis auf ein paar kosmische Staubpartikel konnte ihnen nichts gefolgt, erst recht nicht bereits vor ihnen sein.

Damit nichts auf gerader Bahn unverhofft auf einen Tunnel treffen und an unbekannte Orte geschleudert werden konnte, wurde jeder Tunneleingang sofort geschlossen und auch der Ausgang nur so kurz wie möglich geöffnet. So wurde die Raumzeit kein löchriger Schwamm; jeder Tunnel existierte nur für das Schiff das ihn geöffnet hatte. Wie also sollte im extrem gekrümmten Raum, in dem man ausschließlich geradeaus reisen oder sich im Kreis drehen konnte, ein alberner Asteroid auftauchen?

Schon zischte die Tür auf und der Entdecker des Dings stürmte herein. „Siehst du es auch?" fragte er aufgeregt. „Gegenschub in spätestens zwei Minuten, sonst kollidiert es mit uns!"

Sie schaute ihn an und wusste nicht genau, was sie davon halten sollte. „Beruhige dich erst mal", meinte sie vorsichtig, „das sind doch alles aufbereitete Messwerte. Bist du sicher, dass es kein Darstellungsfehler ist?"

Rihm atmete tief durch und versuchte einen neuen Anlauf. „Diese Umgebung", begann er betont ruhig, „gehört nicht zum Experiment. Ich hatte die Echtzeit-Scans unseres Tunnels in die herkömmliche Navigation eingegeben."

„Von den äußeren Sensoren umgeleitet, okay", nickte Julie, „und weiter?"

„Und dann eine Simulation über die nächsten Minuten darüber laufen gelassen. Darin hat das berechnete Raumschiff genau dasselbe getan wie wir jetzt, nur eben im Schnellvorlauf. Auf einmal übernimmt der Autopilot alle Kontrollen, macht eine Vollbremsung und streift trotzdem einen Asteroiden. Einfach so, am Rand des Tunnels."

Während er auf Julies Reaktion wartete, streifte sein Blick die zerklüftete Projektion, die vor Jerry in der Luft flimmerte.

„Ungefähr so ..."

Mit einer schnellen Handgeste schaltete er die Grafik in den freien Bearbeitungsmodus, dann zeichnete er eine hellgraue Kugel in den Tunnel, der sich rundherum ausdehnte, so dass eine hohle Blase mit schmalem Ein- und Ausgang entstand.

„Ja, ungefähr so muss das Teil liegen ... kennst du eigentlich Schweizer Käse?"

„Käse? Sag mal, Rihm, geht es dir gut?" Ungläubig

sah sie auf das verformte Modell. „Ach so, du meinst das Universum. Wieso man davon ausgeht, es gäbe keine Hyperlöcher, habe ich ehrlich gesagt nie verstanden."

In der Projektion glitzerte die Oberfläche der Blase noch immer im Bearbeitungsmodus. Julie zeichnete einen zweiten Tunnel ein, in entgegengesetzter Richtung traf er auf den Hohlraum und führte wieder hinaus ohne das erste Wurmloch zu kreuzen. Für einen Moment zuckten ihre Augenlider, als sie sich auf die komplizierte, dreidimensionale Schalttafel vor ihrem inneren Auge konzentrierte und den Schub umkehrte.

Geflochtenes Stroh, so rau wie geschmeidig, dazu der herrliche Sommerduft. Lara hatte einen echten Strohblumenkranz als Vorlage fotografiert. Mit dessen 3D-Modell saß sie in einem Grafikprogramm, um der Oberfläche den letzten Schliff zu verpassen. Die unzähligen Härchen mussten sich richtig anfühlen, wenn Blütenblätter seidig durch die Finger glitten, harte Stängel oder schrumpelig getrocknete Beeren. Und duften musste es aus den richtigen Winkeln, nach Heu, Spätsommer und wilden Blumen.

Nach langem Nachdenken hatte sie beschlossen, dass die unauffälligste Art, Objekte in das Online-Einkaufszentrum einzuschleppen, sie womöglich tagelang fremden Passanten zu zeigen und auf das richtige Reaktionsmuster zu lauern, ein Marktstand mit Kunsthandwerk war. Also hatte sie ihre Mutter besucht und ihr einen handgeflochtenen Kranz aus ihrem Hofladen abgeschwatzt.

Eigentlich musste sie an ihrem Marktstand gar nichts verkaufen. Sie könnte in jedem modellierten Blumenkranz ein Gefühl wie *ach nein, den will ich doch nicht* codieren. So könnte sie lange abwarten, ohne in die Verlegenheit zu kommen, echte Ware verschicken zu müssen.

Für den Richtigen würden die Blumen eine zweite Information enthalten. Und zwar eine, die für jeden anderen nach einer sinnlosen Irritation aussah, wie ein Kitzeln das man ignorierte. Abstand und Dicke der Strohhalme waren exakt so abgestimmt, dass sie sich für Tristan wie eine Landkarte auf der Hand anfühlen würden.

Für den Anfang mussten solche Linienmuster reichen. Denn eine Kanal-Abbildung war von außen schwer zu decodieren. Bisher hatte Lara nur heraus gelesen, dass Tristan wohl viele Daten auf den Tastsinn abbilden ließ. Insbesondere dezente Hinweise und Anmerkungen, die sie selbst gern per Geruch eingespielt bekam, verstand er am besten als haptisches Gemälde.

Sie versuchte sich so eine Umgebung vorzustellen. Mal angenommen, in einem Moment hätte sie drei aktive Terminerinnerungen, stünde gerade vor einer ungeprüften Verknüpfung und bekäme dabei eine neue Textnachricht. Normalerweise wären das Zimt mit Gelbstich von hinten, ein Fleckenmuster von Cola- und Brandgeruch von vorn und wässrig-saurer Apfel von links. Mit Tristans Abbildung erschien dasselbe als drei leichte Berührungen am Fuß, ein grell-violettes Kratzen auf dem rechten Handrücken sowie ein kühl-weißer Windhauch im Nacken.

Um später komplexere Information auszutauschen, musste Lara mehr von der kopierten Kanal-Abbildung entziffern. Was sie bisher hatte reichte jedenfalls, um die Halme des Blumenkranzes so anzuordnen, dass sie pieksend-rote Hauptstraßen, kribbelnd-gelbe Querwege und streichelnd-graue Gebäude markierten.

Was die Mehrheit aller Menschen nur diffus kitzelte, ergab im Wahrnehmungssystem von demjenigen, der mit dieser einen Kanal-Abbildung produktiv arbeiten konnte, eine Umgebungskarte seines Geburtsorts: „Ich weiß, wo du herkommst."

Zum Glück musste sie keinen ganzen Laden entwerfen, denn der Betreiber der Einkaufsmeile gab die Ästhetik spießbürgerlich genau vor. Sie durfte ohnehin nur ihre Warenobjekte hochladen und dem Kunsthandwerk-Stand einen Namen geben.

„Blumen-Anna – traditionelle Dekoration aus dem Norden."

Im Inneren des Transporters war nichts zu spüren. Nur die Datenströme der virtuellen Brücke zeigten die sinkende Geschwindigkeit denen, die gerade angeschlossen waren. Außer Julie waren es nur Nishu und Lucia im Maschinenraum.

„Was soll das", beschwerte Lucia sich, vom Backup-Leitstand aus, über ihre Standleitung bei der Pilotin, „voller Stopp in zehn Sekunden?" Hektisch suchte sie eine Ursache in den Statusanzeigen von 4D-Stabilisator und Ionenantrieb, konnte aber keine Fehlfunktion erkennen.

Fast gleichzeitig jagte Nishus Frage durch das kleine Gedanken-Netzwerk. „Bremsen wir wegen dem Quatsch vom Objekt im Tunnel?"

Julie warf einen Seitenblick auf Rihm, der sich gerade das Datenstirnband des Co-Piloten überstreifte, und sparte sich eine Antwort. Statt sich in Erklärungen zu verlieren, die auch er übernehmen konnte, konzentrierte sie sich lieber darauf das Schiff stabil zu halten und notfalls seitlich auszuweichen, auch wenn seitlich hier eher Rotation bedeutete.

Dem Rest der Gespräche im nun vier Stimmen zählenden Gedanken-Netzwerk hörte sie kaum zu. Erst als die Maschinen komplett im Leerlauf standen, ließ sie die Bilder sämtlicher Sensoren und Außenkameras rund um ihr virtuelles Ich herum aufbauen und rief die anderen drei in der Mitte zusammen.

Nishu erschien als Erster neben ihr in der schwarz schimmernden Säule. Kurz darauf leuchteten Rihm und Lucia auf. Vier menschliche Figuren mit fein schattierter, weißer Kleidung und fotorealistischen Gesichtern starrten durch rahmenlose Scheiben auf ein zerklüftetes Gebilde aus Stein und Licht.

Es war annähernd rund, mit tiefschwarzen Kratern und surreal aufgetürmten, hell- und dunkelgrau geriffelten Gebirgen. Das Licht, das die Formen sichtbar machte, konnte nicht allein aus den fensterartigen Öffnungen in seiner Oberfläche stammen. Es schimmerte matt in allen Farben, wie ein symmetrisches Muster aus bunten Lichterketten. Eine größere Strahlenquelle musste das Ding beleuchten, eine sehr große, wie ein entfernter Stern.

Dem Schattenwurf zufolge musste dieser am einem Ort stehen der nicht existieren durfte.

Geradeaus erstreckte sich der Raum noch einige tausend Kilometer weit, aber jenseits der knapp hundert Meter breiten Flugbahn ließ der extrem gekrümmte Raum keine großen Entfernungen zu.

Licht aus einer Quelle, die mehr als fünfzig Meter von Sensorset 4 entfernt lag, würde endlos um den Tunnel kreisen, einen für sie unsichtbaren Ring aus immer mehr Photonen bilden. Und weiter als fünfzig Meter abseits des Sensorsets war wiederum weniger als fünfzig Meter; jede gerade Strecke verlief gebogen und kreuzte Punkte, die auf anderen Geraden näher lagen.

Ein dem sprichwörtlich gesunden Menschenverstand widersprechendes Spiel jenseits begreifbarer Geometrie lief um sie herum und durch sie hindurch – nur ein Detail übertrumpfte selbst den kontrollierten Wahnsinn eines Hyperraum-Tunnels. Die Schatten auf dem felsigen Etwas erforderten ein Licht einen halben Kilometer von hier, außerhalb des dreidimensionalen Raums und doch eindeutig darin.

Julie versuchte ein paar Minuten lang, irgendeinen Sinn in den Zahlen zu erkennen, aber sie ließen nur einen Schluss zu. Der Tunnel war deformiert, hatte eine Blase gebildet oder zufällig eine getroffen. Ein weiterer dreidimensionaler Raum existierte unterhalb der Oberfläche. Doch woher zur Hölle stammte so viel Materie und wieso brannten dort Lampen in Fenstern?

„Nun, ich würde mal sagen", unterbrach sie schließlich das staunende Schweigen, „wir haben hier eine künstliche Anlage in einem künstlich stabilisierten Raum.“

„Zumindest künstlich ausgehöhlt, die steinige Oberfläche könnte Natur sein“, vermutete Nishu. „Und was jetzt, klopfen wir an und fragen jemanden, ob wir mal eben vorbei dürfen?“

Von Lucia erntete er dafür nur ein verächtliches Schnauben. Ohne die Augen von den farbigen Kreisen auf dem Felsen abwenden zu können, antwortete Julie wieder mit leichter Verzögerung.

„Vielleicht hast du gar nicht so Unrecht“, ein Fingerzeig und Sensorset 1 fuhr an einem schwenkbaren Arm nach vorn, „eventuell können wir aber auch durch den Garten ums Haus herum schleichen.“

Geschmeidig verschob sich die Aussicht vor einem Fenster. Filter dunkelten den ins Bild rückenden Stern ab, bevor er die empfindlichen Kameras blenden konnte. Nein, ein richtiger Stern konnte es nicht sein, dafür war er viel zu klein. Zu winzig und leicht, um jemals eine Kernfusion zu beginnen. Dennoch glühte links des Asteroiden ein Etwas das genug Tageslicht spendete, um sichtbare Schatten zu werfen.

Rings um das Fenster flackerten im Sekundentakt aktualisierte Messwerte, Berechnungen über Hitzeschilde und Raumtiefe. Die Wärme schien demnach das kleinste Problem zu sein, der Mittelklasse-Frachter konnte unbeschadet zwischen dem Ding und seiner geheimnisvollen Privatsonne hindurch fliegen. Knapp konnte allerdings der Platz am Rand des halbwegs normalen Raums werden.

Eine Leuchtdiode am Sensorset sendete ständig Nanosekunden kurze Blitze aus, die von einer Photozelle an der Rückseite wieder aufgefangen wurden. Je länger das Licht brauchte, um den zum runden Tunnel verbogenen Raum zu durchlaufen und seinen Ausgangspunkt wieder zu erreichen, desto geringer war die Raumkrümmung. In der normalen Welt, die sie erst vorhin verlassen hatten, würde der Blitz unendlich lange brauchen, bis er nach unmessbarer Ewigkeit zur Photozelle zurückkehren würde. In einem Hyperraum-Tunnel von hundert Metern im Durchmesser brauchte er nur ungefähr eine Mikrosekunde.

„Fünf verdammte Kilometer", diesmal war es Lucias Flüstern, das die gespannte Ruhe zerriss. Das kugelförmige Hyperloch hatte einen Durchmesser von genau fünf Kilometern. Dass sich von dem Asteroiden eine metallene Kapsel von der Größe eines Helikopters gelöst hatte und nun auf sie zu hielt, fiel ihnen erst auf, als der Bewegungsmelder den virtuellen Turm drehte, so dass ein Fenster von Sensorset 5 ins Blickfeld rückte.

Das stromlinienförmige Fluggerät drehte sich und steuerte seine hellblau lackierte Spitze vor die Frontscheibe des Transporters. So warteten beide Raumfahrzeuge regungslos. Zehn Sekunden vergingen wie Stunden, bis die fremde Kapsel plötzlich eine Sprachverbindung anforderte.

Mit allem hätte Julie gerechnet, von unangekündigtem Waffenfeuer bis zum erzwungenen Andockmanöver; doch dieses Ding da draußen klopfte ganz zivil an die Tür. Alle irdischen

Standards befolgend sendete es eine für den Bordcomputer verständliche Verbindungsanfrage.

Ein wenig erschrocken über so viel Normalität schob die Pilotin den Informationsturm zu einem Halbkreis zusammen und griff nach einer faustgroßen Pyramide, welche neben ihr schwebte und die Sprachverbindung symbolisierte. Auf ihrer Handfläche öffnete sich das Symbol, es formte ein zwei Meter hohes Dreieck aus dem sie ein Menschengesicht – auf förmliche Weise freundlich – anschaute. Sie zog die Hand zurück und wartete darauf, dass der Fremde sich vorstellte.

„Guten Tag allerseits, mein Name ist Jesko", sagte der schmale, hochgewachsene Mann in terranischer Lautsprache. Julie schätzte ihn auf Anfang vierzig, seinen seltsamen Akzent konnte sie nicht sofort einordnen. „Darf ich erfahren, wer uns so unerwartet besucht?"

Unsicher schaute sie über die Schulter zu den Arbeitern, die auf einmal alle drei Schritte hinter ihr standen. Niemand schien auf die Idee zu kommen das Wort zu ergreifen.

„Guten Tag, ähm ... wir sind nur auf der Durchreise", begann sie schließlich. „Nennen Sie mich Juliette, mein Schiff hat keinen Namen."

„Nun, Juliette, dein namenloses Containerschiff *war* auf der Durchreise. Ihr könnt übrigens Du zu mir sagen, das ist einfacher." Trotz seines unverändert ruhigen Tonfalls, oder gerade deswegen, erschien Jesko irgendwie unberechenbar. „Aber keine Sorge, der Weg in den normalen Raum steht dir offen, sobald ich ein paar Worte mit der Besatzung gewechselt habe und ihr ein paar Zeilen unterschrieben habt.“

„Kein Problem. Was hindert uns daran, einfach umzukehren?“

„Unser 4D-Stabilisator, der diesen Raum offen hält und einen Verzerrungsversuch eurer mickrigen Maschinen nicht einmal bemerken würde.“

Mickrig, beinahe hätte Julie gegrinst, *wenn der wüsste was wir gerade testen … aber vermutlich hat er verdammt nochmal Recht.* Soviel musste sie sich eingestehen. Die Anlage, die diesem Hyperloch seine makellos runde Form verlieh, hatte sie hinein gelassen, weil ein anderes Schiff erwartet worden war. Solange sie die Ingenieure von Neptun-4 nicht um Rat fragen konnten, kamen sie wiederum nur mit Erlaubnis hinaus. Echter Widerstand war also sinnlos, man konnte lediglich versuchen den Schaden in Grenzen zu halten.

„Was mich interessieren würde, bevor du an Bord kommst“, versuchte sie eine letzte Frage, „für wen arbeitet ihr eigentlich und wieso versteckt ihr euch sozusagen … außerhalb des Universums?“

Jesko sah sie an wie ein unartiges Kind. „Nicht so voreilig, Mädel! Wir können nachher in aller Ruhe reden.“ In den Fenstern hinter ihrem Rücken drehte sich der Raumgleiter erneut und platzierte sich vor der Unterseite, wo die Rettungsboote angedockt waren. „Wie ich sehe, hat dieses tatsächlich nicht der Rede werte Schiff keine eigene Luftschleuse. Ihr landet wohl nur in organisierten Häfen mit Druckausgleich. Wenn du also bitte eine Fluchtkapsel abtrennen würdest, damit ich andocken kann …“ –

widerwillig dachte Julie eine Befehlssequenz, welche die kleinste Kapsel entsicherte – „... vielen Dank!"

Lucia, Nishu und Rihm streiften sich die Datenstirnbänder von den Köpfen. Julie kämmte nur mit den Fingern ihr langes Haar über die Elektroden, um per Funk mit der virtuellen Brücke in Kontakt zu bleiben. Dann packte sie ihren Informatiker am Ellenbogen und zog ihn hinaus in die mittlere Halle, von der eine Rampe aufs untere Deck führte, wo hinter dünnem Plexiglas die noch nie benötigten Rettungskapseln hingen. Jerry blieb im Cockpit zurück und kam sich völlig vergessen vor.

Die Scheibe schützte die Kapseln nur vor unbefugtem Zutritt, im Notfall ließ sie sich relativ leicht einschlagen. Zur Kontrolle und Wartung konnte man sie aber auch einen Meter zur Seite schieben, was Lucia bereits erledigt hatte. Zwei Kollegen folgten Julie noch durch den Spalt, dann stand die komplette Besatzung versammelt vor der Reihe viereckiger, versiegelter Tore. Alle trugen die schneeweiße Standardkleidung der ViG, darüber die üblichen Samtumhänge in Weinrot, Ilsina im Blau der Lehrlinge, Julie als Pilotin in Dunkelgrün. Wie immer befürchtete sie, es könnte lächerlich wirken, dass ausgerechnet eine der Jüngsten an Bord das Sagen haben sollte.

Da schob sich die erste Luke von links auf, fahles Grün schimmerte dahinter, so dass die Gestalt darin wie ein rötlicher Schattenriss erschien. Doch kaum stand er auf ihrem Boden, sah Jesko schon viel harmloser aus. Er war nicht größer als Nishu, trug einen silber-blauen Anzug, schwarze Stiefel und altmodisch kurzes Haar. Wie ein Vertreter einer seriösen Organisation trat er auf Julie zu und hob eine Hand zum Gruß.

„Willkommen in der *Vereinigung interplanetarischer Gütertransport*, dem ersten terranischen Staat ohne festen Boden", begrüßte sie ihren ungebetenen Gast. „Darf ich dir die Einwohner dieser Insel vorstellen?"

Selbstverständlich redete sie in Interstellar, der lautlosen Amtssprache der Flotte. Dem Fremden schien das zu missfallen, aber er akzeptierte die Regeln des Landes dessen Boden er gerade betreten hatte.

Zuerst ließ er sich durch Lagerhallen und Maschinenraum führen, die er oberflächlich begutachtete, ohne näheres Interesse an der toten Materie. Viel mehr achtete Jesko auf die Personen die mit ihm sprachen. So aufmerksam verfolgte er Finger und Gesichter, dass man fast meinen konnte, er hätte Probleme mit der Sprache. Nachdem er genug gesehen hatte, suchte er noch einmal den Maschinenraum auf und schickte Julie fort, um ein paar Minuten mit Lucia allein zu sprechen.

Julie wollte protestieren; aber was hätte das gebracht? Nur noch mehr Zeit an diesem verrückten Ort. Glücklicherweise schenkte Jesko den Kameras in der Decke keinerlei Beachtung. Also holte sie ein Echtzeit-Video der beiden auf die virtuelle Brücke, die sie noch immer wie eine zweite Wirklichkeit in ihrem Kopf sah, und verließ rein physisch den Raum.

Das gespenstische an den Galerien und

Verkaufsständen war, dass sie wie immer aussahen. Gewöhnlicher Tratsch von den Parkbänken, gewöhnlicher Palmenkitsch in den Pflanzkübeln. Die Düfte internationaler Gewürze und billiger Räucherstäbchen streiften Tristans Nase, als er die Marktstraße entlang schlenderte.

Vor ein paar Jahren, als er noch ein legaler dummer Junge war, war dieser virtuelle Flohmarkt eröffnet worden. Seitdem hatte er regelmäßig im wechselnden Angebot gestöbert. Nicht weil er etwas gesucht hätte. Nur zum Schauen; wegen den vielen putzigen, überflüssigen Sachen, die man offenbar nicht im Bekanntenkreis los wurde, so dass man sie europaweit zum Versand anbieten musste.

Die Plattform lebte von wenigen großen Warenhäusern, deren Schaufenster den kompletten Hintergrund der Szene ausfüllten. Dazwischen verlief eine Flaniermeile, doch hunderte kleiner Marktstände verwandelten sie in einen verwinkelten Pfad. Jeder konnte so einen Stand mieten, um beliebigen Kleinkram zu verkaufen. Händler kamen und gingen, gerade der Wechsel verlieh diesem Ort seine vertraute Atmosphäre.

Wieder hatte Tristan einen Arbeitstag in der Küche hinter sich gebracht ohne aufzufallen. Doch kaum betrat er seine kleine Kammer über dem Restaurant, drängten immer die Sorgen in seinen Kopf. Die Küche hielt ihn sechs Stunden beschäftigt, danach saß der auf seinem Bett und machte sich schlimme Gedanken. Dagegen half nur, das Stirnband aufzusetzen und Zeit im Netz zu verbringen. In einem Raum der von Menschenmassen frequentiert wurde, so dass niemand sich die Zeit nahm, sein Profil genauer anzuschauen.

Der Europamarkt war optimal, um sinnlos Zeit zu vergeuden. Um die Augen mit Waren zu blenden die man doch nie bestellen würde, nur um sich nicht ausmalen zu müssen was passieren könnte. Wenn jemand ihn ortete. Wenn die Verwaltung ihn ortete. Wenn er am Lieferanteneingang ein Formular signieren sollte.

Auf eine Bude mit selbst gehäkelten Socken folgte eine mit Duftkerzen, deren Qualmtextur so mies modelliert war, dass sie an Rauchbomben erinnerten. Sollte man die Kerzen aus Neugier kaufen, um herauszufinden wonach sie wirklich rochen? Mit zwei Fingern winkte er sein Steuerfenster ins Blickfeld und schaltete den Geruchskanal kurz ab.

Der nächste Stand bot Blumengestecke an. Gerade erklärte die Verkäuferin einem älteren Pärchen, was einen originalen Türkranz aus Deutschland ausmachte. Milde interessiert hob Tristan einen Kranz aus violettem Heidekraut auf, ließ seine Finger die trockenen Blüten streicheln. Kurz darauf verflog die Anziehungskraft, irgendwie wollte er das Ding nicht mehr. Tote Pflanzen, nicht gerade aufmunternd.

Hagebutten, erzählte die Verkäuferin weiter, seien mit ihrem matten Glanz der Kontrastpunkt zu rauen Blättern. Dabei präsentierte sie den beiden Kunden einen besonders aufwendigen Türkranz. Wie sich diese Schrumpelbeeren wohl anfühlten? Tristan rückte näher heran, um die dunkelroten Früchte ebenfalls berühren zu können.

Eine Haferähre streifte seinen Unterarm, bevor er mit den Fingerspitzen ein Stechpalmenblatt anstupste und schließlich die Hagebutten überstrich. Drei intensive Texturen direkt auf der Haut. Das Gesteck fühlte sich wirklich faszinierend an. Der Hafer wippte im Wind, kitzelte erneut die Härchen auf seinem Arm – wie silberne Punkte; entlang der gelben Linie, wo der Halm kribbelnd auf die Haut traf.

Das gelb-metallische Muster glimmte nach, während er die rot-seidige Struktur der Hagebutten ertastete. Ob er so einen Blumenkranz für seine Kammer bestellen sollte? Nun ja, nachdem er die Hand zurück gezogen hatte, wollte er ihn eigentlich nicht mehr haben. Das übliche „brauchst du nie"-Gefühl machte sich breit.

Er schlenderte weiter, ohne ein Wort gesagt zu haben. Doch der Eindruck des Besonderen blieb. Woran erinnerte ihn dieses Gefühl von Gräsern und Beeren bloß?

Vielleicht war es nur zu spät am Abend. Überhaupt musste er früh aufstehen. Seine Konzentration reichte gerade noch, um das Kontrollfeld zu öffnen. Also meldete er sich aus dem Marktplatz ab.

Der Trubel blendete sich aus, seine Eingangshalle stand wieder wie ein goldener Käfig um ihn herum, ohne eine einzige neue Nachricht. Von wem auch? Niemand sollte ihn unter diesem Namen suchen.

Zum ersten Mal seit seiner Flucht schlief er wirklich gut. Am Morgen erinnerte er sich daran, irgendwas von früher geträumt zu haben. Nicht wie sonst von der Station, oder von einem Portal hinter dem bunte

Flugechsen verschwanden. Dem Gefühl nach, hatte er von seiner Kindheit geträumt. Etwas Nettes von zu Hause.

Unter der Dusche fügte sich das Bild in seinem Kopf langsam zusammen. Die Allee mit dem langen Stadthaus, in dem er aufgewachsen war. Das Haus war so lang wie die halbe Querstraße gewesen, zehn Wohnungen passten nebeneinander hinein.

Das Bodenlevel war von sozialen Einrichtungen belegt, Kindergärten, Büchereien, Vereinsräume. Zwei Geschosse über dem Tauschklub hatte die Wohnung seiner Eltern gelegen. Sie waren oft unten gewesen, um ihre Nachbarn zu treffen, die dort Haushaltskram, Kleider und Spielzeug tauschten. Die Ebenen darüber hatte er nie von innen gesehen, denn ab der Fünften enthielt das Haus nur Büros bis hinauf zur Etagendecke.

Die Hauptstraße, ein gelber Strich auf dem Stadtplan. Ein dicker, silberner Punkt markierte die Ecke, an der seine Querstraße einmündete. Wo auf der Karte würde seine Wohnung liegen? Das dunkelrote Gefühl vertrauter Nestwärme würde … da war es, auf seinem rechten Zeigefinger!

Das Gefühl von gestern erschien so klar in seiner Erinnerung, als würde es noch immer auf seinem Unterarm kribbeln. Eine Haferähre zeichnete die Hauptstraße seiner Etage, am gekitzelten Härchen zweigte der Weg ins Wohngebiet ab. Und die Hagebutte – Zuhause? Das konnte kein Zufall sein.

Lucia beherrschte eine Menge Fassaden. Heute war offenbar coole Selbstbeherrschung angesagt, also spielte sie ihre Rolle so lässig, dass sie sich richtig gut darin fühlte. So unbefangen, wie sie auf der aus der Wand hervor stehenden Konsole hockte, sah ihr niemand an, dass sie mit ihrem Rücken den Eingang zum Stabilisator-Kern beschützte. Wer an den 4D-Verzerrer wollte, musste erst an ihr vorbei.

„Eine geniale Konstruktion habt ihr da draußen", sagte sie zum stehenden Jesko aufschauend. „Wer kann so etwas überhaupt bauen?"

„Am Anfang war es nur ein Experiment", lächelte er beeindruckt, „von ortalyschen Physikern. Die Technik würde ich dir gerne erklären, wenn ich sie verstehen würde."

Für einen Moment glaubte Lucia, gleich alles zu erfahren. Doch nach einer Atempause riss Jesko sich zusammen und verschob das Thema auf später.

„Genau dich wollte ich kennen lernen", setzte er in höflicher Ruhe neu an. „Dürfe ich etwas mehr über die Dame erfahren, die hier den Antrieb pflegt? Du hast von diesem Haufen sicher am meisten Berufserfahrung."

„Vierundzwanzig Jahre, um genau zu sein", stolz warf Lucia ihm die Zahlen entgegen, die sowieso jeder in den Akten einsehen konnte, „fünfzehn davon hier."

„Oh, so lang schon im Dienst?" Jesko zog die Augenbrauen hoch. „Da hätte ich beinahe dein Alter unterschätzt."

Blödmann, dachte sie, biss sich aber rechtzeitig auf die Zunge und erzählte weiter. „Früher hab ich in einer Werft gearbeitet, bis mir der Job zu eintönig geworden ist. Dort hab ich genau solche Antriebe zusammen geschraubt, ich kenne jeden einzelnen Draht." Dabei setzte sie ein stolzes Gesicht auf und klopfte zärtlich auf die Konsole.

Mit soviel authentischer Selbstsicherheit hatte Jesko nicht gerechnet. Leicht aus dem Konzept gebracht fuhr er fort. „Leider habe ich keinen Zugriff auf eure Einwohnerdatei. Auch so nehme ich aber an, dass es in den letzten fünfzehn Jahren mindestens einen neuen Kommandanten gegeben hat."

Wieder grinste Lucia ihrem Gegenüber offen ins Gesicht. „Klar doch! Jedenfalls wäre ich niemals auf einen Transporter gezogen, der von einem zehnjährigen Kind gesteuert wird." Wäre ihr hellbraunes Haar nicht im Nacken zum Zopf gebunden gewesen, hätte sie es lässig zurück geworfen. „Bevor du noch länger auf meinem Alter herum reitest: Ja, ich habe die Vierzig hinter mir."

„Ist ja gut, ist ja schon gut, ich wollte niemandem zu nahe treten." Entschuldigend hob Jesko die Hände. „Was ich nur fragen wollte: Hast du vor, hier noch länger zu bleiben?"

„Sag mal, suchst du Personal?" Sie lehnte sich zurück und schaute ihn schräg von unten an. „Es hat mich mehr als genug Zeit gekostet, ein Team zu finden mit dem ich gut auskomme."

Nun ließ Jesko eine unangenehm lange Pause entstehen. Sein Blick schien Lucia abzutasten wie ein Laserscanner.

„Ein Team mit den ich auskomme", zitierte er schließlich. „Für das du ein abgesichertes gutes Leben in der Werft hinschmeißt."

„Das ist ja fast schon persönlich, worauf willst du

überhaupt hinaus?" Dabei ließ sie dezent durchschimmern, dass ihr das Gespräch zu weit ging.

„Auf das Offensichtliche", kam die kurz angebundene Antwort zurück. „Dann eben ganz direkt: Man muss gar nicht viel reden, um zu kapieren, dass du hier der Schatten-Kommandant bist."

„Nee, ich bin kein Schatten – meinst du damit vielleicht, dass ich Juliette ab und zu mit gut gemeinten Ratschlägen unterstütze?"

Genervt sprang sie von ihrer Konsole auf und landete mit einem Fuß haarscharf neben Jeskos linkem Schuh. *Nicht getroffen!*

„Ich kenne die Macken und Bruchstellen dieses Orts so gut, dass ich garantiert nicht dafür verantwortlich sein will. Dafür gibt es ausgebildete Verantwortungsexperten."

Das reichte offenbar. Der lästige Fragensteller wandte sich zur Tür, um sich den Nächsten vorzunehmen. Sie führte ihn durch einen leeren Flur ins chemische Labor, wo Nishu sich die Zeit damit vertrieb, verschiedene Medikamente auf Vorrat zu synthetisieren.

„Ich weiß nichts, bin nichts und kann noch weniger", grinste Nishu dem Besucher entgegen, bevor dieser etwas sagen konnte.

Schon waren seine Hände wieder am Bio-Assembler beschäftigt, über das Gerät hinweg beobachtete er Jesko und wartete auf eine Reaktion. Lucia zog sich schweigend hinter die Kühlanlage zurück, damit der Besuchter nicht bemerkte, dass sie noch anwesend war.

Unbeeindruckt zeigte der Fremde im schillernd blauen Anzug auf den Bio-Assembler. „Was wird hier überhaupt hergestellt, die Essenz der Fröhlichkeit?"

„Antibiotika", Nishu schniefte demonstrativ, „gegen irdische Schnupfenbazillen."

„Also, wenn ich mir die Zutaten so anschaue …"

„... das da wird nur ein harmloses Zeug das unser Hacker ab und zu braucht." Welche Frage als nächstes kam war klar, warum darauf warten. „Nein, wir betreiben keine chemische Bewusstseins-erweiterung, nicht zur billigen Leistungssteigerung. Er hat einen bleibenden Schaden davongetragen, lange vor meiner Zeit an Bord, von einer Sache die offiziell nie passiert ist."

„Offiziell nie passiert, alles klar. Dann sollte ich wohl nicht weiter darauf eingehen?"

„Du kannst mich alles fragen, ich weiß nur nicht viel", meinte Nishu, „jedenfalls nicht über dieses Thema. Das war vor meiner Zeit." Eine unangenehme Pause entstand. Eindeutig wurde doch mehr darüber erwartet. „Julie hat ihn gerettet, seitdem gibt sie ihn nicht mehr her. Ende der Geschichte."

„Das klingt sehr nach Menschenversuchen. Eigentlich dachte ich, auf der Erde gäbe es so was wie Ehre und Anstand. Aber was soll's." Endlich begriff Jesko, dass er nicht mehr erfahren würde, erst recht nichts Persönliches. „Kommen wir zurück auf deine Aufgaben. Was genau machst du an Bord?"

„Alles."

„Alles?"

„Nun ja, was ich eben kann. Kochen, putzen, mischen und so. Ich absolviere hier den Praxisteil meines Studiums."

„Könntest du bitte aufhören, mich für dumm zu verkaufen?" Endlich bröckelte seine ewig freundliche Fassade ein wenig. „Dieses Team schleppt noch eine ganz andere Geschichte durchs All. Es gab keinen für mich erkennbaren Grund, nicht einen einzigen, das Schiff einer Anfängerin von heute achtundzwanzig Jahren anzuvertrauen, wenn ein anderer Kandidat so viele Jahre Weltraum-Erfahrung hatte wie sie überhaupt erst alt war."

Auch das nahm er brav nickend zu Kenntnis. „Gut erkannt, Jesko, anscheinend hast du jetzt zwei Vermutungen auf Lager. Erstens, Lucia hätte was Schlimmes angestellt, zweitens, sie sollte Julies Job machen. Aber ich kann dir versichern, beides ist Unfug."

„Okay, und was ist dann wirklich los?"

„Was sollte denn sein? Für das alles", er deutete durch den Raum und meinte den ganzen Frachter, „möchte ich auf gar keinen Fall alleine verantwortlich sein. Wäre ja schrecklich!"

Dann hatte die Mechanikerin doch nicht gelogen? „Heißt das ... das heißt also, sie hat der Kleinen freiwillig den Vortritt gelassen, weil sie Schiss vor Verantwortung hat?"

„Unfug zum Dritten!", schallte eine Stimme hinter dem Kühlschrank hervor.

Zwei Blicke trafen Lucia, ein erschrockener von Jesko und ein zwinkernder von Nishu. Sie fand es schlimm genug, wie dreist der arme Student ausgefragt wurde. Dass er jetzt noch auf ihre Kosten aus der Reserve gelockt werden sollte, ging zu weit.

„Schau dir doch diesen sozial inkompetenten Haufen von Einzelgängern an, willst du den etwa nach außen repräsentieren? Schau dir mal eine virtuelle Brücke an, wie sie heutzutage üblich ist – kennst du überhaupt diese geisteskranke Ich-Auflösung, wenn du jeden Tag an mindestens zwei Orten gleichzeitig sein musst? Besonders für Letzteres muss man geistige Kapazitäten mitbringen, von denen Juliette von Natur aus eine Überdosis hat. Klar, ich würde es auch schaffen ... aber nie mit dieser Leichtigkeit.“

„Ein Cyberspace-Genie ...“, überlegte Jesko, der unbewusst an seinen silbern gestreiften Ärmeln zupfte, es plötzlich bemerkte, den Glitzerstoff glatt strich und wieder seine eingeübte Haltung annahm. „Von so etwas habe ich schon gehört, aber das waren immer irgendwelche jugendlichen Neurohacker oder weltfremden Künstler.“

„Ist doch egal.“ Von nun an musste Nishu sich Mühe geben, nicht unangemessen zu grinsen. Der alles beherrschende Fremde hatte hier tatsächlich etwas Unerwartetes entdeckt und kam so schlecht damit zurecht, dass er plötzlich richtig menschlich wirkte.

„Ich kenne das Mädchen erst seit sechs Jahren. Der alte Zhan hat sie an Bord geholt, nachdem sein letzter Lehrling uns für ein größeres Schiff sitzen gelassen hatte ...“

„Wer ist Zhan?“, unterbrach Jesko .

„Der frühere Chef. Wer denn sonst? Also, sie saß dann ahnungslos in meinem Maschinenraum, ich bildete sie aus, zeigte ihr die computergestützte

Steuerung, sie schleppte ein Upgrade nach dem anderen an ... irgendwann kam diese Technologie mit den Stereokameras, durch die man sich mehrere Räume – reale und virtuelle – auf einmal in den Kopf holen konnte. Da hab ich mehr oder weniger aufgegeben, aber Julie kann das irgendwie koordinieren.“

„Verantwortungslos“, murmelte Jesko in Lautsprache.

„Nicht wirklich“, konterten Lucias Finger. „Im Prinzip kann sie gar nichts falsch machen. Sie hat ja immer noch mich, ich passe schon auf sie auf.“

„Also doch der Schatten-Kommandant.“

„Wenn du es unbedingt so nennen willst. Was du als Nächstes wissen willst, erfährst du aber nicht von mir.“

„Ach ja?“ Wieder zog Jesko die Augenbrauen hoch. „Was frage ich denn als Nächstes?“

„Jetzt kommt der Teil, der dich einen eisgekühlten Dreck angeht.“ Für ein paar Sekunden legte sie die Fingerspitzen aneinander und deutete mit dem Kopf zur Tür. „Tut mir leid, aber das musst du die Leute selber fragen.“

An diesem Punkt musste der Besucher einsehen, dass diese Unterhaltung nicht den geringsten Sinn hatte. Die Älteste wusste alles, erzählte aber nur ausgewählte Oberflächlichkeiten.

Also beschloss er, es gleich am entgegengesetzten Ende der Hierarchie zu versuchen und ließ sich zu den Lehrlingen führen, die frei hatten und in Ilsinas Quartier herum saßen. Noch zwei Interviews, dann war das psychologische Profil der Mannschaft so gut wie komplett.

Minuten nachdem sich die Tür der Labors endlich vor Nishu geschlossen hatte, manifestierte sich ein Hologramm von Julie in der Ecke. Die durchsichtige Projektion flackerte gerade scharf genug auf, dass man die Hände erkennen konnte.

„Danke, dass du kein Wort zu viel von Rihm und mir gesagt hast", sagten die Umrisse. „Übrigens hat der Typ keine drei Minuten gebraucht, um Ilsina gegen sich aufzubringen. Ihr beiden solltet euch auch dazu schalten, es könnte spannend werden."

Der Typ würde heute wieder auftauchen. Lara war neunzigprozentig sicher. Gestern Abend hatte sie einen dabei erwischt, wie er auf ihre ins Stroh codierte Botschaft angesprungen war.

Wie still er stehen geblieben war, um das Muster zu begreifen. Wie er das Symbol erneut gestreichelt hatte, ohne passende Worte zu finden. Wie nachdenklich er verschwunden war, ohne dummes Zeug zu schwatzen wie alle anderen Kunden.

Das hieß, sie musste sich endlich Gedanken darüber machen, wie sie ganze Sätze mit ihm austauschen wollte. Bisher hatte sie seine Kanal-Abbildung nur bis zum Tastsinn entziffert. Seine haptische Auflösung war zwar überdurchschnittlich, weit besser als Laras eigene. Mehr als dezente Hinweise konnte sie darauf trotzdem nicht abbilden.

Sie wuselte weiter durch die Binärdatei. Wie nahm er Dateinamen wahr, Ortsbezeichner, Personennamen und diese ganzen kleinen Texte, die das System einem unablässig im Hintergrund präsentierte?

Sie selbst ließ sich diese Daten immer als Wirbel in der Umgebungstemperatur andeuten, deren Muster erst spürbar scharfe Kanten erhielten, wenn sie sich auf einen davon konzentrierte. Bei Tristan schien es eine auditive Darstellung zu sein. Ließ er sich die Texte etwa vorlesen?

Nein, viel simpler – das System codierte die Silben als Akkorde. Eine sanft fließende Hintergrundmusik enthielt so alle Informationen, die Lara gewöhnlich als warme Luft umwirbelten.

Der Typ war musikalisch! Seine Tonleiter enthielt die klassischen zwölf Töne. Mit jeweils zweien davon ließen sich zwölf mal elf, also 132 verschiedene Silben darstellen. Mit vollen Dreiklängen gab es 1320 für Musiker leicht trennbare Silben- und Satzzeichen. Oder waren es direkt Phoneme? Welche Bedeutung hatte dann die Betonung so einer Melodie?

Text eins zu eins in Akkordfolgen zu übersetzen, erschien Lara etwas befremdlich. Aber nichts anderes hatte sie von einer fremden Kanal-Abbildung erwartet. Keine zwei Menschen auf der Welt hatten dieselbe Wahrnehmung, gerade deshalb war für jeden eine andere Metadaten-Präsentation optimal.

Um Tristan wieder eine Information unter zu schieben, indem sie ein konkretes Symbol mit exakt komponierten Reizen anreicherte, die sich nur bei ihm mit den Metadaten überlagerten, musste sie es nun genau wissen. Phoneme oder Silben? Satzzeichen oder Betonungen?

Ob sie etwas begreifen würde, wenn sie, nur für eine Minute, ihre normale Kanal-Abbildung gegen seine tauschte? Lara gruselte sich bei dem Gedanken, ihre über die Jahre fein justierte Abbildung zu verstellen. Es hatte zu lange gedauert, die Darstellung des Netzes so auf ihre persönliche Wahrnehmung abzustimmen, dass sie so flüssig wie heute damit arbeiten konnte.

Da fiel ihr die Anna-Puppe ein, deren Kanal-Abbildung ohnehin außerhalb des Bürgerprofils gespeichert war. Ihr Eigenbau-Interface pfuschte die sekundären Kanäle erst auf dem Weg ins Stirnband hinein. Dort stattdessen Tristans Konfiguration einzubinden war so einfach wie reversibel.

Also löschte sie ihre eigenen Kanäle aus dem Adapter und lud die ihrer Zielperson. Und nun? Für einen kurzen Versuch, am besten in einem harmlosen Testraum herum tapsen. Vorher noch ein Glas Wasser trinken. Und die Kopfschmerztabletten bereitlegen.

Schließlich setzte sie das schief genähte Stirnband auf und rückte die Elektroden zurecht. Der leere Testraum baute sich um sie herum auf. Vier grau karierte Wände mit Stofftextur, ein blau-weiß karierter Himmel und ein halb transparenter Boden aus geriffeltem Glas. Soweit die primäre Ebene.

Am Rande fiel ihr auf, dass der Boden ein Kälteraster abstrahlte. Streckte man die Hand darüber aus, so kitzelten warm-dunkle und eisig-helle Linien auf der Haut.

Dieses Strichmuster konnte nur für die Dicke der Bodenplatte stehen, denn das war die einzige Eigenschaft die der Testraum seinem Boden anheftete. Mit feinem, wirklich sehr feinem Gefühl könnte es möglich sein, so die Konsistenz von Objekten außerhalb des Blickfelds zu sondieren. Welche Eigenschaft man auf die Konsistenz abgebildet hatte … war jetzt nicht das Thema!

Nun ließ Lara das übliche Testdokument einblenden. Dies war eine Zeitungsseite mit Bildern, Themenkennern, Texten und Referenzen auf weitere Artikel. Es schwebte als schillernde Kugel einen halben Meter vor ihr und wartete darauf, näher heran gewinkt zu werden.

An diesem Punkt erwartete Lara aus Gewohnheit, dass die Kugel nach den Eigenschaften des Dokuments duftete. Nach einem Geruch mit der Intensität des Veröffentlichungszeitpunkts, der Farbe des Oberthemas und einer Schraffur die den Namen des Herausgebers andeutete. Die inhaltliche Relevanz der Dokuments wurde normalerweise als Konsistenz des Duftbilds dargestellt, von rauchig-flüchtigem Schund bis zu massivem Stein für Fachartikel.

Mit der fremden Kanal-Abbildung duftete das Symbol ebenfalls; jedoch nach einer Komposition die Lara überhaupt nichts sagte. Die leisen Echos, aus denen sie sonst jede Bewegung im Raum heraushören konnte, fehlten völlig. Sie musste gucken, um zu wissen, wo sie war. Stattdessen ging von dem Dokumentensymbol eine leise, sanft fließende Musik aus. Dieses Ding spielte ihr vor was es enthielt.

Bei genauem Hinhören klang die Kugel wie drei parallele Melodien, im selben Rhythmus synchron gespielt. Sie hätte jetzt versucht, in jeder davon etwas zu lesen. Doch zum Glück stand bereits fest, dass der

Sinn in der Akkordfolge steckte. Tristan würde die Noten lesen wie Text und dessen Inhalt intuitiv verstehen. So wie sie sonst an jedem Symbol schnupperte, um zu wissen, womit sie es zu tun hatte. Wie konnte sie nun herausfinden, was wofür stand? Ein Beispiel musste her.

Sie kannte ihr Testdokument auswendig. Es war immer genau eine Woche alt, vom jeweiligen Benutzer selbst geschrieben und handelte von Rosengärten. Kurzerhand winkte sie es heran und konzentrierte sich auf die Frage nach dem Titel. Darauf folgte eine Sequenz von Dur, Moll, Moll, Dur, Septime-vermindert … leider fehlte ihr das absolute Gehör.

Das half nur, die Melodie aufzuzeichnen. Später, mit ihrem richtigen Profil, musste sie das Zeug durch ein Musikprogramm schicken und nach einem Code suchen der *Rosengarten* bedeuten konnte.

Nacheinander rief Lara alle Metadaten des Dokuments ab. Jeweils zwei zusammen, in bunt gemischten Kombinationen. Solche Tonsequenzen würden reichen, um das Schema in Theorie zu begreifen.

Was sie jedoch verunsicherte, waren die Klangfarben. Der Titel des Dokuments, überlagert von seiner Relevanz, begann mit Klavier, Violine und einem türkisfarbenen Kunstinstrument. Wo sie die vorletzte Silbe vermutete, wechselte der Klang zu reiner Pfeifenorgel. Sie rief die Relevanz einzeln ab und hörte eine matt bräunliche Panflöte. Wo fand sich Letztere in der Überlagerung?

Egal! Sie würde nachher ein kleines Programm

schreiben, das für jeden erwarteten Textbaustein eine Markov-Kette berechnete. Falls sich auch damit nicht zeigte, welcher Klang wovon sang, konnte sie wenigstens neue Lieder erzeugen die höchst wahrscheinlich als ein bestimmtes, gewünschtes Satzfragment verstanden wurden.

Langsam wurde ihr schwindlig in diesem seltsamen Raum, der voll war mit Temperaturen und Musik, die irgendwas bedeuteten. In dem alles fehlte, dessen Bedeutung sie verstanden hätte. In dem Symbole schwebten, die sie nicht erkannte, obwohl sie eine vollwertige Mimik abstrahlten. Eine Mimik deren Sprache ihr immer fremd bleiben würde.

Immerhin verstand der Raum die üblichen Handgesten. Sie winkte das Steuerfenster herbei und loggte sich aus. Erst als sie das Stirnband zurück auf den Teppich zwischen ihrem Bett und der Raumtrenner-Rosenhecke legte, wurde ihr bewusst wie schmerzhaft ihr Kopf dröhnte. Ein dumpfer Schmerz benebelte sie – völlig farbneutral! Sie kniff sich selbst in den Arm, der Schmerz hinterließ keine Linie, leuchtete nicht mal auf. Aus der Küche hörte sie graue, formlose Stimmen.

Scheiße! Hoffentlich hatte sie sich nur einen Migräneanfall eingefangen. Solche Effekte sollte es geben, wenn man zu lange mit falschen Einstellungen online war. Erlebt hatte sie es noch nie, schließlich war ihr System exakt feinjustiert.

So ganz ohne Training alle sekundären Kanäle gleichzeitig zu überschreiben, hatte ihre Nerven wohl etwas überlastet. Warum hatte sie auch zugestimmt, ohne Drogen auszukommen? Weil sie darüber schreiben wollte. Weil das der Sinn des ganzen Auftrags war.

Es war acht Uhr morgens, eigentlich sollte sie in einer halben Stunde im Büro sitzen. In zehn Stunden wollte sie mit voller Aufmerksamkeit hinter ihrem Marktstand stehen. Und bis dahin natürlich ein Symbol entwickelt haben, das Sätze in Akkordfolgen codierte.

Ohne lange zu überlegen meldete sie sich für heute krank und warf sich ins Bett. Mit etwas Glück und Schmerztabletten würde die halbsichtige Migräne bald soweit abklingen, dass sie wieder im Vollkanalmodus programmieren konnte.

Glitzernde Spielkarten aus geschichteter Folie irisierten im warmen Licht der Deckenlampe. Als der Gast in der Tür stand, legte Ilsina ihren Kartenstapel auf den Boden und bedeutete Jerry, seinen ebenfalls aus der Hand zu tun. Man spielte nicht ignorant weiter, während man sich mit wichtigen Leuten unterhielt. Schief auf dem Boden herum zu liegen gehörte sich genauso wenig, also setzte sie sich auf den Teppich.

An Bord kannte jeder ihren Anblick und so war ihr gar nicht bewusst, wie unwirklich die Szene aussehen musste. Den dunkelblauen Umhang hatte sie aufs Bett geworfen, damit Jerry ihr nicht ständig vorwarf, Spielkarten darin zu verstecken. Das Schneeweiß des Reiseanzugs und ihre fast krankhaft blasse Haut gingen fließend ineinander über, das ebenfalls farblose Albino-Haar fiel ihr offen über die Schultern. So saß sie weiß wie das Licht in Person inmitten verstreuter Regenbogen-Folien, welche die plötzliche Spielpause mit Blinken in allen Farben kommentierten.

„Oh, entschuldigt bitte, ich wollte niemanden erschrecken", begann Jesko und bückte sich nach den scheinbar chaotisch verstreuten Karten. Dafür brauchte er seine Hände, wodurch er automatisch in Lautsprache zurück fiel. „Wir benötigen nur ein paar Details aus erster Hand, bevor ihr in den normalen Raum zurückkehrt und jedem zeigen könnt wo wir sind."

Ilsina dachte nach, übersetzte und musste dann doch in ihrer Sprache nachfragen. „Wem kann ich was zeigen, wenn wir wo sind? Leider hab ich nur den Schluss mitbekommen, hab nicht mit Geräuschen gerechnet."

Überlegen grinsend wiederholte Jerry den Satz in interstellarer Zeichensprache und redete gleich weiter. „Für Ilse musst du vernünftig sprechen, irdisches Quaken ist nicht ihr Ding."

„Du kannst keine Menschensprache?" Vorher war ihm nur eine makellose Lichtgestalt aufgefallen, jetzt war sein Interesse endgültig geweckt. „Wieso nicht, hörst du schlecht?"

„Lass meine Karten liegen, wir spielen die Runde nachher weiter!"

Schlagartig war Ilsina stinksauer. Wenn dieser Fremde sie schon in den Hyperraum sperrte, dann sollte er sich wenigstens benehmen.

Einsperren war das richtige Wort. Vorhin auf der Brücke hatte sie die Raumblase gescannt; das Feld das sie offen hielt war für ihren experimentellen

Antrieb unantastbar.

Da sie ohne Erlaubnis des Asteroiden nie wieder raus kämen, spielte sie also brav mit. Aber beleidigen ließ sie sich noch lange nicht.

„Ich bin nicht taub, ist das klar? Ich verstehe Lautsprache gut genug. Aber woher soll man ahnen, wann man hinhören muss!"

„Sie war noch nicht so oft auf der Erde", mischte Jerry sich ein.

Jesko machte sich eine mentale Notiz. Nach dem Cyberspace-Genie nun auch noch ein Weltraumkind. Klar, deshalb wurde ihre Pigmentschwäche nicht behandelt. Unter den optimierten Umwelt-bedingungen eines voll automatischen Lebens-erhaltungssystems war es gar keine Krankheit.

„Der einzige Schwerhörige hier spricht perfekt Terranisch", schwatzte der Junge weiter, „die beiden haben sich gegenseitig ihre Sprachen beigebracht."

„Schwachsinn", konterte die Lichtgestalt, „Rihm war nie taub! Über Netz hört er perfekt, nur mit den Ohren nicht immer."

Jesko machte noch eine Notiz. *Über Netz* schien die normale Wahrnehmungsebene des Software-Maschinisten zu sein. War vielleicht noch jemand per Datenstirnband an mehreren Orten gleichzeitig?

Es war herrlich, wie schlecht diese Jugendlichen sich unter Kontrolle hatten, als hätten sie schon lange mal plaudern wollen. Zu schade, dass er heute noch fertig werden wollte!

„Gut, ich werde gleich noch selbst mit ihm reden. Kann man ihn auch direkt ansprechen oder nur per Sofortnachricht?"

Wieder gab Jerry einen unüberlegten Kommentar ab. „Wenn er nicht gerade bei Juliette herum hängt …"

„Also, Kinder, wie alt seid ihr denn!" Obwohl er für die eindeutige Aussage sehr dankbar war, setzte Jesko den garantiert erwarteten, tadelnden Blick auf. Man lästerte nicht über die Angelegenheiten seiner Vorgesetzten.

„Ich bin volljährig, bei dem da bin ich mir nicht so sicher", meinte Ilsina und zeigte auf ihren sichtbar jüngeren Mitschüler.

Dann griff sie nach einem Kreidestift und malte einen Strich an die Wand. Die Strichliste dort war lang. Dass dieser Strich genau der letzte war der noch gefehlt hatte, um Jerry als unfähig zurück zur Erde zu bringen, verriet sie heute niemandem.

„Schön, danke", nickte der Besucher. „Darf ich bei der Gelegenheit gleich noch erfahren, wie lange ihr schon an Bord seid?"

Kurz darauf konnte er sich aufschreiben, dass der Junge seine Ausbildung vor gut vier Jahren angetreten hatte und das Mädchen schon vor knapp sieben, so dass sie in ein paar Monaten den blauen Umhang gegen einen roten tauschen würde.

Anschließend ließ er sich in den Laderaum führen, eine kaum überschaubare Halle voller Container, wo er, nach der anstrengenden Mechatronikerin, endlich den geheimnisvollen Software-Maschinisten treffen sollte.

Allerdings war dort kein Mensch zu sehen. Nur ein dreißig Zentimeter kleiner Namaride kletterte auf acht Füßen die von Regalen bedeckte Wand entlang.

„Hey du", zeigte er und hoffte, dass der blaue Kopffüßer ihn gerade im schwer vorhersagbaren Blickfeld hatte.

Sofort spreizte der Arbeiter vier Beine ab, um Worte zu formen. „Was ist los?"

„Ich würde gerne mit deinem Kollegen Rihm sprechen. Ist er irgendwo zwischen diesen Containern?"

Die Frage musste schrecklich unbeholfen wirken. Schon lief ein leichtes Zittern durch die Tentakel des Namariden, ein halbherzig unterdrücktes Lachen.

„Nein, ich sehe ihn nirgendwo. Aber das könnte ich dir auch erzählen, wenn er sich direkt unter mir verstecken würde."

Damit hatte Zis eindeutig recht. Manchmal wünschte Jesko sich, genauso leicht und beweglich zu sein, wörtlich über den Dingen zu stehen.

„Weißt du zufällig, wo er gerade steckt?"

„Klar bin ich hier", tönte eine Stimme mit australischem Akzent durch den Saal.

Er schaute sich um, konnte aber keinen Lautsprecher an der Decke erkennen. Nur ein glänzendes Messingschild, *Vladimirs universelle Multimedia-Systeme – Ideal für Kommunikation und Unterhaltung*, zierte den Türrahmen hinter ihm. Perfekt ins Design der Wände integrierte Markenware.

„Bin gerade nebenan, da komme ich besser an die Datenleitung," erklärte Rihm entschuldigend. „Wir können aber auch hier reden, ich hab mein Gesicht eh gerade im gesamten unteren Deck."

Hieß das, er hatte sich in alle Hallen und Flure hier

unten eingeklinkt? Auf einmal kam Jesko sich ganz schön beobachtet vor.

„Kein Problem, ich komme gerne herüber", sagte er und verabschiedete sich von der spinnenartig unter der Decke entlang kletternden Zis.

Deren letzte Geste bedeutete soviel wie „Mit mir willst du Rassistenschwein wohl nicht reden!"

Auf einer leer stehenden Halterung, links und rechts davon zwei stabil verankerte Container aus buntem Wellblech, kniete Rihm auf seinem Mantel und beobachtete den Besucher, der zehn Meter entfernt durchs vordere Tor trat. Dass der Mann im silber-blauen Anzug etwas nervös wurde, weil er ihn keine Sekunde aus den Augen ließ, fiel ihm gar nicht auf. Denn in Wirklichkeit saß er im virtuellen Garten neben Julie und achtete nur nebenher auf Jesko in der Außenwelt.

In der pastellgrünen Wandverkleidung fehlte eine Platte, dahinter lagen dicke Kabelstränge frei. Ein dagegen dünnes Bündel aus zwanzig isolierten Drähten führte aus der Öffnung direkt zu Rihms Hals, wo es unter schulterlangem, schwarzem Haar verschwand und im Datenstirnband endete.

Diesmal sprach er lautlos mit den linken Fingern. „Da bist du ja. Und was möchtest du wissen?"

Dann legte den Schraubenschlüssel weg, um beide Hände frei zu haben. Die Innenflächen waren grau von abgelöstem Isoliermaterial.

„Nur ein paar Details", antwortete Jesko, „zu dem einen oder anderen Kommentar den die Kollegen über dich abgegeben haben. Da wäre dieses Medikament, ich habe vorhin eine schnelle

Spektralanalyse genommen ...“

„Nur offline“, stellte Rihm sofort klar. „Bevor du auf falsche Gedanken kommst: Auf diesem Schiff ist es Ehrensache, mit dem eigenen Bewusstsein auszukommen. Leistungsdrogen brauchen wir nicht.“

Um ein Simulationsprogramm des experimentellen Antriebs neu zu starten, konzentrierte er sich kurz auf die Realität mit der Testumgebung, so dass für Jesko eine Pause entstand.

„Ganz selten brauche ich das Zeug in minimaler Dosis, um meine Sinne zu harmonisieren. Hab mir vor Jahren bei einem kranken Experiment das Hirn verbrannt.“

„Hast du dich oder wurdest du verbrannt?“ Fragend schaute er auf den schmalen Hacker hinab. Erst jetzt fiel im auf, wie blass und zerbrechlich er aus dieser Perspektive aussah.

„Wenn du die offizielle Version hören willst, musst du die KI fragen die den kalifornischen Turm regiert“, wehrte der die Frage ab. „Du in deiner Position solltest dich vielleicht in Acht nehmen vor ferngesteuerten Menschen. Inzwischen könnten sie überall sein. Aber vergiss es einfach, ist ja den Akten nach eh nie passiert.“

„Heißt das ... etwa ... so etwas hat die kalifornische Regierung an dir ausprobiert?“

Überrascht schaute Jesko noch aufmerksamer auf seine filigranen Hände, um kein Wort zu verpassen. Doch ausgerechnet jetzt hörte er auf zu reden, ignorierte die Rückfrage völlig.

Wieder zuckten Rihms Augenlider, als er sich auf

den nächsten seiner virtuellen Räume konzentrierte. Dort saß Julie neben ihm und griff nach seiner Hand.

„Mehr verraten wir aber nicht", flüsterte sie in Lautsprache. Und sie hatte recht.

Was ging es jemanden an, dass die Ärzte bei Entfernen des Chips eben Spuren hinterlassen hatten, dass ihn seit diesem Tag nichts mehr auf der Erde hielt, dass Julie und ihr altes Frachtschiff nun den Mittelpunkt seiner Welt bedeuteten? Er hatte den Fremden vor eventuellen Zombies gewarnt, wie er jeden warnte, wenn er es für angebracht hielt. Mehr musste der nicht wissen.

„Entschuldige bitte, ist schon gut, darüber musst du nicht reden."

An diesem Punkt gab der Ermittler endgültig auf. Er hatte genug Eindrücke notiert, um ein psychologisches Profil der Besatzung zu erstellen. Alles Weitere ging ihn wirklich nichts an. *Im Gegenteil*, vermutete er, *zu viel Wissen kann in diesem Fall sogar gefährlich sein.*

Kaum hatte der Chefkoch ihn in den Feierabend entlassen, zog Tristan sich in seine Kammer zurück, um den Europamarkt zu besuchen. *Blumen-Anna – traditionelle Dekoration aus dem Norden.*

Wer auch immer hinter dieser Anna Blume steckte, wusste mehr über ihn, als eigentlich möglich war. Nicht nur, dass die Herkunft in seinem neuen Profil verfälscht war. Die Chance, sie durch Zufall auf seinen Arm zu zeichnen, betrug eins zu einigen Milliarden.

Über das Händlerverzeichnis fand er ihren Stand

schnell wieder. Offenbar hatte sie ihr Sortiment erweitert: Über den Blumenkränzen glitzerten Windspiele in diversen Größen, mit Glocken aus Bambus und Metall.

Fremde Leute bewunderten die Muster aus Gravuren, Lack und Stoffbezügen. Strichen mit dem Finger über die Glocken und lächelten über die vielen Klangfarben. Doch kaum berührten sie die Befestigungsschnüre, verloren sie schlagartig das Interesse.

Es war dasselbe Phänomen wie gestern mit den Kränzen, die jeder gemocht, aber niemand gekauft hatte. Doch die liefen heute hervorragend. Gerade notierte Blumen-Anna die nächsten drei Bestellungen.

Wie viel von ihrem Aussehen wohl echt sein mochte? Mit ihrer Figur hätte Anna auch für Bademode werben können. Zugegeben, jeder feilte sein Foto zurecht, bevor er ins Netz ging. Aber man konnte es wirklich auch übertreiben.

Die Kunden verzogen sich, endlich wurde vor dem Marktstand ein Platz für Tristan frei. Der Türkranz mit den Haferähren lag heute ganz vorne in der Mitte.

Er streckte die Hand aus, strich seitlich über die Hagebutte. Da war es wieder – in einer scheinbar zufälligen Berührung zeichneten die Halme eine erschreckend genaue Karte seines Geburtsortes. Kein anderer Kunde konnte das Kitzeln in diesen Farben sehen. Und selbst wenn, würden nur wenige Personen die Straßenecke erkennen.

Als er verträumt mit den Blättern spielte, fiel ihm plötzlich auf, dass die Passanten ihn schon komisch angucken. Sofort schaute er sich nach einem anderen Objekt um. Da sprang die Verkäuferin ein und zeige ihm ein violett glänzendes Windspiel.

„Solche Glocken können Sie neben die Tür hängen", erklärte sie mit original deutschem Akzent, „dann hört man auch offline, dass jemand durch die reale Tür kommt."

Filigrane Linien durchzogen die Glockenstäbe, ein bis zwei Millimeter tief eingraviert, an manchen Punkten mit Kunststoff ausgemalt. Vorsichtig pustete Blumen-Anna vor die erste Glocke, sie schwang im Lufthauch gegen die benachbarte, eine Welle harmonischer Töne lief durch das Kunstwerk. Die Kunden lauschten und freuten sich. Tristan erstarrte.

„Sie haben einen Obstgarten? Ja, dort hängen sie gut, untermalen jeden Wind", plauderte die Verkäuferin dem Kunden neben ihm zu. „Nein nein, ursprünglich stammen diese Windspiele nicht aus dem Norden. Aber sie sind hier ausgesprochen beliebt."

Der Glockenklang sagte etwas anderes. In Material, Basispreis und Artikelstandort mischte sich eine weitere Harmonie: „Heißt du Tristan?"

Sprachlos starrte er zurück. Die anderen Kunden grabbelten am Windspiel herum, berührten schließlich die Aufhängung und spazierten kurz darauf desinteressiert davon.

Sollte er einfach so antworten? Nein, dann hätte sie einfach so gefragt. Also wartete er schweigend ab.

Das Glockenspiel daneben, ein Ring aus fünf Bambusstücken, begann zu klappern. Dieselbe Harmonie forderte ihn sonst zur Bestätigung auf, wenn er neue Software installierte. Wie lange war es her, dass er zuletzt ein Update installiert hatte? Das Terminal in seiner Kammer gehörte dem Restaurant. Er traute sich nicht recht, daran zu viel zu verstellen.

Was überhaupt gab es hier zu installieren? Ahnungslos beobachtete er Anna, deren Hand sich langsam senkte. Auf eine hübsche Kristallschale mit Murmeln.

Die Glaskugeln standen dort nur als Dekoration, um ein paar winzige Trockensträuße darauf abzulegen. Sie ließ einen langen, lackierten Fingernagel auf dem Rand der Schale liegen. Der hohle Klang des Bambus-Windspiels wiederholte sich.

Erst als er sehr genau hinsah, fiel ihm der rosagelbe Nebel um eine einzige der vielen Murmeln auf. Aus der Nähe wirkte die Oberfläche ein wenig unscharf. Eine gepackte Konfiguration!

Und die sollte er jetzt einfach so in ein geliehenes Terminal ... unsicher spielte er an den anderen, normalen Glasmurmeln herum.

Auf dieselbe unbeschreibliche Art, auf die er – wie offenbar alle Kunden – gestern plötzlich das Interesse an den Blumenkränzen verloren hatte, so wie heute alle die Windspiele schnell wieder losließen, so stieg nun Vertrauen in ihm auf. Als würde das Gefühl aus dem bunten Glas durch die Finger seinen Arm hinauf kriechen und ihn von innen wärmen.

Was sollte schon passieren? Niemand prüfte, was er in seinem Zimmer anstellte. Solange er nur seine eigene Konfiguration vermasselte, im sowieso gefälschten Profil und vor Ort im Terminal, konnte überhaupt nichts passieren. Und wenn schon? So friedlich die Murmeln vor sich hin glitzerten, so wenig Angst hatte er vor ein paar geänderten Einstellungen.

Nach wenigen Sekunden war von seiner Vorsicht nur noch Neugier übrig. Verspielt ließ er das unscharfe Symbol in seine Handfläche rollen. Während er die nun tatsächlich auftauchende Installationsaufforderung bestätigte, spielte das nächste Windspiel etwas das grob wie „Denk einfach ganze Sätze!" wirkte.

Tristan loggte sich aus, um das Update in Betrieb zu nehmen. Auf einmal war die Unsicherheit zurück. Besonders, als die Spracheingabe herunterfuhr. Was war bloß mit ihm los, dass er ohne zu denken irgendwelche Symbole öffnete? Kein Kind war so dumm!

Das Spracheingabemodul startete wieder und verband sich automatisch mit seinem Bewusstsein. Alles wie immer. Was hatte sich verändert?

Mitten in der Eingangshalle, nur einen Meter neben seinem Fuß, lag noch die unscheinbare Glasmurmel. Er fokussierte das Symbol, holte die Änderungsliste der darin gespeicherten Konfiguration in den Vordergrund. Es erhöhte anscheinend die Empfindlichkeit der Spracherkennung. Unter bestimmten Bedingungen. Was auch immer das bedeutete.

In virtuellen Räumen sprach man ganz natürlich, indem man eben daran dachte. Das Interface erkannte den Redeversuch, fing die Sätze ab und unterdrückte den Bewegungsimpuls. So wurde die

Sprache digitalisiert, statt laut in die Außenwelt gequatscht. Mehr hatte Tristan nie davon verstanden. Was nun an diesem Subsystem verstellt war, würde er früh genug hören.

Irgendwie musste es schließlich weitergehen. Tristan atmete tief durch und schob die Befürchtung, jeder könne ihm nun beim Denken zuhören, vorerst beiseite. Der Marktplatz nahm wieder Form an. Die Verkäuferin schaute ihn aus himmelblauen Augen an und die Angst verdunstete.

Zuversichtliche Murmeln ... was passierte hier überhaupt?

„Ach nichts", erwiderte Anna, „ich packe nur für heute zusammen." Dabei klebte sie die Waren fest, so dass Kunden in ihrer Abwesenheit nur schauen, aber nichts durcheinander werfen konnten.

Verdammter Mist! Sie hörte ihm tatsächlich beim Denken zu. Diese Frage hatte er definitiv nicht ausgesprochen.

Die wärmende Aura der Murmeln in ihrer Kristallschale verhinderte, dass er in Panik geriet. Dennoch erschrocken, schaute er sich um. Kinder spielten hinter ihm, stöbernde Passanten liefen herum. Niemand beachtete ihn. Immerhin schien er nicht generell laut zu denken.

Ein Windspiel wackelte, als Anna den Haken für heute versiegelte. „Keine Sorge", klimperten die Röhren. „Es fließt nur von dir zu mir."

Lara war selbst überrascht, was eine leichte Absenkung der Signalschwelle allein bewirkte. Neben der normalen Audioverbindung, die Tristans Sprache in dem virtuellen Raum umleitete, hatte sie ihm eine zweite installiert. Diese funktionierte genauso, bis auf das Detail, dass sie bereits von minimal hintergründigeren Gedanken aktiviert wurde. Von Sätzen, die fertig Kopf formuliert und bloß noch nicht ausgesprochen waren.

So musste Tristan nichts so laut sagen, dass es im öffentlichen Raum und damit bei eventuellen Lauschern ankam. Weil sie beide mit inoffiziellen Profilen unterwegs waren, konnten die beinahe, aber nicht wirklich ausgesprochenen Gedanken leider nicht verschlüsselt werden. Aber das machte nichts, denn Lara hatte ihren eigenen Code. Der Schall wurde auf ihrem Terminal unter der Rosenhecke entschlüsselt; wer die Leitung abhörte, würde nur ein Flackern in der Farbe von Tristans Pullover erkennen.

Ab jetzt konnten sie eigentlich normal reden. Die Kunst bestand lediglich darin, eine nach außen belanglose Unterhaltung zu führen, die den Jungen trotzdem dazu brachte, an die richtigen Informationen zu denken. Niemanden würde es interessieren, worüber zwei Niemande auf dem Marktplatz tratschten. Und wenn sie doch eine sensible Frage einstreuen musste, reichten dafür die Glockenspiele.

„Keine Sorge", speiste ihr Übersetzer ins Windspiel ein. „Es fließt nur von dir zu mir."

Ihr Gesprächspartner war noch damit ausgelastet sie erschrocken anzustarren. Lara nutzte die Zeit, um die heutigen Bestellungen an ihre Mutter zu schicken. Sie war ehrlich dankbar für ihre Erlaubnis, die Blumengestecke aus ihrem Hofladen probeweise im Versandhandel anzubieten.

Und Mama freut sich … „Hast du heute noch was vor?" Sie gab sich Mühe, Tristan wie einen alten Bekannten anzusprechen. „Wir könnten noch eine Runde um den Platz laufen. Was hältst du davon?"

In der Bordzeitnacht nach Jeskos Abreise wurde Julie von einem grellen Warnsignal geweckt. Ausnahmsweise hatte sie mit Stirnband geschlafen, um jeden Alarm im Schiff sofort mit zu bekommen.

Nun zerrte sie ein solcher Alarm vor die zentrale Datenbank, noch bevor sie in der Außenwelt ein Auge geöffnet hatte. Es war ein seltsames Gefühl, in einer Simulation zwischen Informationsspeichern und von gelben Kugeln symbolisierten Zugriffsverletzungen aufzuwachen, obwohl man vorhin in der Realität dicht an seinen Liebsten gekuschelt eingeschlafen war.

Noch etwas benommen winkte sie eine Fehlermeldung nach der anderen heran und gruppierte sie zu einer Tabelle. Dahinter erschien Rihm, um ihr bei der Analyse zu helfen. Offenbar hatte er bemerkt, dass sie weg gedriftet war, und sich sofort das erstbeste Datenstirnband geschnappt.

Die Meldungen waren eindeutig: Jemand hatte alle bekannten und ein paar neue Methoden ausprobiert, die Identitätsprüfung oder gleich die ganze Verschlüsselung zu durchbrechen. Doch der logische Schutzschild um das komplette Wissen des Schiffs hatte den Angriffen standgehalten und sämtliche Zugriffe abgewiesen.

„Glück gehabt", murmelte Julie am Ende der

Tabelle.

„Quatsch, die hatten von vornherein keine Chance", meinte der Experte und blendete alle Alarmsymbole aus. „Gegen meine Zugangskontrolle ist noch niemand angekommen."

Ihre Funkrufe verhallten ohne Reaktion. Zuerst probierte sie die Frequenz auf der Jesko sich gestern gemeldet hatte, dann das gesamte Frequenzband der Raumflotte. Niemand hielt es für nötig zu antworten.

„Na gut, dann kommen wir euch eben hin", fluchte Julie und setzte Kurs auf den Planetoiden.

„Wir versuchen auf dem Ding zu landen?" Rihm fehlten die Worte, als er die gerade eingegebene Bahn begriff.

Doch die Pilotin war wütend und ließ sich von nichts abbringen. Fest entschlossen streifte sie das Stirnband ab, um sich anzuziehen. Zwanzig Sekunden später warf sie sich den dunkelgrünen Samtmantel über, verließ fluchtartig den Raum und erreichte kurz darauf ihr Cockpit.

Die in die Frontscheibe projizierten Zahlen und Diagramme zeigten eine stetige Annäherung, nichts schien das Raumschiff aufzuhalten. Erst als es so eng um die felsige Kraterkugel rotierte, dass man Strukturen in den farbenfrohen Fenstern erkennen konnte, drückte sie sich die Navigationselektrode auf die Stirn, stabilisierte den Orbit und wartete – nicht lange.

Keine Minute verging, bis der Bordcomputer eine Video-Verbindung öffnete. Ein Europäer mit russisch anmutenden Gesichtszügen und goldener Schulterspange wurde in einer Ecke der Scheibe eingeblendet. Hinter ihm lag ein grün und blau gestrichener Saal mit fünf Reihen blinkender Konsolen, auf denen drei Namariden untätig vor sich hin dösten.

„Willkommen auf Mira Alpha“, sagte er wie zu alten Bekannten, „Sie können uns gerne besuchen, Hangar neun steht bereits offen. Leider sind wir ziemlich ausgelastet, da wir die Ankunft von ... jemand anderem vorbereiten.“

Mira war Latein für Wunder und das war diese Station allemal. Julie nahm sich fest vor, sich über gar nichts mehr zu wundern. „Falls ich hier auch mal eine Frage stellen darf“, begann sie, noch immer aufgebracht, „was suchen Sie überhaupt bei uns?“

Abwehrend hob der Russe beide Hände, an allen Fingern blitzten kupferrote Ringe. „Oh, bitte, entschuldigen Sie das mit der Datenbank! Meine Leute mussten nur testen, ob die Zugriffskontrolle sicher ist. Sie wissen schon, zu viel über Mira Alphas Lage, Größe und so weiter steht in Ihren Logs. Wenn euch jemand hackt, sind wir geliefert.“

Das Mädchen nickte stumm. Freilich überzeugte sie die Entschuldigung nicht ganz, aber es sich mit diesem Gegenüber zu verderben, konnte sie sich nicht leisten. Nicht in dieser weltfernen Lage.

Als kein Widerspruch kam, fuhr der Fremde fort. „Ich schicke gleich ein Empfangskomitee zum Hangar. Ach ja, und bitte nimm Jesko nicht zu persönlich. Er hat eben seine Macken. Aber er ist nun mal selber der Psychologe, darum kann ich ihn zu keinem schicken.“

Auf der Oberfläche, im tiefschwarzen Schatten

einer spitz aufragenden Bergkette, leuchteten hunderte Strahler auf und formten einen weißen Pfeil. Mira – Wunder – was man gleichsam zum Leitsystem sagen konnte.

Angespannten Gedankenbefehlen gehorchend, folgte der Raumgleiter dem Wegweiser am Fuß der steinernen Zähne entlang auf ein reines, warmes Licht zu, das ihm aus einer Höhle entgegen schien.

Der runde Tunnel mündete in eine ovale, gut zehn Schritte lange Halle. Der Eingang hatte sich sofort hinter ihnen geschlossen. Ein in alle Richtungen wirbelnder Wind, in dem die ganze Schiffshülle vibrierte, konnte nur in die Hohlräume strömende Luft sein.

Wieder glühte ein Pfeil im Boden, auch wenn er hier, in augenfreundlich gedämpfter Beleuchtung, weniger eindrucksvoll aussah. Er zeigte auf einen mit abgenutzter Farbe auf den ebenen Boden gezeichneten Landeplatz.

Nach der Landung ließ Julie zuerst die Atmosphäre analysieren; die Geräte erkannten draußen das übliche Gasgemisch, das allen Sauerstoffatmern gut genug bekam. Kaum entsicherte sie sie vordere Einstiegsluke, sprang am näheren Ende der Halle ein Tor auf, durch das drei Personen auf sie zu kamen. Eine terranische Frau, etwa einssechzig groß und in Ilsinas Alter, ein blau-violetter Namaride mit sternförmigen Augen der ihr bis zum Knie reichte, zwischen ihnen eine drachenartige Fantasiekreatur.

Inzwischen stand die ganze Mannschaft in der Einstiegsluke. Als das Trio direkt vor ihnen stand, erkannte man, dass das leichte Regenbogenschillern der Echse von unzähligen winzigen Schuppen stammte. Sie waren an sich grün, brachen jedoch das weiße Licht in alle Farben.

Vage erinnerte Julie sich, einen ähnlichen Exoten schon mal gesehen zu haben, im Hintergrund einer Videokonferenz mit einem ortalyschen Kapitän. Damals hatte sie den grünen Drachen für ein Haustier gehalten.

Ein ausgewählter Empfang schien dies nicht zu sein, eher ein zusammen gewürfelter Trupp der gerade Zeit hatte. Die junge Menschenfrau lächelte unsicher, strich sich kastanienbraune Strähnen aus der Stirn und schien nicht so recht zu wissen was sie sagen sollte.

„Nun ... willkommen auf Alpha!" Na also, sie konnte doch sprechen. Julie wollte schon ihre Floskelsammlung loslassen, da brachte das Mädchen noch einen Satz hervor. „Wir sind ... ähm ... Tricartuso und Ji", sie zeigte auf die Echse und den Kopffüßer, „und Milli", so hieß sie selbst.

Bekloppter Name, hätte Julie am liebsten kommentiert. Stattdessen kletterte sie auf den Boden und winkte den Matrosen zu, ebenfalls heraus zu kommen. *Nur nicht wundern, über gar nichts!*

Aus dem noch immer geöffneten Tor schallten eilige Schritte, das Geräusch kam näher und schon stand der Mann mit der goldenen Schulterspange in der Halle. Selbstsicher trat er zwischen das überforderte Trio und seine Gäste, legte Milli die Hand auf die Schulter und übernahm das Wort.

„Darf ich meine Tochter Mileva-Rose vorstellen?" Dabei ignorierte er, wie Milli das Gesicht verzog, als sie ihren vollen Namen hörte. „Stellvertretend für unsere geschickten Ingenieure, die hier alles am Laufen halten, möchte Ji euch begrüßen", auf einen Wink hin trat der Namaride vor, „und Tricartuso repräsentiert ein Volk auf das ich noch im Detail zurückkommen werde."

Ein Volk, nicht eine Rasse. Anscheinend hatte sie sich mit dem Haustier peinlich geirrt. Nachdem alle Höflichkeiten ausgetauscht waren, führte Millis Vater die ganze Gruppe in einen breiten, warm gelb tapezierten Flur hinaus. Er hatte sich als Vassily-Andrej vorgestellt, was die Vermutung stützte, dass die Menschen hier aus den Türmen im irdischen Nordosten stammten.

Auf einem Laufband, das spiralförmig tiefer in den Asteroiden rollte, fuhren sie an Toren und anderen Korridoren vorbei. Hin und wieder wechselte die Farbe der Wände. Vor einer Abzweigung versuchte Vassily, Rihm beiseite zu ziehen und blieb einfach neben ihm stehen, als dieser nicht mitkam. Dabei sprach er nicht ihn, sondern Julie an.

„Bevor wir die Station besichtigen, würde ich gerne ein paar Worte mit dem hier wechseln." Das klang nicht gerade nach einer Frage. „Sicherlich haben Sie nichts dagegen."

Was sollte sie dagegen haben? Nichts Wirksames. Man würde sie alle so lange festsitzen lassen, bis sie mitspielten.

„Kein Problem, sofern ich dabei sein darf", antwortete sie. Wenn das Team sich schon trennen sollte, dann nicht gleich in wehrlose Einzelpersonen.

„Besser nicht." Der Anführer schüttelte den Kopf

und zeigte auf Zis, die sich auf Lucias Schulter tragen ließ. „Aber das blaue Mädchen kann gerne mitkommen."

Bevor er es sich anders überlegen konnte, zog Zis die Tentakel an und sprang auf Rihms Schulter hinüber. Ihre kurzen, aber spitzen Krallenhände kitzelten durch sein Hemd hindurch, als die namaridische Hilfsarbeiterin sich festhielt.

„Kommt ihr klar?" fragte Julie lautlos, als der Blick des Stationsleiters für einen Moment ganz auf Zis verweilte.

„Müssen wir ja." Mit Zis auf der Schulter und einem unbestimmten Gefühl im Bauch folgte er Vassily, ohne sich nach der Gruppe umzudrehen.

An der nächsten Abzweigung wartete ein Team von Namariden. Keiner war größer als einen halben Meter, dafür waren sie zu neunt. Zu zehnt, denn Ji reihte sich sofort ein. Sie führten Nishu und die Lehrlinge davon.

Ab hier ging das schillernde Drachenwesen voran, das Mädchen passte hinter ihnen auf. Wortlos ließen Julie und Lucia sich in eine Aufzugkabine führen.

„Extra für Bodenbewohner wie uns Menschen", erklärte Mileva-Rose die Anlage. „Die meisten Bewohner können klettern oder fliegen. Ist es nicht lieb, dass sie nur für uns einen Fahrstuhl installiert haben?"

Lucia fand als erstes Worte. „Oh ja, sehr rücksichtsvoll!" Dann wechselte sie probeweise die Sprache, wiederholte dasselbe in Interstellar.

Mileva lachte darüber. „Hier darf jeder seine eigene Sprache benutzen, solange alle einander verstehen."

Bis hier waren sie davon ausgegangen, dass Tricartuso zwar zuhören, mit seinem harten Schnabel aber kein Terranisch sprechen konnte. Genauso wie man es von Namariden gewohnt war. Doch als der Aufzug hielt, sprach, nein, sang er seine Gäste an.

„Könntet ihr bitte hier warten?" Seine Stimme klang wie eine Mischung aus Vogelgesang und Violinen. Ein heller, samtweicher Tonfall. „Unser Menschenexperte muss das Profil von eurer Besatzung noch abschließen."

Die Schiebetür öffnete sich in einen freundlich eingerichteten, in beruhigend kühlen Farben gehaltenen Aufenthaltsraum. Bunte Balken, offenbar Sitzplätze im Stil fraktaler Äste, zogen sich wie ein abstraktes Kunstwerk über Wände und unter der Decke entlang. Flugechsen und Namariden saßen in gemischten Grüppchen darauf, auf dem Boden darunter machten es sich zwei Menschen bequem.

„Unsere Kantine", sang Tricartuso, „hier trefft ihr uns heute Abend wieder. Bis dahin", neben dem Aufzug stand eine winzige Tür offen, „wartet bitte hier auf Jesko."

Das Türchen schloss sich hinter Julie und Lucia. Sie fanden sich in einer Art von Büro wieder, mit Konferenzstühlen auf dem Boden und kunstvoll bemalten Ästen an den Wänden. Die Sitzäste ragten weit genug aus der Wand, dass Stationsbewohner aller Völker auf Augenhöhe im Kreis sitzen konnten.

Doch im Moment waren nur zwei ältere Damen anwesend. Von Weitem sahen sie aus wie Tanten der europäischen Familie, die hier anscheinend die Erde vertrat.

Sie schenkten den Gästen keinerlei Beachtung.

Dafür umso mehr Missachtung.

Die Frauen lästerten absichtlich so laut, dass Julie jedes Wort verstand.

„Du glaubst doch nicht ehrlich, dass die keinen gesunden, ausgebildeten Software-Maschinisten gefunden hätte. Warum also holt die sich einen verbrannten Quereinsteiger ins Boot?"

„Nun ja, was kann er ... er kann verdammt süß aussehen!"

„Eben, wenn man es so betrachtet, stinkt das schon nach sexueller Ausbeutung."

„Weißt du, ich denke, seine Vornutzer haben ihn weggeworfen. Irreparabel beschädigt. Da hat sie zugegriffen wie 'ne Tussi bei den Sonderangeboten."

„Wenn ich mir seine dunklen Augen so anschaue, kann ich das sogar verstehen. Und wenn er auch noch gut in Informatik ist, was für ein Schnäppchen!"

Zum Glück standen die Lästertanten am anderen Ende des Saals. Julie drehte ihnen den Rücken zu, um ungesehen mit Lucia zu reden.

„Jetzt kommt also die übliche Masche. Sie wollen uns provozieren, bis wir unaufmerksam werden."

„Und dann kommen die wichtigen Fragen." Lucia nickte. Es war sonnenklar, dass die ganze Warteszene sie nur aus der Fassung bringen sollte. „Stell dir diese Irren einfach in rosa Unterwäsche vor. Aber, Julie, nicht laut lachen!"

Doch Julie war gar nicht zum Lachen zumute. Besonders, als der Typ herein kam der gestern ihren Frachter inspiziert hatte. War es möglich, dass sie in Lucias Alter alles genauso locker sehen würde? Im

Moment zweifelte sie fast daran, ihr Alter überhaupt jemals zu erreichen.

Jesko ließ sich in einen Konferenzstuhl fallen und stützte die Ellenbogen auf den freien Ast davor.

„Na los, sucht euch Plätze!"

Es wartete, bis seine Gesprächspartnerinnen sich ebenfalls setzten. Die beiden Lästertanten blieben im Hintergrund, sie schlugen lediglich Notizbücher auf. Dann begannen die Standardfragen.

Was ihr Beruf sei? Sie flogen Waren zwischen Außenposten der Erde hin und her.

Wie lange das Geschäft schon lief? Das Frachtschiff flog in dritter Pilotengeneration.

Warum es noch nicht schrottreif war? Gute Pflege, keine Komponente war älter als zehn Jahre.

Wovon sie die unbezahlbar modernen Verzerrer bezahlten? Gratisproben!

„Gratisproben?" Der Psychologe glotzte sie ungläubig an.

„Gratisproben!" wiederholte Julie. „Wer so etwas freiwillig testet, muss es nicht kaufen."

„Kein Wunder, dass aus der Menschheit nichts wird! Wenn man den ersten Hyperraum-Antrieb, der es annähernd mit der Technologie anderer Völker aufnehmen kann, an ein paar Lastwagenfahrer verschwendet!"

Während Julie mit dieser Bezeichnung nichts anfangen konnte, kicherte Lucia in sich hinein. Anscheinend machte der Mann in rosa Unterwäsche eine witzige Figur. Als hätte er ihr Grinsen nicht bemerkt, setzte Jesko seine Predigt fort.

„Nichts als Lastwagenfahrer seid ihr. Wisst ihr was

das ist? Na gut, Beleidigungen sollte man kapieren. Ganz früher gab es mal eine Zeit, in der alle Städte im Erdgeschoss lagen. So mitten auf der Erdoberfläche, falls eure Vorstellungskraft dafür reicht. Um Container dazwischen zu transportieren, gab es autarke Wagen. Mit Verbrennungsmotor und explosivem Tank.

Die unterqualifizierten Nullen, die diese Lastwagen lenken mussten, hießen Lastwagenfahrer. Das waren so Leute, die sonst nichts konnten. Meistens Sklaven knapp kalkulierender Logistik-Unternehmer. Die Gesellschaft nahm sie nur wirklich wahr, wenn sie im Suff ein Kind überfuhren. Und genau dort sehe ich euch. Fernfahrer die Kram und Krankheiten von A nach B karren."

Alles klar, der glaubte also nicht, dass sie sechs einfache ... Lastwagenfahrer waren. Deshalb versuchte er, sie mit an den Haaren herbeigezogenen Beleidigungen zu provozieren. In einem unüberlegten Anfall von Selbstverteidigung sollte die Erste verraten, was wirklich hinter dem Raumschiff steckte, das technisch in der Lage war sich hierher zu verirren.

Doch da gab es nichts zu verraten. Sie alle hatten keine anderen Aufgaben, als langweilige Container zu Raumstationen zu fliegen. Und nebenbei etwas neue Technik zu testen, aber das hatte Julie bereits erzählt.

Wie ließ sich so eine Situation bloß entspannen? Da ihr auch nichts Besseres einfiel, setzte Lucia ihr breitestes Lächeln auf.

„Ist es nicht schön", führte sie das Thema weiter, „wie sich der Beruf des Lastwagenfahrers über die

Jahrhunderte gewandelt hat?"

Sie können uns nicht ewig einsperren, dachte Julie, während sie versuchte die ausdruckslose Fassade zu wahren. *Jeden anderen vielleicht, wenn sie plausible Unfallspuren streuen.*

Denn niemand verließ einen Hafen, ohne sich vorab beim nächsten anzumelden. Verpasste man sein Landezeitfenster am nächsten Ziel, schwärmte von dort ein Suchtrupp aus.

Den konnten die Alphaner zwar blenden, indem sie ein baugleiches Schiff irgendwo sprengten. Unfallursache technischer Defekt und so.

Aber glücklicherweise waren sie auf einem Testflug mit einem Unikat der Fakultät für Maschinenbau. Die Ingenieure würden den falschen Unfall bis ins letzte Detail durchleuchten. Schließlich hatte die Entwicklung des Antriebs Jahre verschlungen und mit der Aussicht, dass er letzte Team im All pulverisiert hatte, würde sich definitiv kein neuer Tester finden.

Das hieß, je länger sie auf Mira Alpha festgehalten wurden, desto größer wurde das Risiko, dass ihre Flugbahn verfolgt und diese Station in ihrer Hyperhöhle entdeckt wurde.

Sie können uns gar nicht ewig einsperren … „Ach ja, sagte ich schon, dass wir verderbliche Ware transportieren? In fünf Tagen erwartet man uns bei so einem langweilig blauen Planeten."

Ihre Dienstälteste verstand sofort, worauf Julie abzielte. Sofort stimmte sie mit ein. „Und auf dem Weg dahin steht ein Zwischenstopp auf so einem öden roten Planeten auf dem Plan. Das ist kaum zu schaffen, wenn wir hier noch länger diskutieren."

Hinter einer unscheinbaren, dreieckigen Tür, über der ein Schild mit der Raumnummer 78 hing, lag Vassilys Arbeitszimmer. Den vorderen Teil nahmen drei weiße Konsolenbänke mit friedlich blinkenden Schaltflächen ein, von dort aus hatte er vorhin mit der jungen Kommandantin gesprochen.

So weit könnte Milli heute sein, wenn sie sich beizeiten einen Ruck gegeben hätte, dachte er, als die Schiebetür zu seinem gemütlichen, kleinen Büro auf glitt.

„Bevor jemand etwas Falsches vermutet", sagte er und rückte passende Stühle zurecht, „dies hier ist kein dreckiges Piratennest. Ich bin ein vollkommen ehrlicher Idealist mit anständigen Motiven."

Zis löste ihre Krallen aus Rihms Ärmel und nahm auf der namaridischen Sitzkugel Platz, die auf einer mit viel Stuck verzierten Säule vor einem umso schlichteren Schreibtisch stand. Daneben warteten Bürosessel auf menschliche Besucher.

Vassily schenkte sich einen Kaffee ein, ohne seinen Gästen etwas anzubieten. Seufzend nahm er hinter dem Schreibtisch Platz und legte die Fingerspitzen aneinander. Nachdem er Rihm eine gefühlte Ewigkeit schweigend gemustert hatte, startete er direkt ins Gespräch.

„Bist du einer von denen die sogar in Code träumen?", fragte er über seine Fingerspitzen hinweg. „Oder von denen die was mit ihrer Chefin anstellen?" Dabei zeigte er mit Nachdruck auf den Drehstuhl. „Und steh nicht so herum, dort sind Stühle."

Was für eine dämliche Attacke! Aus dem

Augenwinkel schielte Rihm zu Zis, die ihre Sitzkugel krampfhaft umklammerte, um sich kein falsches Wort anmerken zu lassen.

„Ich träume in Code von meiner Chefin. Bist du damit zufrieden?" Fremdschämen für die ganze Menschheitskultur.

„Mit Letzterer solltest du reden", fügte Zis hinzu, „wir haben schließlich nichts zu sagen."

„Nun, ich rede lieber mit den Leuten die Einfluss auf die Chefin haben."

Für einen Moment legte Vassily die Fingerspitzen aneinander und überlegte. Womit sollte er anfangen? Am besten würde er testen, wie gut der Maschinist auf seinen Schaden zu sprechen war.

„Bestimmt kannst du dir denken, woran der Report mich erinnert", begann er vorsichtig. Um seinem Gast etwas Zeit zum Antworten zu geben, blendete er die passende Notiz auf der Tischplatte ein.

„Hat es etwas mit dem Mittel zu tun, dass dein Psycho-Fritze so verdächtig fand?" Hilfe suchend schaute Rihm zu seiner Begleiterin, obwohl sie von terranischen Angelegenheiten natürlich nichts verstand.

Vassily hasste einseitige Gespräche. Elendes Warten auf einsilbige Antworten. Er füllte die Pause, indem er die ahnungslos dreinschauende Zis aufklärte.

„Um etwas weiter auszuholen: Unsere Wahrnehmung ist relativ vielschichtig, deshalb gibt es ziemlich viele mögliche Defekte, aber nur wenige gravierende."

Dabei warf einen kurzen Seitenblick auf den Informatiker, ob er ihn nun endlich beleidigt hatte, sah aber keine Reaktion in seinem Gesicht.

„Manchmal kommt es vor, dass jemand Geräusche nur hört, aber nicht sieht. Oder dass jemand geschriebene Worte nur sehen, aber nicht riechen kann. Eine gemeine Spielart der Natur, aber im normalen Alltag kaum störend ... Rihm kann uns sicher mehr davon erzählen, nicht wahr?"

„Wieso ich?"

Bei der eindeutig gespielten, ahnungslosen Maske, die Rihm aufsetzte, musste der Stationsleiter wieder an seine Tochter denken. *Etwas machen, wieso ich?*

„Ach komm schon", lächelte er und tippte ein anderes Memo in den Vordergrund des Schreibtischs, „unser Gesundheitslexikon ist zwar nicht ganz aktuell, aber die Inhaltsstoffe von deinem Zeug stimmen mit genau einer Medikamentengruppe überein. Mit einer, die erst vor wenigen Jahren entdeckt wurde. Und noch nirgendwo unbeschränkt zugelassen ist."

Er wartete kurz auf einen Kommentar, musste seinen Monolog jedoch fortsetzen.

„Ihr synthetisiert ein Zeug aus der Forschung. Das in der Lage ist, fehlende Synästhesien vorübergehend auszugleichen. Ich hörte, Halbsichtige bekämen es verschrieben, um barrierefrei mit Datenstirnbändern umgehen zu können."

„Sagte ich nicht gestern schon", erwiderte Rihm, „dass es nur für den gelegentlichen, sehr seltenen Offline-Gebrauch ist?"

Vielleicht, überlegte er, wollte Vassily ihn wieder nur aus der Ruhe bringen. Damit er unaufmerksam wurde und irgendwas verplapperte das zu wissen ihm anscheinend unterstellt wurde. Doch glücklicherweise kannte er genug exzellente Behinderte, um sich von so einer Behauptung nicht beleidigt zu fühlen.

„Eben. Gestern hieß es noch, du hättest Probleme mit dem Hören."

„Ja, das und nichts Anderes. Ich sehe alle Töne, ich rieche alle Töne und so weiter, nur hören konnte ich sie manchmal nicht. Beim Verstehen von Sprache ist das ein ernsthaftes Hindernis. Ist aber zum Glück so gut wie ausgeheilt."

An diesem Punkt mischte Zis sich wieder ein. „Was tut das eigentlich zur Sache?"

Na also, Vassily atmete auf, *jeder von denen hat eine Angriffsfläche!*

Minderheiten regten sich am meisten über Missachtung auf. Den einzigen Namariden der Besatzung abwechselnd zu ignorieren und wie ein Kind zu behandeln, zeigte erste Erfolge. Er oder sie wurde sichtbar unruhig, lauerte garantiert auf eine Chance sich wichtig zu machen.

Da der Mensch anscheinend zu viel erlebt hatte, um sich über hohle Worte aufzuregen, wandte er sich mit seinem eigentlichen Anliegen lieber an Zis.

„Wir müssen nur sicher gehen, dass alles im anständigen Rahmen bleibt." Damit wechselte er das Thema und die Sprache. „Du warst schon öfter auf *Austausch-1*, nicht wahr?"

„Ab und zu", antwortete Zis mit den vorderen vier Händen.

„Nun, bei eurem letzten Besuch hat es ja … Missverständnisse gegeben." Wieder beobachtete er

Zis und gab ihr viel Zeit für eine Antwort. Mehr als eine Welle im fünften Arm, ein namaridisches „weiß ich doch nicht", kam nicht zurück. Nach fast einer Minute wandelte sich das Zeichen zu „Da gehörte ich noch nicht zum Team."

Wieder so ein einseitiges Gespräch! „Jedenfalls habt ihr", fuhr Vassily schließlich fort, „jemanden beim Sicherheitsdienst angezeigt. Und er fehlt uns jetzt, verstehst du?"

„Noch ein ehrlicher Idealist?"

„Ja, mit dem anständigen Motiv, Mira Alpha sicher abzuschirmen. Wie nötig das ist, erkläre ich dir gleich. Darf ich vorher kurz fragen, mit welchem Namen ich dich in Lautsprache ansprechen darf?"

Zwar umfasste die Sprache Interstellar auch ein Buchstabieralphabet. Doch sie kam sich immer dumm vor, ihren Namen zu gestikulieren, wenn genug Stimmbandbesitzer im Raum saßen. Also schaute sie still zu Rihm.

„Sie nennt sich Zis", sprang er sogleich ein.

„Dich hat niemand gefragt", zische der Russe zurück, bevor er wieder die Sprache wechselte. „Buchstabiere dich ruhig selbst. Niemand hat es nötig, andere für sich sprechen zu lassen."

„So ist es", erwiderte sie sichtbar ungehalten, „genau dafür gibt es die Zeichensprache. Benutze sie, dann brauchen wir auch keine Rufnamen." Es folgte das Zeichen für Themenwechsel. „Erfahren wir jetzt, was an diesem Ort so geheim ist?"

„Die Mehrheit unserer Einwohner", auf dem Schreibtisch leuchtete ein Gruppenfoto bunter Flugechsen auf, „ist sozusagen auf der Flucht ..."

„Sie haben also etwas angestellt?"

„... vor gewissen Ortalyen. Besonders von dir erwarte ich daher Verständnis."

Verallgemeinerungen wie *die Ortalyen* oder *ganz Namarion* klangen für Zis nicht gerade höflich. „Bin absolut unpolitisch", antwortete sie.

Zugegeben, seit ortalysche Stämme immer mehr Kolonien im ehemals rein namaridischen Raum gründeten, herrschte wachsende Spannung zwischen den beiden Völkern. Doch was interessierte das einen Aussteiger der die meiste Zeit allein unter Menschen arbeitete?

„Seien wir doch mal ehrlich, sie behandeln die Flugechsen nicht nur wie Tiere, sie machen welche aus ihnen!", fuhr Vassily schnell fort. Auf Terranisch wäre er wohl laut geworden. Doch so war es nur komisch anzusehen, wie sein Gesicht sich wortlos aufregte.

„Exotische Viecher werden überall dressiert", bemerkte Zis nach ein paar stummen Sekunden. „Willst du mir etwa weismachen ..."

„... dass manche davon gar keine sind?" Die Kupferringe an seinen Fingern funkelten wie Feuer. „Ja, so und nicht anders sehe ich das. Beim Bau einer ihrer vielen Siedlungen sind sie auf eine relativ primitive Kultur gestoßen. Muss ich noch mehr erzählen?"

„Zu dumm, dass du für sie sprechen musst!" Sie konnte es nicht lassen, den Spruch von vorhin zurück zu werfen. „Warum verrät uns das niemand von denen persönlich?"

Einige Meter tiefer im Asteroiden versuchte Jesko seit fast einer Stunde, den wahren Grund für das plötzliche Auftauchen des fremden Schiffs heraus zu finden. Es war in der Lage, in die Raumblase einzudringen. Es konnte darin fein genug für einen aalglatten Landeanflug navigieren.

Die Bordelektronik war über jedes übliche Maß aufgemotzt, während der Rest größtenteils aus Standardkomponenten bestand. Trotzdem bestanden die beiden Frauen – Dienstälteste und amtliche Betriebsleiterin – felsenfest darauf, nur ahnungslose Lastwagenfahrerinnen zu sein.

Allen Ernstes wollten sie ihm weismachen, sie hätten sich auf einem Testflug verirrt. Die ganze Software sei Nerd-Spielzeug und der 4D-Verzerrer eine akademische Studie von der sie praktisch keine Ahnung hätten.

Wenigstens kamen sie offensichtlich von der Erde und nicht von Ortaly. Eigentlich fiel ihm gar kein Grund ein, weshalb Mitmenschen eine Bedrohung für Mira Alpha sein sollten. Außer natürlich, sie redeten zu viel darüber. Eigentlich, fand er inzwischen, wäre es das Beste, ihnen einfach das Projekt zu erklären.

„Ich rede mal eben mit dem Chef." Damit verließ er den Raum.

Müde schaute Julie ihre frühere Lehrmeisterin an. „Der glaubt uns doch kein Wort."

„Ich ihm auch nicht", seufzte Lucia leise. „Da draußen sah es jedenfalls aus, wie in einem Dressurzoo für Arbeitstiere. Ob sie hier genetisch optimierte Superviecher züchten?"

„Tricartuso kann sprechen", wandte Julie ein. „Ob wir mitten in einem Sklavenaufstand gelandet sind?"

Nach zehn Minuten kehrte Jesko in Begleitung einer gelblich glitzernden Flugechse zurück. Sie stellte sich vor als Sahilis, gewählter Sprecher der Einwohner, und hielt sich nicht mit langen Reden auf. In einem ruhigem, freundlich klingenden Singsang brachte er sein Angebot vor.

„Wir hätten da eine Idee. Fünf von euch können sofort weiterfahren, sobald die Strafanzeige zurück gezogen ist. Nur für den unwahrscheinlichen Fall, dass ihr mit den falschen Ortalyen redet, behalten wir den Sechsten."

„Und komm bloß nicht auf die Idee, kleine Juliette, dich selber zurück zu lassen", fiel der Mann ihm ins Wort. „Dich kann hier keiner gebrauchen."

Ihre Gedanken rasten im Kreis. Sie merkte gar nicht, wie leer sie ins Nichts starrte, an einen Punkt hinter der Wand hinter den Fremden.

„Gebrauchen ... das bedeutet?"

Sahilis setzte sich auf einen Ast und faltete die Flügel. „Also, es ist so. Bei eurem letzten Besuch auf Austausch-1 hörten unsere Wachen ein Gerücht. Über euren modernen Antrieb, ihr wisst schon. Natürlich mussten sie prüfen, ob da was dran ist."

Damit war die Verwirrung komplett. Julie spürte nur noch Leere im Kopf. Als niemand ein Wort hinzufügte, fuhr Sahilis unverändert freundlich fort.

„Leider mussten sie unhöflich tief wühlen und, nun ja, ihr habt sie verständlicherweise für Einbrecher gehalten. Wer hätte das nicht?"

Seine Schwanzspitze ringelte sich, doch diese

Mimik wusste niemand zu deuten.

„Wie auch immer, die vier Festgenommenen sind wieder im Dienst, sobald du den Fall nachher für geregelt und erledigt erklärst. Allerdings hatten wir fünf Wächter auf der Station. Einer ist seitdem spurlos verschwunden. Ihr versteht sicherlich, dass der Posten neu besetzt werden muss."

Wieder gab das schillernde Wesen ihr Zeit für eine Antwort. Bis die Stille sogar für Jesko unerträglich wurde.

„Zeig ihnen doch erst mal, wo sie überhaupt sind." Dann flüsterte er Sahilis noch etwas zu: „Menschen ihr Personal abzuschwatzen ist kulturelles Glatteis. Lass lieber wieder mich reden."

„Worüber noch?" Damit hüpfte er von seinem Ast und führte die Menschen zur Tür. „Erst zeige ich ihnen, wo wir überhaupt sind. Du hast sie dumm gelassen, das sehe ich genau." Ein letztes Mal begutachtete er jeden Einzelnen. „Ach Mensch, wie sollen unsere … Gäste eine Entscheidung treffen, wenn du ihnen absolut nichts erklärst?"

Kurz darauf standen sie wieder in der Kantine. Das Labyrinth hölzerner Sitzbalken wand sich vom Boden zur Decke, von seinem Schattenwurf wurde Julie endgültig schwindlig. Eine Gruppe farbenfroh glänzender Reptilien rückte zusammen, um auf dem Boden in ihrer Mitte zwei weitere Sitzplätze zu schaffen. Dort wo der Rest ihrer Besatzung bereits wartete.

Nach zwei Stunden mit Tristan auf dem Flohmarkt begann Lara, sich Notizen zu machen. So schnell wie der Italiener erzählte, konnte sie gar nicht alles begreifen. Er kam also von irgendeiner außerirdischen Station die über ein Portal – wie hieß das, etwas mit Wurmloch, Hypersonstwas – mit einer anderen verbunden war.

Völliger Irrsinn, aber sein Gedankenstrom klang verdammt überzeugt. Sie hörte aufmerksam zu, obwohl sie sich längst über sein leichtsinniges Redebedürfnis wunderte.

„Hatte da einen Putzjob, nun ja, Service für Sauerstoffatmer und so", ein fast ausdrucksloser, stockend fließender Wörterstrom, „und hatte mich in den vielen Fluren verlaufen. Dabei hab ich das Ding entdeckt. Und weil ich also davon wusste, ließen sie mich nicht mehr weg."

„Moment bitte", an dieser Stelle wurde es interessant. Für einen Moment ließ Lara den Blick schweifen, um den um ihren Kopf frei zu bekommen. „Da waren also zwei verbundene Raumstationen. Du wurdest *wo* festgehalten, weil du *was* wusstest?"

„Auf der Öffentlichen war ich", seine Antworten kamen schneller, als man Sätze ausformulieren konnte, „und erfuhr von der anderen. Aber als ich nachher für sie arbeitete, durfte ich mich zwischen beiden relativ frei bewegen."

„Relativ?"

„Wo sie mich gerade brauchten. Zeitweise war es gar keine schlechte Zeit."

Ansatzweise deckte sich diese Geschichte tatsächlich mit dem Märchen das ihr Auftraggeber, dieser komische Antonio, erzählt hatte. Überhaupt hätte sie dem gestern die erste Rückmeldung geben sollen.

Völlig vergessen … egal, vielleicht war es sogar besser, zunächst mehr herauszufinden. Denn mal angenommen, der Jüngere redete etwas mehr Wahrheit. Dann war der Ältere hinter ihm her, weil er zu viel wusste. Dann wäre es gemein, auch nur ein Detail über das Treffen hier am Flohmarkt zu verraten.

Oder andersrum angenommen, der Ältere hatte mehr Recht und sie wurden längst nicht mehr verfolgt. Dann konnte es beiden egal sein, ob sie voneinander hörten. Keinem konnte mehr etwas passieren, nicht wahr?

Für heute erschien es also am sinnvollsten, einfach drüber zu schlafen. Ein zweites Treffen mit dem Auftraggeber hatte viel, sehr viel Zeit. Überhaupt, Zeit … sie hatte keine.

Inzwischen hatte sie noch erfahren, mit wem ihr neuer Bekannter gearbeitet hatte. Kletternde Leute, fliegende Leute, eher wenige Erdlinge. Schließlich musste sie seinen Redestrom unterbrechen.

„Sag mal, Tristan, hast du morgen nicht wieder Frühschicht?"

Dabei blendete sie bereits ihr Steuerfenster ein. Denn morgen wollte sie wirklich ins Büro. Der Markt zog sich zusammen und machte Platz für Laras Eingangshalle.

Ihr ging das alles zu schnell. Wenn sie jetzt abschaltete, hätte sie morgen die Hälfte des Abends vergessen. Nachdenklich legte sie sich auf den weichen, transparenten Fußboden – Pause!

In die unscharfe Oberfläche sank sie ein Stück ein,

das hieß, ihr virtueller Körper überschnitt sich räumlich mit der Platte. Tief darunter, etwa vier Meter entfernt, lagerte ein flirrendes Meer von Funktionssymbolen.

Sie dachte den Notizblock heran. Mit dem säuerlichen Geruch unreifer Äpfel – mehr als zwanzig geöffnete Seiten – schwebte er heran. Trotzdem blätterte sie um, begann unerledigte Notiz Nummer dreiundzwanzig.

„Wie ein offenes Buch. Dabei lese ich dich gar nicht. Du erzählst mir alles, ich rieche nur zu. Gar nichts müsstest du mir verraten, aber du kannst es nicht lassen. Alles willst du loswerden, nicht wahr? An einen Geist, an irgendwen!

Oder habe ich es übersteuert?

Du kannst gar nicht aufhören, an Dinge zu denken. Jeder denkt, in jeder Sekunde, soviel ist klar. Aber ich greife doch nur die Gedanken ab, die du in Worte ausformulierst. Die so nah an die Oberfläche kommen, dass du sie aussprechen willst. Trotzdem verstehe ich dich nicht. Warum erzählst du mir unnötigen Kram? Wo du arbeitest, wann der Lieferbot klingelt?

So langsam glaube ich, du führst Selbstgespräche. Und mein Hack ist dermaßen übersteuert, dass er auch die mitschreibt."

Für heute sollte es egal sein. Lara kabelte sich ab und schlief ein. Erst als sie am frühen Morgen vom Alltagslärm geweckt wurde, dämmerte ihr etwas.

Der Typ war ein Verbaldenker. Vage erinnerte sie sich, mal davon gelesen zu haben. Es sollte irgendwie Leute geben, die nicht in Bildern dachten, auch nicht in Formeln oder Gefühlen. Irgendwie also Leute, die direkt in Sprache dachten; abstrakt, aber nicht falsch.

Sofort schlug sie das Phänomen nach. In einem psychologischen Fachlexikon fand sie einen Artikel darüber. Tatsächlich galt Denken in Wörtern nicht als Störung. Verbaldenker waren völlig normale Menschen. Nur was sie so dachten, lief wohl nicht als Kopfkino ab, sondern sozusagen als Kopfrede.

Plötzlich begriff Lara, was sie gestern mitgehört hatte. Verdammt peinlich! Zum Glück hatte er nichts allzu Privates gedacht. Hieß es nicht, Männer würden zehn Mal am Tag an Sex denken? Tja, es gab Details die sie auf keinen Fall mitlesen wollte. Doch wenn sie seine Konfiguration weniger sensibel einstellte, dann könnte es sein, dass gar nichts mehr durch kam.

„Und ich lese dich doch. Du erzählst mir gar nichts, ich rieche trotzdem zu. Jeder denkt, in jeder Sekunde – und du kannst gar nichts dafür, dass bei dir alles sofort Sprache ist. Welche vom Interface als Text abgegriffen wird.

Aber … ungerecht! Du liest mich nicht, ich schreibe dich. Ich schreibe dir so überzeugende Gefühle in die Nervenbahn, dass du sie bestimmt kaum von den echten trennen kannst. Dann lese ich als Antwort deine Gedanken. Ich bin so ein Arschloch! Aber ändern darf ich es jetzt auch nicht mehr, sonst könnte der Kontakt abreißen. "

In zwölf Stunden sollte sie den Alten treffen. Mitten in der Nacht dann wieder den Jungen. Bis dahin war Zeit, um mit seriöser Arbeit den Kopf frei zu bekommen. Mehr als sorgfältig desinfizierte sie ihre Sensoren, als könnten die Routinehandgriffe ihre

Aufregung dämpfen.

Dennoch raste ihr Puls. Ein Herzschlag für jeden Prozessortakt. Lara begann zu begreifen, was diese oft verfluchte Ethikkommission sich dabei gedacht hatte, dem Projekt Emotionsexportformat die staatlichen Mittel zu streichen.

Auf einem hölzernen Dreieck hocken acht Flugechsen, mit eng angelegten Flügeln, um einander nicht anzurempeln. In der hellsten Ecke schwärmte Tricartuso von seinen wilden Plänen für die großartige Ära der Unabhängigkeit. Bloß nicht zurück in die Wälder, das sei zu billig. Abkommen mit anderen Sauerstoffatmern müsse man treffen, gemischte Siedlungen bilden, Zugang zu ihren Bildungssystemen erlangen.

Fünf Gestrandete machten es sich auf Schaumstoffpolstern bequem und stimmten allem höflich zu. Reptilien in terranische Schulen aufnehmen, warum nicht? Exzellente Idee!

Im Schatten des fraktalen Balkenkonstrukts, so dass es nur aus nächster Nähe erkennbar war, führten Julie und Lucia ein anderes Gespräch. Meinte der Anführer dieses Glitzerschwarms es wörtlich? Die Leute hier draußen waren so nett. Zugegeben, sie wirken stolz wie verängstigt zugleich. Sie hatten ihre Tierhalter abgeschüttelt, wussten jedoch nicht, wie es nun weitergehen sollte. Groß waren die Visionen, ebenso die Paranoia.

Aber forderte deren Erster allen Ernstes ein Mitglied ihres Teams? Als Druckmittel, damit sie zurück im normalen Raum kein falsches Wort sagten. Und nebenbei als Ersatz für ihren … ja, inwiefern war der angebliche Wächter eigentlich verschwunden? Kaum zu fassen. Doch für den Fall, dass sie gar nicht anders hier raus kamen, waren sie sich jedenfalls einig, wer dafür prädestiniert war.

Einen nach dem anderen gingen sie die Kollegen durch, obwohl es unnötig war. Lucia war unverzichtbar, weil nur sie die Hardware lückenlos kannte. Sie hatte zwar begonnen, Rihm zum zweiten Maschinisten auszubilden, aber – ja, der war für die Elektronik unverzichtbar.

Ohne Ilsina hätten sie kein Backup an der Navigation. Nishu den Medizinstudenten mussten sie zum Theoriesemester wieder abliefern. Und da Zis ihren unbefristeten Vertrag noch nicht unterzeichnet hatte, zählte sie nicht. Übrig blieb nur ein wirklich Überflüssiger.

Da es nichts mehr zu sagen gab, wandten sie sich wieder der bunten Gruppe zu. Soweit sie es mitbekommen hatten, wurden Flugechsen bei den Ortalyen als Haustiere gehalten. Ungefähr so, wie Erdlinge schicke Rassehunde erzogen. Ein interkulturelles Missverständnis vor langer Zeit.

Dank Hilfe ähnlich denkender Völker, offenbar Namariden und einigen Menschen, war Mira Alpha als erstes Asyl entstanden. Immer mehr Entlaufene flüchteten hierher. Möglichst bald, noch dieses Jahr, am besten gestern … wollten sie sich als unabhängiges Volk etablieren. Was natürlich nur in vorhandener Infrastruktur funktionierte, also zusammen mit den anerkannten Völkern welche selbige besaßen.

Ein Missverständnis vor langer Zeit – im Prinzip hätte es jedem passieren können. Man musste primitiv sein, um die Primitiven als Gleichwertige zu sehen.

Woran sollte ein ortalysches Erkundungsteam, der heutigen Menschheit technisch wie kulturell um Jahrhunderte voraus, ein Rudel bunter Waldbewohner als Zivilisation erkennen?

Dort hatte eine Subspezies der Hautflügler sich eine ökologische Nische geschaffen, indem sie Baumstämme mit einfachem Werkzeug bearbeitete. Kein Mensch käme auf die Idee, die Menschenrechte auf Specht und Rabe auszudehnen, bloß weil sie hämmerten und Zweige verbogen. Wespenschwärme kannten Papier und Geometrie, doch das erhob sie nicht vom Ungeziefer zum Kulturwesen.

Lautlos, um niemandem Angst einzujagen, malten die Menschen sich aus, wie die Ortalyen ihren eigenen Heimatplaneten vorgefunden hätten, wären sie nur zweihundert Jahre früher von den Namariden in deren Uranus-Kolonie eingeladen worden. Die Erde als vielfältiges Ökosystem, das von einem Parasiten aus dem Gleichgewicht gebracht wurde. Eine Überpopulation an Affen zerfraß Biotope wie Borkenkäfer ein Waldstück – wobei die Käfer auf Dauer die Flora verjüngten, während Menschenaffen nur giftige Halden hinterließen.

Wären die Ortalyen vor dem Bau der Ländertürme angekommen, hätten sie den Planeten wahrscheinlich genauso als unbewohnt betrachtet wie den Heimatwald der Flugechsen.

Intelligenz? Aus dem Orbit nicht erkennbar.

Jedenfalls nicht aus Sicht einer Kultur, die den Hyperraum schon so lange beherrschte, dass ihr ursprünglicher Heimatplanet in Vergessenheit geraten war.

Kultur? Keine. Jedenfalls nicht aus Sicht eines absolut friedlichen Volkes.

Fähigkeit zu Voraussicht und planendem Denken? Ja, bei den Wanderfischen und Zugvögeln. Doch die schienen ansonsten eher Tiere zu sein.

Kunst? Nun ja, verglichen mit ortalyscher Kunst waren menschliche Machwerke auch heute noch Zufallsergebnisse sinnlosen Verhaltens in Zeiten geringer Auslastung.

Die Flugechsen mit ihren süßen Stimmen und schillernden Schuppen waren noch weiter zurück, als ihre Welt entdeckt wurde. Sie zimmerten Bretterbuden in Baumkronen, mit Werkzeug aus scharfkantigem Stein. Statt sich Mechanik auszudenken, zähmten sie Tiere für schwere Arbeit. Denn ihr Heimatwald war ähnlich artenreich wie das Amazonasbecken. Für jedes Problem, dem Echsen körperlich nicht gewachsen waren, fand sich eine darauf spezialisierte Art.

So spezialisierten sie sich selbst auf Landwirtschaft, fütterten und dressierten ihre vielen Symbiosetiere – bis sie selbst entführt und dressiert wurden.

„Wir hatten nur Glück", bemerkte Ilsina überflüssigerweise. Sie lehnte mit dem Rücken an einem Ast der schräg aus dem Boden ragte.

„Oder Pech." Jerry hockte über ihr in der Astgabel. Da seine Kollegin nicht hinschaute, stupste er sie mit den Zehen an. „Man kann auch sagen, wir hatten

Pech. Wäre es so übel, sich von Klügeren streicheln und füttern zu lassen? Als Haustiere wären wir für nichts verantwortlich, nicht mal für uns selbst."

„Frag doch deinen Nachbarn, wie es wirklich ist!" Sie winkte mit dem Kinn zu niemand Bestimmtem. Der Rest der Halle war voll besetzt mit Flugechsen.

Das war die Gelegenheit! Julie atmete tief durch, schloss für einen Moment die Augen. Dann stand sie vom Boden auf und ging um die Astgabel herum, um sich dahinter mit Jerry allein zu unterhalten.

„Die Idee an sich ist historisch. Ein neues Volk befreit sich." Sie hoffte, eine halbwegs überzeugende Begeisterungsmaske im Gesicht zu haben. "Und wir sind dabei. Ist das nicht einzigartig?"

„Ja, verrückt", stimmte Jerry zu. „Fast schade, dass wir nicht mehr lange bleiben können."

„Dir gefällt es also auf Mira Alpha? Das intergalaktische Flair und so?" Keine Widerrede, also weiter. "Wie ich vorhin hörte, ist hier ein Posten frei."

War es wirklich so einfach? Anscheinend musste sie dem Jungen gar nicht selber kündigen. Neulich hatte sie schon Phrasen zurechtgelegt, wie sie Jerrys Eltern beibrachte, warum er untauglich war. Und Ilsina ausgeredet, ihn am letzten Arbeitstag die Quartierwand schrubben zu lassen, an der sie seine Verfehlungen zählte.

„Was genau hätte ich zu tun?"

„Etwas Leichteres als Transporter zu navigieren. Für den Anfang würdest du das Portal auf Austausch-1 abschirmen. Das heißt, dich auf der Station umhören und Leute davon abhalten die Passage nach Mira Alpha zu finden."

Seine Augen strahlen wie seit langem nicht mehr. „Keine Mechanik mehr reparieren?"

„Auch keine Buchhaltung mehr. Außerdem würdest du für eine sinnvollere Sache arbeiten als je zuvor."

„Bis wann muss ich zusagen?"

„Lass dir Zeit."

Egal wie der Junge sich freute. Julie kam sich vor die das letzte Arschloch. Hatte sie es ihm wirklich gerade als Chance seines Lebens verkauft, dass sie ihn an Außerirdische verkaufte?

Ach was, sie würden alle zusammen abreisen. Sie würde sich aus der Lage schon anders heraus winden, ohne ausgerechnet den hilflosesten Bengel zurück zu lassen. Trotzdem war es höchste Zeit, mit dem Rest der Besatzung zu reden.

Jerry verschwand in der Menge, um die Einwohner kennen zu lernen. Wie lebte es sich denn nun, als schickes Haustier eines reichen Spinners? Vor allem, wie erzog man denkende Geister dazu, stumpf bei Fuß zu spazieren?

Nach einem Gesprächspartner musste er in der vollen Kantine nicht lange suchen. Schon pfiff ihn jemand von der Seite an.

„Was guckst du so, bin ich ein Zootier?"

Peinlich berührt drehte er sich um. Er hatte wohl wirklich zu auffällig gestarrt. „Oh, tut mit leid", versuchte er sich an einer Entschuldigung, „Neulich erst waren wir auf Austausch-1 zu Besuch. Ist noch keine drei Wochen her. Da hab ich genau gesehen, wie reiche Geschäftsleute ihre Hündchen an der Leine führten."

Zum Glück war das Wesen blöde Blicke gewohnt. „Hündchen, ist das ein Name für meine Rasse?" Es glänzte silberblau im erfrischend kühlen Kunstlicht. Hätte sein Gesicht bewegliche Muskeln gehabt, so hätte es bestimmt gelächelt.

„Nein, also ... ein blöder Vergleich, entschuldige bitte. Hunde, also, das sind beliebte Tiere auf der Erde. Sie führen Kunststückchen auf Kommando aus und lassen sich kuscheln. Wenn man sie richtig dressiert, können sie aber auch tolle Sachen, Unfallopfer finden, Chemikalien erschnüffeln. Früher sollen sie sogar die Arbeit heutiger Service-Roboter gemacht haben."

Der Drache hob einen Flügel und nicke. „Sehr guter Vergleich! Genau damit habe ich mir früher auch mein Futter verdient."

„Wie ... du? Hast dich für Süßigkeiten streicheln lassen?"

„Als Kind, weil ich nichts anderes kannte. Weißt du, so fangen sie bei jedem an. Irgendwann hab ich wohl den Fehler gemacht Talent zu zeigen. Darum wurde ich woanders hin verkauft, eine Art von Agrofabrik. Da wurde ich auf dumme Hilfsarbeiten dressiert. Picke die Bewässerungsrohre frei, ernte Nüsse, sag Hallo zu den Angestellten. Aber es machte Spaß. Echt, ich liebte meine Arbeit. Besonders, weil ich dort kaum noch gestreichelt wurde."

Die Vorstellung, von außerirdischen Überwesen gestreichelt zu werden, überzog Jerrys Rücken mit Gänsehaut.

„Was wäre denn passiert, wenn du die Streichler einfach abgeschüttelt hättest?"

„Keine Belohnung.“

„Und?“

„Aus Hundesicht wäre das eine Katastrophe!“ Die Echse hob theatralisch den Schuppenkamm. „Versuch mal, wie ein Zirkustier zu denken: Der Tag besteht ausschließlich daraus, Anweisungen auszuführen und auf Kekse zu warten. Einen Handgriff fehlerfrei erledigt, da ist dein Keks! Lieb gekuschelt, da ist dein Lob! Wenn du dich selbst um die Belohnung bringst, versaust du dir nur das eigene Leben.“

„Und wenn du außer Griffweite deiner Besitzer geblieben wärst?“

"Ja ja, verstecken, doofe Idee! Als kleines Kind hab ich es zuletzt versucht.“ Das starre Schnabelgesicht kannte keine Mimik, doch die Flügelspitzen zeigten nun zum Kamm. „Der Typ der uns immer fütterte hatte Freunde dabei, sie wollten mit uns spielen. Da hab ich mich in eine Ritze unter dem Bett geflüchtet. Daraufhin knallten sie ein Gitter vor den Eingang. Ausgehungert haben die mich! Und mir dabei Essen vor die Nase gehalten. Ich kam aus der Ritze nur wieder raus, indem ich ihnen die Nüsse aus der Hand pickte.“

Unter der Glitzerhaut zeichnete sich ab, wie das Wesen tief durchatmete. Eine richtig menschliche Geste. Dann schüttelte es sich, kletterte auf eine andere Stange und fuhr fort.

„Verstehst du, das ist ihr Konzept. Alle lieben dich, solange jede Bewegung ihrem Wunsch entspricht. Beim kleinsten Fehler demonstrieren sie dir, wer die Kontrolle hat. Dabei kannst du nur grob ahnen was sie von dir wollen, weil sie ja nicht mal versuchen mit dir zu reden. Sie können sich nicht vorstellen, dass du in der Lage sein könntest, eine Sprache zu verstehen."

Für Jerry klang das erschreckend nachvollziehbar. „Bei aller kultureller Überlegenheit, oder gerade deswegen", versuchte er eine Zusammenfassung, „kommen sie also nicht auf die Idee, ihre Tiere könnten mehr als Ignoranz und Belohnung begreifen."

„So ist es. Darum erklären sie natürlich nichts, sondern lassen dich per Nachahmung lernen. Hast du die Arbeit dann kapiert, gibts eine Nuss. Oder du bekommst etwas zurück, das sie dir vorher extra gestohlen haben. Hast du dann eine bessere Idee, wie du deine Aufgaben noch schneller und schöner schaffst, dann hast du aus ihrer Sicht deine Dressur vergessen und wirst von Null aus neu angeleitet."

Langsam fragte Jerry sich, wie so erzogene Kreaturen überhaupt in der Lage sein wollten, für sich selbst zu sprechen. Die Fähigkeit, eigene Entscheidungen zu treffen, trieb man ihnen zielstrebig aus. Taten sie überhaupt etwas, wenn niemand mit einem Keks winkte? Jedenfalls bedienten sie sich der terranischen Lautsprache, weil sie anscheinend keine eigene hatten.

„Darum ist Vassily mit seiner Familie hier, oder? Und die vielen Namariden. Sie zeigen euch, wie man sagt was man will."

„Sie zeigen uns, wie man überhaupt etwas will. Es ist gar nicht so leicht, seine eigene innere Stimme zu hören, wenn man ein Leben lang nur gehorchen und den Schnabel halten wollte ... ja, wollte. War ja der einzige Weg zu einem Bisschen Lebensfreude." Im selben Atemzug wechselte es das Thema. „Ohne jemanden vorführen zu wollen, schau dir mal die beiden da drüben an. Schoßhündchen eines einsamen Alten. Sind letzte Woche hier angekommen, nachdem ihr Besitzer verstorben war. Vorher wollten sie gar nicht, ging ihnen zu gut."

In einer schattigen Ecke hockten zwei untersetzte, rötlich blitzende Echsen. Sie hielten als Einzige keine Getränkeflaschen in der Schwanzspitze, die linke spielte dümmlich mit einem Gummiball.

„Wieso bekommen die nichts zu essen?"

„Weil sie nichts bestellt haben. Die Auswahl, du weißt schon. Und sie konnten hier noch nichts Großes leisten, um sich ihr Wasser zu verdienen. Ja, man hat ihnen erklärt was Selbstbedienung ist. Aber bis die Antriebslosigkeit abklingt werden sie noch eine Weile überflüssigerweise hungern."

In ihrem langweiligen Büro in den Untiefen der Transportbehörde zeichnete Lara lustlos an neumodischen Haltestellen. Dass Gute an dieser Arbeit war, dass sie nebenbei nachdenken konnte. Woran genau hatte Tristan gestern Abend noch gedacht? Keine der beiden Raumstation wurde von Menschen bewohnt. Bis auf ein paar Freiwillige. Dann hatte sie diesen Gedankenfetzen über Tierschutzvereine gehört.

Arbeit hin oder her, sie musste einen Brief an Rihms Chefin schreiben. Anders ließ sich nicht ausschließen, dass sie in genau die Falle rannten, aus der dieser laut denkende Tristan gerade entkommen wollte.

„Sagtest du neulich, ihr wärt auf einem internationalen Verständigungsprojekt ausgeraubt worden? Es hieß Austausch-1, ja? Dann passt auf: Da sind durchgeknallte Tierschützer unterwegs. Leute die sich früher um misshandelte Papageien gekümmert haben. Ich habe gehört, dass sie dort eine ortalysche Haustierrasse gefunden hätten, die sprechen kann. Und weil so ein Vieh behauptet hat gar keins zu sein, nun ja, zogen sie aus, um ihnen beim Entlaufen zu helfen. Ich statte diesem Tierschutzverein bald einen Besuch ab. Bis dahin, such bloß nicht nach denen! Falls du sie entdeckst, kriegst du ein Problem.“

So, der Brief war unterwegs. Das Hyperraum-Kommunikationsnetz würde ihn zustellen, sobald der Frachter sich bei einem Stützpunkt anmeldete. Wie hieß noch mal der Verein den sie suchte?

Als Lara nachschlagen wollte, ob der Tierschutzverein eine Ortsgruppe in Deutschland besaß, fiel ihr auf, dass sie den Namen gestern gar nicht deutlich verstanden hatte. Ein vages Genuschel, wie … ja, wie man völlig vertraute Dinge dachte, die zu selbstverständlich waren, um sie sich jedesmal genau vorzustellen. Eindeutig hatte sie kein unsicheres Gestammel, sondern innere Gedanken mitgehört.

Am späten Nachmittag durfte Juliette ihre Mitarbeiter zurück zum Transporter begleiten. Wieder führten Mileva und Tricartuso sie durch die

Aufzüge und Korridore. Diesmal waren sie redefreudiger, denn der Stationsalltag war nun keine Geheimsache mehr.

Nach einer Weile bekam Julie den Eindruck, dass die beiden Umwege einlegten, um länger erzählen zu können. Als sie endlich die Halle erreichten – in der nun zwei Frachtschiffe parkten – blieben sie am Tor stehen.

„Bring erst mal alle nach Hause“, sang die Flugechse mit einem aufmunternden Schnabelwinken. „In zehn Minuten gehen wir dann nach Austausch-1, wegen dem Behördenkram, in Ordnung?“

Ach ja, sie sollte die Fahndung nach dem Piratenpack abbrechen lassen. Zehn Minuten waren genug Zeit, um sich kurz abzustimmen. Sie stieg als Letzte ein und fühlte sich seltsam beruhigt. Trotz der bedrückenden Aussicht vor der Frontscheibe, verströmte ihr Platz ein Gefühl von Heimat.

Allen klar zu machen, dass sie wahrscheinlich allein durch den Hyperraum-Tunnel zurück finden mussten, dauerte nur fünf Minuten. Ilsina würde steuern, denn ihr fiel es am leichtesten, haufenweise Dimensionen im Blick zu behalten. Mit Fremden zu reden war, selbsterklärend, Sache von Lucia.

Ansonsten erklärte sie ihre Leute für übermüdet und schickte sie in die Quartiere. So blieben noch fünf Minuten allein mit Rihm. Auf den vertrauten Pilotensitzen, nach innen gedreht, so dass sie die Halle vor der Scheibe nicht sehen mussten.

Ihm fiel zuerst etwas zu sagen ein. „Eigentlich wäre heute ein Feiertag.“

„Welcher denn?"

„Heute vor genau zehn Jahren haben wie uns zum ersten Mal gesehen."

Sie überlegte einen Moment. „So kurz ist das erst her? Ich weiß kaum noch, wie es vorher war."

Trotz allem musste sie bei der Erinnerung kichern. Der jugendliche Rihm hatte auf der Erde Mist gebaut. Um ihm und seiner ganzen Clique zu demonstrieren, wie klein sie wirklich waren, hatte der alte Zhan, dem das Schiff damals gehörte, sie auf eine Art von Klassenfahrt mitgenommen. Erst viel später hatte Julie mitbekommen, dass man solche Ausflüge auch Erlebnispädagogik nannte, dass sie entglittene Kinder zurück auf den rechten Weg bringen sollten. Ob es funktioniert hatte?

Egal, jedenfalls hatte sie jeden Besuch auf der Erde genutzt um ihn zu treffen, online oder real, je nach Turm. Er hatte die Software des Schiffs verbessert, später die Neural-Interfaces eingebaut, und das Kamerasystem.

Dabei war es ihr gar nicht darum gegangen; die ganze Automatisierung war Nebensache. Schiffsmädchen Julie hatte die ganze Technik nur angefordert, um Rihm bei der Arbeit zusehen zu können. Um im Hintergrund zu stehen, wenn der hübsche Neuseeländer an den Kabeln im hinteren Maschinenraum schraubte. Sie hatte absichtlich zu wenig Zeit eingeplant, um ihn nach drei Überstunden zu überreden, doch gleich an Bord zu übernachten. Damit er die Installation morgen früher fortsetzen konnte, und insgeheim weil in ihrem Quartier die halbe Matratze frei war.

Als sie vor gut sechs Jahren den Betrieb übernehmen musste, konnte man, im Prinzip, den Frachter damit allein steuern. Die Besatzung war vor allem Entlastung. Trotzdem ließ man niemanden ... Realität durchbrach Julies Erinnerung an eine irre, doch vergangene Zeit.

„Die Alphaner warten." Mehr als ein Flüstern brachte sie nicht heraus. „Muss ja noch die bekloppte Strafanzeige zurückziehen."

Obwohl sie gespannt war, worin diese Abkürzung nach Austausch-1 bestand, überließ sie Schiff und Besatzung nur ungern sich selbst.

Tricartuso führte Julie direkt zu einem Flugschacht, der diagonal ins Innere des Asteroiden führte. Dann bemerkte er seinen Fehler und nahm den Umweg zu einem Aufzug. „Tut mir leid", zwitscherte er verlegen, „hab ganz vergessen, dass du weder klettern noch fliegen kannst."

Hinter den Plexiglaswänden des Aufzugs schwebte ein Stockwerk nach dem anderen vorbei. Alle zehn Sekunden rumpelte es leise, als Zwischenböden direkt unter der Kabine beiseite klappten und sich über ihr sofort wieder schlossen. Brandschutztore, vermutete Julie. Anscheinend ließ sich jeder Abschnitt vom Mira Alpha getrennt versiegeln.

„Wie viele Sperren habt ihr eigentlich, allein in diesem Schacht?" Julie versuchte gar nicht erst mit zu zählen.

„Genug", meinte die Flugechse nur. „Falls wirklich eines Tages jemand das Portal aufbricht, kommt er jedenfalls nicht weit."

„Ihr auch nicht." Das hatte sie die ganze Zeit schon ansprechen wollen. „Stimmt es, dass ihr euch hier in einer Wahnsinnsmaschine verbarrikadiert, von der ihr überhaupt keine Ahnung habt?"

„Tja, Bildung gehört eben zu den Privilegien auf die wir noch keine Chance hatten", gestand die Echse etwas verlegen, „aber immerhin gibt es hier drinnen eine Schule. Für die gängigen Schriften, Rechnen, Allgemeinwissen. Es ist ja nicht so, dass wir hier den ganzen Tag nur faulenzen würden."

Allgemeinwissen? Lesen und Rechnen waren gut, aber wer hier Sachkunde unterrichtete konnte denen absolut alles eintrichtern. Zugang zu Büchern gab es genauso wenig wie einen Blick auf die Wirklichkeit oder wenigstens Netzzugang. Ob das zur Strategie der selbsternannten Helfer gehörte? Im Versteck konnten sie die Echsen ungestört einnorden. Auf was auch immer.

„Davon mal ganz abgesehen", seine Flügel vibrierten, was wohl so eine Art von Lächeln oder Anspannung war; sie konnte das Zeichen noch nicht einordnen. „Ich finde es super von deinem Schiffsjungen, dass er hier einen Arbeitsvertrag unterschrieben hat. Auch von dem können wir viel lernen. Überhaupt mochte ich ihn sofort."

Was … das war ein Märchen, oder? Julie starrte ihn nur an, halb erschrocken, halb ungläubig.

„Hast du das gar nicht mitbekommen?", fragte Tricartuso verunsichert nach.

Nein, hatte sie nicht. Nun ja, untersagt hatte sie es Jerry auch nicht. Eigentlich war es gar keine üble Vorstellung, ihn hier etwas tun zu lassen zu dem er mehr Talent hatte.

„Es ist ein wirklich aufregender Tag“, flüsterte sie mehr zu sich selbst. „Jerry hat offenbar vergessen zu kündigen. Danke, dass du es mir rechtzeitig verrätst.“

Nach einer gefühlten Ewigkeit öffnete die Aufzugkabine sich in eine winzige Kammer. Julie trat heraus, fand neben sich die Öffnung des Flugschachts und direkt vor ihrer Nase schon die nächste Wand, tiefschwarz und glänzend, wie frisch poliertes Glas. Darauf glimmte ein feines, helles Viereck.

Reptiliengestik fand sie noch schwer zu deuten, doch gerade schien Tricartusos Haltung soviel wie „Warte hier“ zu bedeuten.

„Identitätskontrolle.“ Er machte ein großen Schritt nach vorn und wartete vor dem Rechteck, bis die schwarze Glasscheibe nach oben verschwand. „Komm mit!“

Da griff er mit seiner Krallenhand nach Julies Arm und zog sie unter dem Tor hindurch. Genauso plötzlich ließ er auch wieder los und entschuldigte sich.

„Die Schleuse schließt immer so schnell. Tut die rote Spur da weh?“

„Ähm, geht schon, danke der Nachfrage.“ Sie versuchte zu lächeln, wobei sie unauffällig den zerkratzten Arm rieb. „Schuppen müsste man haben!“

Hinter ihnen hatte die Wand sich bereits wieder geschlossen. Sie fanden sich in einer quadratischen Halle wieder, deren Wände – etwa fünf Meter entfernt – grünlich in die Dunkelheit schimmerten. Das meiste Licht stammte von den bunt leuchtenden Anzeigefeldern einer Schalttafel, welche vor einem schmucklos grauen Kasten stand. Der erschien gerade groß genug, dass zwei normgerechte Frachtcontainer hinein gepasst hätten.

„Das Licht ist ja schon wieder kaputt!" Sein Singsang klang dabei eher wie ein klägliches Quaken. „Hat irgendwelche technischen Gründe. Dass das Portal geht, hat eben Priorität."

„Irgendwelche technischen Gründe", ahmte Julie ihn nach, „es wird höchste Zeit, dass ihr einen festen Wohnsitz findet. Mit wie vielen Namariden-Kolonien seid ihr schon im Gespräch?"

Keine Antwort. Stattdessen begrüßte er einen Namariden, der gerade hinter der Schalttafel hervor trippelte. An der Front des Kastens sprang eine eine schmale Klappe auf. Ein Mensch passte gerade so hindurch. Tatsächlich schaute auch einer heraus.

„Da seid ihr ja endlich", rief er ihnen entgegen, „gleich fängt meine Schicht an. Lasst und endlich starten!"

Hier verabschiedete die Flugechse sich. Ab hier konnte er leider nicht mit. Denn drüben hätte er keine Rechte, die über das Tierschutzgesetz hinausgingen.

Der Mitfahrer stellte sich als einer der Wächter heraus. Er hatte einen normalen Job an einer Imbissbude, redete dort mit den Gästen, beobachtete Passanten. Nur wenn ihm etwas Relevantes auffiel, musste er es an Mira Alpha melden. Auf genau so einen Beruf hoffte also der kleine Jerry. Auch wenn es ihr viel zu plötzlich kam, klang es nach einer guten

Wahl.

In einer höheren Dimension mussten die beiden Raumstationen sehr dicht beieinander liegen. Von innen konnte Julie zwar wenig sehen, doch im Allgemeinen schien das Portal genauso wie ein Schiffstriebwerk zu funktionieren. Es erzeugte ein Wurmloch zwischen zwei Orten, schob die Kapsel hindurch und ließ es wieder zusammenfallen. Doch selbst dafür war die Passage unglaublich kurz.

Als sie nach einer Minute schon aussteigen konnten, war sie fast sicher, dass sich die Positionen von Mira Alpha und Austausch-1 nur in einer einzigen Koordinate unterschieden. Ganz bestimmt lagen sie, dreidimensional betrachtet, am selben Fleck. In einer vierten Richtung waren sie ein Stückchen gegeneinander versetzt.

Ohne Datenstirnband war es trickreich sich das vorzustellen. Sie machte sich eine Zeichnung im Kopf, ein Koordinatensystem, x-, y- und z-Achse. Zwei Punkte mit denselben x- und y-Werten, jeweils in z-Richtung um 1 versetzt. Genau so mussten die Enden des Portals zueinander liegen. Minimale Entfernung durch den Hyperraum, trotzdem konnten sich die dreidimensionalen Welten niemals berühren.

Mit dieser Idee im Hinterkopf fühlte sich die Wirklichkeit seltsam an. Gewissermaßen wanderte sie über ein Stück Papier, das mit einem ganzen Universum bekritzelt war. Auf einem Zeichenblock. Auf jedem Blatt ein anderes Bild, eine eigene Welt, unerreichbar für platte Strichmännchen wie sie.

Und das Portal? Ein Ritt auf dem Bücherwurm der Löcher in den Papierstapel nagte. Vom ersten Blatt bis zur Mitte, oder nur bis Seite zwei.

Sie fand sich in einer engen Kammer wieder, graue Kunststoffwände, mieses Licht.

„Den Ankunftsbereich immer schnell räumen!" Der Wächter zupfte an ihrem Ärmel. „Und Licht aus. In der Energiebilanz des Austausch-Projekts wollen wir schließlich nicht auffallen."

Die Tür fiel nach unten ins Schloss, eine Wand wie alle anderen. Von außen war nicht zu erkennen, dass die farblose Blechfassade am Ende des Flugschachts überhaupt beweglich war.

„Jetzt muss ich aber schnell zur Spätschicht", meinte der Mann etwas hektisch. „Morgen Vormittag um 11 Uhr soll ich dich genau hier wieder abholen. Der Fahrstuhl fährt nicht bis hier unten, eine Etage müssen wir klettern wie normale Leute."

Normale Leute konnten die Wände hoch laufen oder gleich fliegen. Genau weil sich die Architektur an der Mehrheit orientierte, würden Menschen auf Austausch-1 in der Minderheit bleiben.

Stillschweigend kletterte sie bis zum ersten Wegweiser und überlegte bereits, wo sie sich am besten verstecken sollte, um 11 Uhr auf jeden Fall zu verpassen. Denn sie hatte nicht vor, stumpfsinnig zurück zu kehren. Wenn ihr Schiff nicht morgen frei kam, wollte sie in der richtigen Welt sein, um die Universität um Hilfe zu rufen.

„Hier ist meine Etage, bis später!" Ohne den Wegweiser zu lesen, kroch sie aus dem Schacht in einen Korridor in welchem sie aufrecht gehen konnte.

Jetzt wäre die Gelegenheit, abzutauchen und dieses Auswilderungsprojekt dem Steuerprogramm von

Austausch-1 zu melden. Die Erbauer würden ihre Experten schicken, höchstwahrscheinlich ortalysche Physiker. Und dann? Vielleicht würden sie die ungeplante Installation abbauen.

Damit wäre Mira Alpha praktisch nicht mehr zu finden. Irgendwie konnten Lieferanten die Station mit Material versorgen, vorhin hatte schließlich ein zweites Schiff auf dem Parkdeck gestanden. Doch eine irdische Technologie, welche das Hyperloch orten und ansteuern könnte, war ihr zumindest nicht bekannt. Sie selbst war aus Versehen hinein gestolpert, gerade weil sie das Loch nicht orten konnte, weil es offenbar auch für den neuesten Antrieb frisch aus der Forschung absolut unsichtbar war.

Vielleicht würden sie das Tierheim auflösen, die aus ihrer Sicht gestohlenen Tiere in liebevolle Haltung vermitteln. Dann hätte sie mit ihrer Störungsmeldung den ganzen Sklavenaufstand zerstört.

Möglicherweise würden sie sogar aufwachen. Wer bewusst hinschaute, konnte gar nicht übersehen, dass die Flugechsen das geistige Niveau der Bewohner des Sol-Systems teilten.

Namariden, Menschen, Flugechsen – die richtige Sprache vorausgesetzt, kamen sie auf Augenhöhe miteinander aus. Aber wenn dies genau das Niveau lernfähiger Nutzviecher war? Nun, aus diesem Blickwinkel konnte es den interstellaren Beziehungen auch schwer schaden.

Darum würde sie Mira Alpha wieder zu dem machen, was es sein sollte: Einem Problem anderer Leute. Sich außergerichtlich mit den Piraten, nein, den Portalwächtern einigen. Das war natürlich nur im Sperrtrakt möglich, wo die vor zwei Wochen Festgenommenen noch immer in Gewahrsam saßen.

Wo musste sie lang, da vorne nach rechts? Plötzlich spannte sich eine hauchdünne Folie über die Abzweigung, darin glitzerten leuchtend gelbe Pünktchen. Zufällig hatte ein Schwefelatmer den Flur betreten, für Sauerstoffwesen war er kurz gesperrt. Leise, wie rieselnder Sand, rauschten die Farbtupfer – noch zwanzig Sekunden.

Da vibrierte ein Ding in ihrer Hosentasche. Ihr Interkom, sie hatte es ja gar nicht im Ohr! Hier hatte es endlich wieder Kontakt zum Hyperraum-Kommunikationsnetz und holte Julies verpasste Post ab. Schnell klemmte sie sich den Hörer ins linke Ohr, wo er eigentlich immer hingehörte, wenn sie ihr Schiff verließ.

Eine Textnachricht von der Erde, von dieser seltsamen Lara. Was wollte die von ihr? Sie ließ sich das Memo vorlesen … was? Konnte sie etwa Gedanken lesen?

„Sagtest du neulich, ihr wärt auf einem internationalen Verständigungsprojekt ausgeraubt worden? Es hieß Austausch-1, ja?"

Ja, weiter bitte.

„Dann passt auf: Da sind durchgeknallte Tierschützer unterwegs. Leute die sich früher um misshandelte Papageien gekümmert haben."

Das hatte sie schon selbst bemerkt. Aber woher konnte Lara es wissen?

„Ich habe gehört, dass sie dort eine ortalysche Haustierrasse gefunden hätten, die sprechen kann.

Und weil so ein Vieh behauptet hat gar keins zu sein, nun ja, zogen sie aus, um ihnen beim Entlaufen zu helfen.“

Genau die Geschichte die man auch ihnen erzählt hatte. Aber ihr hatten die Russen nicht verraten, was sie nach Mira Alpha verschlagen hatte. Nun gut, Lara meinte, es gäbe einen Verein. Einen irdischen, denn anderswo gab es keine Papageien. Und der hätte also die Menschenfamilie entsandt, die nun half die Flugechsen zu verstecken, in ihrer Lautsprache und was noch alles unterrichtete, aber nicht den geringsten Plan zu haben schien, wie es von da an weiter gehen sollte.

„Ich statte diesem Tierschutzverein bald einen Besuch ab. Bis dahin, such bloß nicht nach denen! Falls du sie entdeckst, kriegst du ein Problem.“

Ja, auch das hatte sie bereits. Hatte Lara ihre Gedanken gelesen? Quatsch, sie musste es von … ja, von dem Typen mit seinem undurchsichtigen Suchauftrag musste sie es wissen. Verdammter Mist! Hätte sie den Fremden früher durchschaut, wäre das hier alles nie passiert.

Im Klang der Trennfolie zeigte sich die Wartezeit. Langsam flossen die Rauschkörner ineinander über, Julie hörte Tröpfchen, sie wurden grüner. Als der Schwefelatmer den Korridorabschnitt verließ, bildete die Folie einen weißen Glanz mit einem wohlklingenden Flötenton. Ein letztes Zirpen in Maigrün, die Folie zog sich blitzschnell zurück und ließ sie eintreten.

Ständig diese Wartepausen! Auf den äußeren Decks, wo die Flure für Massen von Passanten schön breit ausgelegt waren, teilten sie sich einfach. Vier Atmosphären nebeneinander waren oben kein Thema. Nahe der Mitte jedoch, wo nur Stationspersonal ab und zu entlang ging, schien alles eine Nummer kleiner.

Immerhin konnte sie das Mädchen jetzt auf die Hintergründe ansetzen. Und zwar sofort. Eilig dachte sie eine Antwort, das Interkom setzte automatisch die Buchstaben zusammen. Nach den Namen aller Menschen auf Mira Alpha sollte sie recherchieren. Und ja, die Tiere waren Leute, keinesfalls dümmer als Jerry. Und nein, sie konnte nicht erkennen, dass ihre Auswilderung bereits im Gange wäre. Danach sollte sie bitte den Tierschutzverein fragen, den sie bald besuchen wollte.

Nach einer Viertelstunde erreichte sie endlich den Zellentrakt. Am Eingangstor, einer durchaus einladend hübschen Glasfassade, forderte ein Terminal ihre Identität an. Es war erstaunlich formschön in den Glastüren verankert, ein hochglanz-schwarzes Oval mit hell umrahmtem Scanner-Rechteck. Kurz nachdem sie ihre Hand in den Rahmen gelegt hatte, erschien darüber ihre Liste offener Rechtsstreitigkeiten. Nur ein einziger Eintrag, den wählte sie aus.

Die Glasfassade fuhr ein Stück zur Seite, so dass sie gerade hindurch passte. Dahinter klackerte es aus allen Richtungen, als hundert grau glänzende Wandelemente sich in den Angeln drehten, um einen Weg zu genau den vier Zellen aus ihrem Streitfall zu formen.

Verdächtige, die nur vorübergehend festgehalten

wurden, bekamen hier unten Quartiere mit allem Komfort. Die Ausstattung war identisch mit der des Luxushotels neben den Luftschleusen. Schließlich sollte kein Unschuldiger darunter leiden, dass jemand ihn verdächtigte. Entsprechend lang war der Fußmarsch zu den Hotelzimmern der angeblichen Piraten.

Mit welchem sollte sie zuerst reden? Einen Ranghöchsten würde es nicht geben. Alle vier waren Nullen die den Dunstkreis von Mira Alpha nicht mehr verlassen durften. Eventuell minus einen, der in ihrem Maschinenraum den angeblichen Angeberantrieb erkennen sollte. Denn Leute die etwas konnten brachte man nicht unnötig in Gefahr.

Mit wem also reden? Laut den Unterlagen des Ermittlers arbeiteten die drei Menschen als gering qualifizierte Hafenarbeiter, der Namaride hatte einen Job als Anleiter von Wartungsrobotern. Das passte. Letzterer war am ehesten geeignet, durch die letzten Winkel fremder Schiffe zu kriechen und standardfremde Technologie zu suchen.

Also klingelte sie vor der Zimmertür des Namariden. Der Türrahmen hob sich in Hochglanzschwarz von den steingrauen Wänden ab. Darauf leuchtete ein helles Viereck: Die Fallakte des Bewohners, darunter Auswahlfelder für Juliettes Entscheidung. "Ermittlungen fortsetzen" oder "Außergerichtliche Einigung erreicht", mit der Unteroption "Festhalten bis Schadenssumme beglichen".

Ein Kraftfeld baute sich vor der Tür auf, danach durfte der Fremde von innen öffnen. So wurden

Streitparteien hier getrennt, ohne dass bestechliches Sicherheitspersonal im Weg stehen und mithören musste.

Sie erkannte den blauen Achtbeiner sofort. Er hatte vor knapp drei Wochen mit an der Frittenbude gestanden, am fröhlichen Abend vor dem Einbruch. Ein ortalyscher Kulturbotschafter hatte mit exotischen Haustieren geprahlt. Ilsina hatte daraufhin mit einem experimentellen Hyperraum-Antrieb angegeben. Zwar war der Antrieb noch gar nicht eingebaut gewesen, aber inzwischen war Julie sicher, dass seine Exoten auch keine echten Tiere waren.

Allerdings hatte der Kleine sich auch nicht als Wartungstechniker ausgegeben, sondern als Kaufmann auf der Suche nach Importware. Es war um Nüsse bestimmter Zusammensetzung gegangen, so dass möglichst viele Tiere sie essen konnten. Für die Garküchen hier, und als Spezialität für entlegene Kolonien.

Jetzt schaute er sie an, als habe er sehr lange auf diesen Tag gewartet. Zugegeben, das hatte er auch. Tatsächlich hätte sie sich, ohne den Zwischenfall im Hyperraum, überhaupt nicht wieder gemeldet.

Sie schaute auf ihn herunter und konnte nicht anders, als diesen Hundeblick mit einem Lächeln zu erwidern.

„Ich wollte nur sagen, das Angebot gilt noch." Wie lauteten die Zahlen noch mal? Ach ja … „Fünf Container Kakaobohnen, komplette Abwicklung der Logistik von Terra hierher, inklusive Transport-Versicherung."

„Ist das dein Ernst?"

„Nun ja, meine Reparaturkosten habe ich drauf geschlagen", damit zog sie eine vorbereitete Folie aus der Hosentasche, „und natürlich bestellt ihr einen Kühlcontainer Mischobst dazu. Für die Symmetrie im Laderaum, du weißt schon."

Der Wartungstechniker, Versorgungseinkäufer, was auch immer, verstand nicht ganz, was gerade vorging. Aber das musste er auch nicht, um ihre Folie auf Vassilys Schreibtisch zu bringen.

„Wenn ich das Angebot meinem Vorgesetzten überreiche ..."

„... kommt es auf die Antwort an, wie lange deine Kollegen noch im Knast sitzen." Julie setzte ihr neutralstes Verkäuferlächeln auf und hielt die Folie mit dem schriftlichen Angebot hoch. „Zahlt er per Vorkasse, dann seid ihr alle frei, sobald mein Frachter hier im Hafen liegt."

Lara hockte im Grafikprogramm und zupfte ihre falsche Anna zurecht. Etwas menschlicher wollte sie auftreten, weniger offensichtlich künstlich. Denn heute war sie mit Tristan an einem Strand verabredet. In der simulierten Künstlerstadt Creanima.

Dieser Ort diente keinem anderen Zweck, als schön zu sein. Nun, doch, als Schaubühne für die engagiertesten Freizeitgrafiker der Erde war er seit dreizehn Jahren sehr beliebt. Entsprechend komplex war der Wildwuchs der Landschaften, welche nicht nur detailgetreu, sondern regelrecht überzeichnet daherkamen.

Mittlerweile war Creanima auch voller versteckter

Botschaften. Zeichner codierten sie grob in Baumringe, fein in die Brechungswinkel von Fensterglas. Wichtiger jedoch war, dass es seit Kurzem möglich war, Orte mit einem Hintergrundgefühl zu parfümieren. So wie der Keller in dem man unwillkürlich nach Monstern suchte, erreichbar nur über ein Hexenhaus im unheimlichen Wald, der auch nach hundert Besuchen unheimlich blieb, weil er eben darauf programmiert war.

Sie hatte bewusst den Ruhestrand ausgewählt. Rund um den Ozean voller kitschiger Paradiesfische lagen viele Strände, doch nur einen hatte jemand so auf Ruhe programmiert, dass es auch durch Standard-Interfaces hindurch drang. Diese Atmosphäre könnte nötig werden, wenn sie Tristan gleich nach dem angedeuteten Tierschutzverein ausfragte.

Als Strand-Anna fertig war, musste sie auch schon los. Den Zutritt nach Creanima hatten die Architekten theatralisch aufgebauscht. Man konnte nicht, wie anderswo üblich, einfach an einem freien Fleck erscheinen. Nur an ausgewählten Plätzen befanden sich Eingänge, von dort aus musste man zwangsweise an einigen Sehenswürdigkeiten vorbei. Lara-Anna entschied sich für die Unterseegrotte, deren Wände immer so irre glitzerten.

In einem Sturm hellblauer Blitze auf dunkelbraunem Grund manifestierte sich die Höhle um sie herum. Wasser glitzerte, oben musste da bei den zwei Lichtquellen sein. Zwei – welcher Clown hatte die zweite Sonne montiert, und dann auch noch in Grün? Mit ein paar kräftigen Schwimmzügen tauchte sie durch einen Krabbenschwarm und verscheuchte einen neongelben Aal, als ihr Kopf auch schon durch die Wasseroberfläche stieß.

An welchem Ufer lag noch mal der Ruhestrand? Bei dem warm goldenen Sand, wo sonst. Da ihr der frische Wind im Gesicht etwas zu eisig-realistisch wirkte, tauchte sie über das Unterwassergebirge hinweg bis vor einen Muschelfelsen, welcher als Trenner zwischen zwei Themenwelten ins Wasser ragte.

Hier lieferten sich zwei Zeichner ein Spiel: Die Berge waren von rosa-gelb schillernden Muscheln überzogen. Jemand hatte ein Wikingerschiff darauf versenkt. Auch dieses lag jetzt unter Muscheln. Der Drachenkopf des Schiffs war zum Leben erwacht und fraß die Muscheln auf. Sehr putzig! Leider hatte sie keine Zeit, den Wettkampf um die Farbe des Meeresbodens zu verfolgen.

Als sie den rutschigen Felsen hinauf kletterte, wartete Tristan schon am Strand. Wie funktionierte hier noch mal die Schwerkraft? Sie fokussierte den Fleck auf dem sie landen wollte und sprang einfach. Punktgenau setzte die Strandlogik sie direkt neben Tristan ab. Der goldene Sand kribbelte warm unter ihren Füßen, obwohl die gelbe Sonne hier rund um die Uhr tief stand. Den grünen Stern daneben konnte keiner ernst nehmen.

„Hallo Lara", er schaute von einem Mandala auf, das er vor sich in den Sand malte. „hier ist es unglaublich friedlich für ein öffentliches Kunstwerk."

„Hallo, alles in Ordnung?" Wie sollte sie anfangen? Notfalls einfach mit … da stand immer noch der

Muschelfelsen. „Miesmuscheln sind ja auch eigentlich Tiere.“

„Ja, aber fest gewachsen wie Algen, fast so Zwischendinger.“

Sie hörte den Belanglosigkeiten zu und wartete darauf, dass er wieder begann in Sprache zu denken. Denken in Text, das passierte ihr nie. Egal, weiter aufs Thema einnorden!

In einem Sanddorngebüsch auf der Düne tummelte sich ein Schwarm Nymphensittiche. „Die Papageien da hinten sehen viel tierischer aus.“

Ja, Volltreffer! Da war wieder der Erinnerungs-fetzen von „Typen die sich vorher um misshandelte Papageien gekümmert hatten“.

Ob diese Schiene weiter führte? Ein Märchen musste her. „Bei uns an der Straße sitzt ein Sittich alleine im Käfig. Ich sehe ihn immer durchs Fenster, aber die Besitzer reden schon nicht mehr mit mir.“

Gespannt wartete sie auf eine Reaktion. Drei Sekunden vergingen, dann konnte sie die beiden Sprachkanäle in ihrem Kopf kaum noch auseinander halten.

Laut sagte Tristan etwas wie „Frag doch mal einen Tierschutzverein.“ Gleichgültig, von einem Schulterzucken untermalt.

Die Gedankenstimme überschlug sich währenddessen. „Sie reden nicht mit ihnen, das ist er größte Fehler. Und jetzt laufen sie weg, alle auf die Station und sitzen dort genauso fest.“

Damit sein Wörterstrom nicht versiegte, legte Lara noch einen Satz drauf. „Kann einem Zimmervogel eigentlich viel passieren, wenn er durchs Fenster weg fliegt?“

Auf der normalen Tonspur hörte sie nur „Kommt wohl drauf an, ob Stadt oder Land.“ Auf dem Direktkanal geschah die Tristan-Version eines Bildersturms vor dem inneren Auge.

„Weg fliegen wollen immer mehr, bis das Versteck voll ist, wirklich raus kommt auf die Art niemand. Und sie haben keinen konkreten Plan, nur ein paar beknackte Unterstützer die sie völlig zu Unrecht verstecken, wo sie doch gerade Öffentlichkeit brauchen. Am Ende haben alle Angst sich mit Ortaly anzulegen. So ein Quatsch, die sind schon länger friedlich als es Primaten auf der Erde gibt! Einfach mal raus und reden! Vor allem hier, wo es Wald ohne Ende gibt.“

Die glatte Oberfläche seiner dunklen, fast bläulich weichen Stimme kräuselte sich unnatürlich. System an Lara: die dezente Ankündigung einer neuen Textnachricht. Es konnte nur Juliette sein, die endlich in Reichweite des Hyperraum-Netzes war und ihr Memo von heute Morgen gelesen hatte.

„Moment, ich kriege gerade ein eiliges Telegramm.“

Sie ließ sich den Text vorlesen, wodurch Tristans Gedankensturm kurz verstummte. Drei Namen auf einmal … stopp, wiederholen!

„Sag mal, Tristan, kennst du zufällig eine Mileva-Rose? Tochter eines Vassily-Andrej, Nichte eines Jesko?“

Bei diesen Namen sprang er auf, als gäbe es Taranteln im Goldsand. „Woher kennst du … du bist also echt von denen!“

Nun war Lara sehr froh, dass der Ort mit künstlicher

Ruhe benebelt war. Sonst wäre der Italiener wohl panisch geflüchtet. Doch so blieb es bei minimaler Atemnot. Immerhin konnte sie hiermit sicher sein, wovor der Junge auf der Flucht war.

„Mal ehrlich, dann hätte ich dich längst geortet." Sie stützte die Hände nach hinten in den Sand und lehnte sich demonstrativ lässig zurück. „Aber wie es aussieht, bin ich neuerdings hinter denen her. So wie die hinter dir. Wenn du jetzt noch mich verfolgst, können wir quasi Ringelreihe tanzen."

Tristan sah sich um, schaute hinab zu Lara und setzte sich schließlich wieder in den Sand. Er suchte nach Worten, bis Lara etwas nach half.

„Einen Antonio kennst du auch, oder?" Sie wartete kurz, versuchte den Gedankenkanal zu entziffern. „Der ist auf der Erde, sucht nach dir, weil du sein Echsenprojekt verpetzen könntest."

Noch einen Moment lauschen; ja, er kannte den Namen.

„Zum Glück ist er zu blöd dich zu finden. Hat mich auf dich angesetzt. Aber hey, ich bin Mitglied im deutschen Vogelzüchterverband! Fliegende Echsen mag ich mehr als planlose Kerle. Wenn du also die Flugechsen sicher aus ihrem Loch im Nichts befreien willst, bin ich sofort dabei."

Nachdenklich, sehr langsam, öffnete Tristan ein Steuerfenster vor einer rechten Hand. „Der Tierschutzverein heißt *Pfote in Not*." Öffentliche Dokumentensuche, Vereinsregister, Visitenkarte des Clubs. „Soweit ich es auf Mira Alpha mitbekommen habe, ist Vassily mit seiner Familie ausgetreten, bevor er sich für die Flugechsen engagierte."

So ähnlich klang auch das Memo von Juliette. Ein paar durchgedrehte Aussteiger verschlimmbesserten äußere Angelegenheiten. Klugerweise sollte sie sich heraus halten. Jeder sollte sich heraus halten. Außer vielleicht der interstellare Gütertransport. Oder die hohen Verwaltungsbeamten, welche direkt mit der künstlichen Intelligenz kommunizierten die ihren jeweiligen Turm regierte.

Und dann? Der interstellare Gütertransport war eine dezentrale, praktisch nicht überschaubare Organisation. Das Netzwerk der regierenden Intelligenzen, in den Kellern der Erde, befasste sich sowieso nur mit maximaler Stabilität. Ansonsten schien Namarion noch mit Mira Alpha zu tun zu haben; aber kein Mensch verstand die inneren Strukturen dieses Volkes ausreichend, um ihm irgendwelche Motive zu unterstellen.

Egal, Juliette fragte nach Details über diese Aussteiger. Wenigstens ein paar Anekdoten über ihr Verschwinden mussten doch zu finden sein!

Die deutsche Ortsgruppe von *Pfote in Not* traf sich jeden Mittwoch. Erst in fünf Tagen!

„Ich muss das dringend heute noch wissen", sie blätterte weiter, „hier, es gibt eine Gruppe in Italien. Die hat ihren offenen Abend freitags. Also heute, und zwar ... oh, vor zehn Minuten!"

Tristan las schweigend das Inserat, wobei der Gedankenkanal alles sagte. „Kulturzentrum am Rosengarten, das ist gleich um die Ecke."

„Du kannst da heute noch hin?"

„Bin in fünf Minuten dort! Wartest du hier?"

Schon verschwand die Tristan-Figur, zurück blieb

ein Abdruck im Goldsand. Er hatte sich stil- und kommentarlos ausgeloggt. Beim nächsten Besuch würde Creanima ihm ein umso längeres Intro aufnötigen.

Da sie nun kein nächstes mehr Treffen vereinbaren konnten, blieb Lara nichts anders übrig, als ein paar Stunden das Muschelgebirge zu besichtigen. Den Vereinsplaner auf vierter und fünfter Dimension ausgebreitet, kletterte sie wieder auf den Felsen und sprang ins zeitlos spätnachmittägliche Meer.

Mittwochs traf sich *Pfote in Not* nur eine Etage über ihrem Heimatdorf, wo sie ein kleines Tierheim betrieben. Gleich morgen würde sie dort vorbei schauen.

Das Boot, das sie schon beim Auftauchen gestört hatte, streifte sie im Vorbeifahren mit dem hölzernen Ruder. Der taktile Kanal setzte die Berührung direkt in Schmerz um. Wütend zog sie sich am Ruder hoch.

„Kannst du nicht aufpassen?"

Der Insasse, ein Mann um die Fünfzig, schaute erschrocken zurück. „Oh, tut mir leid! Hab dich gar nicht gesehen!"

Mit einer Hand am Boot schaute Lara sich um. Die Wasserfläche war hier blickdicht, ein geriffeltes Schwirren von Lichtreflexen auf blau-grüner Seide.

„Ist schon gut, man sieht hier ja wirklich nichts."

Dabei tippte eine höhere Dimension ihrer Hand auf das Bild des Tierheims, um zur Fotogalerie zu wechseln.

„Wer hat dein Boot überhaupt programmiert? Das Holz dürfte gern etwas weniger realistisch zuschlagen."

Getragen wurde das Tierheim natürlich von alten Hasen, langjährigen Vereinsmitgliedern mit viel Freizeit und Erfahrung. Genau solche kannten auch die Anekdoten aus der Szene.

Wie brachte man die zum Erzählen? Vielleicht käme es gut an, regelmäßig zum Füttern oder Ausmisten zu kommen. Aber mehrere Wochen hatte sie nun wirklich nicht.

„Hier liegt immer irgendein Schiffchen. Weiß gar nicht, wer sie baut." Der Herr im Boot hielt ihr die Hand hin, um ihr beim Einsteigen zu helfen. „Bist du zum ersten Mal hier?"

„Danke, aber ich warte auf jemanden." Dabei verschaffte sie sich einen Meter Abstand. *Ich lass mich doch nicht von jedem an Land ziehen.* „Und nein, die Insel da am Horizont ist sogar von mir. Schönen Tag noch, ich muss leider weiter!"

Am Grund fraß der Drache eine ganze Schneise in die Muscheln, das Wikingerschiff zog er hinterher wie ein Schneckenhaus. Bestimmt würde der Gegenspieler morgen im Atelier sitzen und hier singende rosa Korallen wuchern lassen.

Langsam steuerte sie wieder die Höhle an. Der Login-Punkt darin lag am nächsten und wenn sie Tristan gleich dort abfing, musste Creanima die künstliche Schausequenz abbrechen.

Auf dem kühlen Steinboden, inmitten irrsinnig flirrender Lichtblitze auf blaugrauem Grund, verlor sie jedes Zeitgefühl. Einmal schreckte sie auf, als eine Gruppe fremder Kinder sich einloggte und platschend ins Wasser verschwand.

Irgendwann tauchte Tristan tatsächlich auf. Der

Ausflug hatte ihm sichtbar gut getan, seine Stimme klang zum ersten Mal entspannt.

„Kann den Club echt verstehen", sagte er ohne lange Begrüßung. „Wenn mir beim Füttern herrenloser Hunde jemand erzählen würde, ich solle mich lieber um Dinosaurier von einem Lichtjahre entfernten Stern kümmern ..."

„Was gibt es da zu kichern?"

Im Flackerlicht hatte beide Schwierigkeiten, das Gesicht des anderen zu erkennen. Aber Lara war sicher, ein Grinsen heraus gehört zu haben.

„Viel hab ich nicht erfahren", fuhr er mit halb geschlossenen Augen fort, „außer, dass die Familie mit den russischen Namen wohl in Deutschland wohnte."

„Was, hier bei mir?"

„Danke, damit hast du zugegeben, wo du selber sitzt. Pass auf deine Anonymität auf!"

Er zog sich in den Schatten eines Tunnels zurück, der aus der Höhle in die Themenwelt Musikvisualisierung hinauf führte.

„Komm mal mit aus dem Weg! Also, soweit sich das Gerücht bis nach Italien herum gesprochen hat, war das Mädchen, Mileva, mal für ein Praktikum auf irgendeiner Raumstation. Irgendwie ist sie mit einer fixen Idee heim gekommen. Eines Tages ist die ganze Familie im Urlaub dort hin und seitdem wurde keiner je wieder gesehen."

„Klingt wirklich ulkig", musste Lara zustimmen, „so eine Spaßlegende würde niemand für voll nehmen."

War das nicht genau das Problem verkannter Völker? Dass man niemanden ernst nahm, der ihnen etwas Geist zutraute? Ihr fielen Leute ein die Bäume umarmten, mit ihren Kaninchen redeten, Delphine vergötterten. Man belächelte und tolerierte sie. Genauso wie kleine Mädchen die sich auf Reisen in exotisch bunte Reptilien verguckten.

Soweit sie Juliettes Brief und Tristans Gedanken zusammen fügen konnte, war die Lautsprache der Erdlinge der Schlüssel gewesen. Jemand, wahrscheinlich Mileva, musste ihre ersten Flugechsen wie Papageien behandelt haben.

Sag Hallo, sprich meinen Namen nach! So hatten sie eine Sprache aufgeschnappt, die man durch Zuhören lernen konnte. Gegenüber den Ortalyen half ihnen das nicht, jedoch konnten sie nach und nach immer besser mit Bewohnern des Sol-Systems kommunizieren.

„Ich glaube, ich muss jetzt ganz schnell weg", fiel ihr dazu nur ein, „die drei Namen nachschlagen."

„Morgen wieder hier?"

„Lieber wieder auf dem Markt. Bis dahin kannst du dir überlegen, wo in deinem Turm ein Dinosaurier artgerecht wohnen könnte."

An einem Samstag früh aufzustehen war eine Zumutung. Dennoch stand Lara pünktlich um halb acht in der breiten Zufahrt des Tierheims. Drei Gebäude drängten sich um den Hof. Zur Linken ein Holzhaus für Katzen. Es stand auf Pfählen, darunter lag ein Freigehege. Jedes der vier Stockwerke war zu einer Seite offen, so dass Licht und Luft von selbst hinein fielen.

Das Konstrukt gegenüber, rechts von der

Hofeinfahrt, glich eher einem Park im Drahtkäfig. Zwischen Obstbäumen, Kraut und Tümpeln tummelten sich alle kleineren Pflanzenfresser, vom Meerschweinchen bis zum Goldfisch. Die größeren Tiere mussten wohl im mittleren Stall untergebracht sein, einem doppelstöckigen Zweckbau aus Edelstahl und Plexiglas.

Der Morgenwind wehte Katzengeruch heran. Wo sollte man sich hier bemerkbar machen? Als sie nach einer Klingel suchte, kam ihr schon eine alte Frau mit zwei schweren Futtereimern entgegen. Kurzerhand lief Lara quer über den Hof und nahm ihr einen Eimer ab.

„Guten Morgen! Für welches Tier ist das?"

„Möhren für die Nager", lachte die Grauhaarige, wobei sie die Besucherin überrascht anschaute „Du bist neu hier, oder?"

„Kaninchen, wie süß!" Plötzlich fragte Lara sich, warum sie hier nie bewusst vorbei gekommen war. „Ich wollte etwas Sinnvolles tun und da hab ich euch im Vereinsregister entdeckt."

Die Gittertür zum Kleintierparadies schepperte hinter ihnen ins Schloss. Ohne den Zaun im Blickfeld war der Park beinahe kitschig.

„Dann führe ich dich am Besten erst mal herum." Ein Kakadu zupfte an ihrem blauen Arbeitsanzug. „Ja, Flattermann, du kriegst nachher auch was. Ich bin übrigens die Gerlinde."

Die Futterstelle der Nagetiere lag versteckt in einem Gebüsch. Lara schüttete ihren Eimer aus und beobachtete ein paar Zwergkaninchen, die unter Weißdornzweigen lauerten. Die warteten offenbar, bis der fremde Mensch verschwand. Also ging es weiter auf dem Rundweg.

„Bisher kenne ich mich nur mit Finken aus", erzählte Lara, kurz bevor tatsächlich ein Schwarm Zebrafinken über sie hinweg flog. „Ist immer wieder erstaunlich, wie klug Vögel sein können."

Wieder lachte Gerlinde, was kaum auffiel, da sie die ganze Zeit vor sich hin lächelte. „Da vorne sind die Zwergwarane. Die vermitteln wir nicht, wir brauchen sie als Insektenschutz."

Auf den dicken Ästen eines Walnussbaums hockten sieben putzige Echsen. Ihr Futter waren wohl die Mücken über dem Ententeich dahinter.

„Denen hat die Evolution viel Zeit gegeben, genau wie deinen Vögeln. Warum sollten sie nie Verstand entwickelt haben?"

„Warum haben wir nie Flügel entwickelt, oder Geckofüße?"

Nachdenklich ließ Lara den Blick schweifen; am Teich stand sogar eine Wollschaf.

„Weißt du, eigentlich komme ich aus einem ganz anderen Bereich. Ein Kumpel von mir war neulich im äußeren Weltall ... was da für Haustiere gehalten werden!"

Am nächsten Tor verließen sie den Park kurz, um neues Futter aus dem Lager zu holen. Auf einer Wiese hinter dem Hauptgebäude tobten Hunde.

„Davon habe ich auch schon gehört", rief Gerlinde über das Kläffen hinweg, „irgendwo soll es fliegende Bernhardiner geben."

Aha, das Gerücht war wirklich schon hier angekommen. „Lustige Beschreibung!" Lara musste husten, als sie Heu auf eine Schubkarre schaufelte. „Mein Bekannter meinte, sie wären eher wie Kreuzungen aus Schimpanse und Märchendrache.“

„Darüber kann Ivan mehr erzählen.“

Die alte Dame stupste die Karre an, so dass sie automatisch bis ans Gitter fuhr. Dann rief sie die Treppe hinauf:

„Ivan, hier ist eine Neue! Zeigst du ihr das Hundehaus?“

Eine schwer verständliche Antwort schallte herunter. Aber Gerlinde sagte nur, sie solle hinauf steigen und sich umschauen. Dann ging sie der Schubkarre hinterher, zurück zu den Pflanzenfressern. Etwas überfordert schaute Lara ihr durch die Plexiglaswände hinterher, dann riss sie sich zusammen und nahm die Edelstahltreppe ins Dachgeschoss.

Hier waren winzige Schoßhunde untergebracht, die anscheinend zu empfindlich waren, um mit den Stärkeren auf der Wiese zu spielen. Ivan saß im Schneidersitz auf dem Boden und kämmte einen gescheckten Zottel. Er sah jünger aus, vielleicht so um die Fünfzig, seine Frisur war noch braun.

„Hallo, ich bin die Lara“, stellte sie sich vor, wobei ein weißes Hündchen an ihren Schuhen schnupperte. „Bin heute den ersten Tag hier.“

„Na dann, willkommen!“ Er winkte sie heran, ohne das Tier auf seinem Schoß los zu lassen. „Nenn mich Ivan. Was gerade deinen Fuß inspiziert, habe ich Antonio genannt. Der tut nichts, hebe ihn ruhig auf und bring ihn her!“

Ob der Flöhe hatte? Egal, sie nahm den Zwerghund

auf den Arm und setzte sich neben Ivan.

„Netter Name, woher kommt er?", fragte sie, wobei ihr einfiel, dass sie nachher noch mit ihren Auftraggeber verabredet war, dem Typen der hinter Tristan her war. „Soll ich Antonio auch bürsten?"

„Nur wenn du magst", er griff hinter sich nach einer rot bedruckten Schachtel, „brauchen tut er nur seine Medizin."

Während sie lernte wie man Pillen in Hundekuchen versteckte, erfuhr sie nebenbei, dass der Hund nach einem alten Freund benannt war, der von einem Ausflug nicht zurück gekehrt war. Eine Attraktion im äußeren Weltall wollte er besichtigen, ein Urlaubsfoto hätte er noch geschickt, seitdem sei er verschwunden. Der Malteser passe zu ihm, er sei genauso naiv und überschwänglich.

„Das ist ja ein Zufall!", entfuhr es Lara, bevor sie sich auf die Zunge beißen konnte.

„Zufall?", er fischte ein blaues Gummiband aus der Tasche, „Jetzt wird der Wuschel noch frisiert, sonst sieht er nichts."

Womit sollte sie bloß anfangen? „Nun ja", begann sie, „hätte dein Antonio heute graue Haare, blaue Augen, war er auffällig schmal?"

„Ähm ... du meinst, du kennst ihn?" Ivan ließ seinen Hund laufen und begann die Fusseln aus dem Kamm zu zupfen.

„Also ... so wurde er mir beschrieben. Wie echt das Foto ist, mit dem er sich im Netz zeigt, weiß ich nicht."

Mit plötzlich eiskalten Fingern bürstete sie den Malteserhund, der ihr brav den Kopf aufs Knie legte.

Ob der jedem vertraute? Der Name passte wirklich.

„Ein Bild? Zeig mal!"

Ohne weitere Worte tippte Lara den Inforing an ihrem Mittelfinger an, der Projektor darin malte eine Übersicht auf den Boden. Sie suchte das Foto ihres nächsten Termins heraus und wartete auf eine Reaktion.

Der Tierpfleger starrte nur und zupfte weiter am längst sauberen Kamm. Nach einer gefühlten Ewigkeit las er die überblendeten Termindetails vor.

„Heute Mittag um halb eins triffst du ... diese Ähnlichkeit; aber wenn er echt wäre, hätte er sich doch längst hier gemeldet!"

„Nun, ich hab zwar keine Ahnung", versuchte Lara sich an einer Erklärung, „aber er scheint neue Aufgaben übernommen zu haben. Macht einen auf geheimnisvoll, kennt sich aber zu wenig aus, um sich wirklich unerkannt fort zu bewegen. Erzählt mir Märchen, damit ich einen Freund verpfeife, der garantiert nur Gutes vor hat."

„Mittags um halb eins ... verdammt, kann ich mitkommen?"

Konnte er das ... nein, das ging nicht. Das Raumkonstrukt in dem sie verabredet waren ließ sich, wie immer, nur über Wegwerflinks betreten. Sobald sie drin war, verfiel der Zugang.

Um keine technischen Details anzusprechen, schaltete sie den Projektor wieder ab und versprach: „Ich hole ihn her. Dann reden wir zu dritt oder gar nicht."

Jetzt auch noch Rückenschmerzen. Die Nische am Rand der Aussichtsplattform war so hart wie unbequem, aber immerhin anständig beheizt. Julie traute sich nicht, ein Zimmer im Hafenhotel zu mieten. Dort wäre sie namentlich registriert, also jederzeit zu finden.

Gestern Abend hatte sie den achtbeinigen Portalwächter mit ihren aktuellen Lieferbedingungen zurück nach Mira Alpha geschickt. Anschließend war sie bis in die Nacht durch die fünf Begegnungsdecks gewandert, diesen irren Konstrukten in denen sich Leute aller Sterne treffen konnten ohne zu ersticken oder sich an ionisierender Strahlung zu verbrennen.

Viele spannende Personen hätte sie anderswo nie kennen gelernt. Denn aus verständlichen, ja offensichtlichen Gründen pflegten sie sonst keinen Kontakt zu Terranern.

Überhaupt hatte sie andere Menschen nur rund um die Frittenbude getroffen, an der sie letztes Mal Zis aufgesammelt hatte. Bestimmt alles Wächter. Denn weder die globale Universität noch der interstellare Gütertransport hatten derzeit Schiffe im Hafen – und um hier normale Arbeit anzunehmen, musste man durchgeknallter sein, als die Typen da unten aussahen.

Letzten Endes hatte sie sich nach oben zurückgezogen, also was hier *oben* hieß, genauer auf die Aussichtsterrasse. Hier fand sie die nötige Ruhe, um die elfte Stunde zu ignorieren und ein paar Argumente für später zu formulieren.

In der Zone mit brauchbarer Atmosphäre standen nur kugelige und senkrechte Sitzgelegenheiten, doch heute gefiel es ihr; denn so brauchte sie keine Ausrede, um sich in der schwer einsehbaren Ecke zwischen zwei Texturplatten zu verstecken. An den Außenseiten konnten Wesen mit Saugfüßen wie Geckos sitzen und in die Sternennacht starren. Für Julie ergab das zwei senkrechte Lehnen für den Pausenplatz auf dem Fußboden.

Ob die selbsternannten Befreier auf Mira Alpha wirklich glaubten, sie hätten die Lage im Griff? Sie fragte sich ernsthaft, warum sie frei herum laufen durfte.

Gut, sie kam hier nicht sofort weg. Aber statt darauf zu warten, dass man gnädigerweise ihr Schiff frei ließ, könnte sie jederzeit einen Notruf absetzen. Direkt an die globale Universität, weil der experimentelle Antrieb entführt wurde. Oder freundlicherweise zuerst an die *Vereinigung interstellarer Gütertransport*, deren Erkundungstruppe sich ganz besonders für die Technologie des Portals interessieren würde.

Damit wartete wie nur so lange, weil sie ein kleines Bisschen um die internationalen Beziehungen fürchtete. Ob die Namariden auf der Station dort offiziell oder heimlich waren – inwiefern es bei denen überhaupt eine Verwaltungsstruktur gab, deren Sicht man mit dem irdischen *offiziell* vergleichen konnte – war in keiner Weise erkennbar.

Außerdem bedauerte sie die ahnungslosen Flugechsen. Deren Chance auf Auswilderung war zwar praktisch null. Aber wenn Julie schon nicht helfen konnte, dann wollte sie wenigstens nicht das Arschloch sein das den halbgaren Plan endgültig zerstörte. Stattdessen würde sie das Beste aus der Lage machen. Und zwar Profit.

Die harte Rückenlehne wurde langsam wirklich unbequem. Sie setzte sich etwas anders hin, zählte weiter die Sterne hinter der Fensterfront. Die Flugechsen kannten bestimmt nur die Strategien mit denen sie selbst gezähmt worden waren. Hatte sie nicht gestern einen Kommentar dazu mitgehört? Ja, genau: Ihr Besitzer sperrte sie in die Ecke, bis sie verhungerten oder ihm aus der Hand fraßen. Genauso sperrten sie gerade ihren Raumfrachter ins Loch.

„Aber das Futter", die Aussicht vertrieb sogar die Rückenschmerzen, „bezahlt das Herrchen."

Solange die Alphaner sich selber in diesem Loch versteckten, könnte sie ihnen jede Ware aufnötigen, zu astronomischen Preisen. Stets mit dem Argument, ansonsten an die Öffentlichkeit zu gehen. Wieder kam sie sich vor wie ein Arschloch. Doch andererseits – die Typen hatten ihr Jerry abgeworben!

Nicht, dass es zu irgendjemandes Nachteil war ... aber der Anstand verlangte, dass sie ab und zu schaute, wie es ihrem alten Schiffsjungen hier ging. Dafür gäbe es nur mit regelmäßigen Logistikaufträgen einen Anlass und für selbige diktierte sie die Konditionen.

Irgendwas stimmte nicht an dieser Logik. Aber mal ehrlich, warum sollte sie logischer reagieren als der Rest?

Als es in Laras Zeitzone ungefähr zwei Uhr war, versuchte sie eine Direktverbindung. Nur Audio, denn ihr Datenstirnband lag noch im Transporter,

182

auf Mira Alpha, vermutlich nur einen Millimeter weit weg, leider in eine höhere Richtung.

Aber sie war ohnehin nicht erreichbar. Julie versuchte es noch ein paar Mal, doch Lara war offenbar offline und weit weg von jedem netzfähigen Gebrauchsgegenstand. Seltsam. Auf der Erde musste gerade Wochenende sein. Egal. Sie würde es später wieder versuchen.

Um Zwanzig nach zwölf kam Lara endlich nach Hause. Keine Zeit für Mittagspause, sie hatte ihren Auftraggeber oft genug vertröstet. Heute würde sie pünktlich sein und es wie letztes Mal machen: Ihm ordentlich gegen die Kniescheibe treten.

Irgendwo in ihrem Hinterkopf flüsterte es, wie undiplomatisch, kindisch das war. Aber nach allem was sie in den letzten vierundzwanzig Stunden erfahren hatte – kombiniert mit angestautem Schlafmangel – war ihr inneres Kind leider lauter. Immerhin erledigte sich die Trockenheit im Mund, als sie eine halbe Schmerztablette gegen das sinnlose Hungergefühl herunter spülte.

Der virtuelle Raum war so langweilig wie erwartet, ein glasig-grauer Kubus mit einer Tür. Der Namensgeber eines Zwerghundes freute sich, sie endlich wieder zu sehen. Doch durch die Mischung aus Zeitdruck, Müdigkeit und Chaos in ihrem Kopf drang sein Strahlen nicht hindurch.

„Hey, du hattest Recht! Der Junge wird gesucht, weil er zu viel weiß." Schwungvoll holte sie aus und trat ihm gegen das gleiche Knie wie letztes Mal. „Bloß nicht von Behörden, sondern von dir."

Wie schade! Offenbar filterte sein Interface den Schmerzkanal aus. Da außer einem fragenden Blick keine Reaktion kam, setzt sie sich vor ihm auf den farblosen Boden und redete einfach weiter.

„Aber weißt du was, mir gefällt was ihr wisst. Und damit auf diesen grünen, geräumigen Planeten zu kommen klingt genau richtig."

„Du hast ihn also gefunden?"

„Wen, Tristan?" Lara versuchte mit zu denken, jetzt bloß nichts Falsches zu verraten. „Unter anderem, ja. Und falls du eine Mileva in der Familie hast …"

Verdammt, der Vormittag hatte Nebel in ihrem Schädel hinterlassen! Immer diese Außenwelt. Sie verknotete die Hände, so konnte sie wenigstens keine falsche Steuergeste machen.

„Du solltest ihn suchen, nicht verhören." Antonio kostete es sichtbar Mühe, die Fassung zu bewahren. Wie konnte so viel auf einmal schief gehen?

„Ist doch egal!" Sie wischte seine Fragen weg sie lästige Fliegen. „Wir müssen uns endlich Gedanken darüber machen, wo wir sie unterbringen."

„Wir – jetzt mal langsam! Was hab ich verpasst, als du tagelang nicht erreichbar warst?"

„Nichts was dir neu sein dürfte."

Ihr Hinterkopf kippte gegen die Wand, doch ein mechanisches Feedback war nicht konfiguriert. Sie vermisste den ablenkenden Schlag.

„Wie sollen diese Viecher jemals ein Volk werden, solange sie in einem überfüllten Loch im Nichts verblöden, weißt schon, nur von lieben Gönnern mit ausgewähltem Wissen gefüttert werden?"

„Ist ja schon gut!" Antonio zog sich an die hintere

Wand der Zelle zurück. „Du hast also ein oberflächliches Halbwissen über unser Projekt mitbekommen. Ist doch kein Grund, sich aufzuregen.“

Er schaute verlegen auf das Puppenmädchen herunter, setzte sich ebenfalls auch hin.

„Sollen wir die Flugechsen denn in unsere Wildnis raus scheuchen, bevor sie die einfachsten Grundlagen kennen? Wie man an Trinkwasser kommt? Woran man erkennt, in welchem Ton man mit wem zu sprechen hat? Lesen, schreiben, rechnen? Dann werden die paar, die nicht im Knast landen, eben im Schienentunnel vom Zug überrollt.“

„Ach Mensch, genau darauf will ich doch hinaus!“ Laras Hand wollte Locken aus dem Gesicht wischen, doch die Anna-Puppe trug Kurzhaar. „Ein paar Echsen hier unterbringen. Bei Paten. Wie sonst?“

In ihrer Vorstellung betreuten Menschenfamilien jeweils eine Echse. Doch inzwischen war sie zu kaputt, um das Bild in ganze Sätze zu quetschen. Durch das Chaos in ihren Gedanken mussten ein paar Stichwörter ins Interface geraten sein, Begriffe wie Pflegekind oder Schüleraustausch. Denn nach einer Weile redete Antonio weiter, plötzlich ganz ruhig.

„Gar keine doofe Idee. Wenn sich so ein Patensystem offiziell organisieren ließe.“

„Ich kenne einen Namariden, der ist oft auf der Erde und weist sich nie aus. Genauso kann praktisch jeder Nicht-Mensch unkontrolliert einreisen.“

„Und dann? Welche Familie nimmt die Ersten auf?“

„Danke, das bringt mich aufs Thema zurück.“

Schlagartig aufgewacht sprang sie auf die Füße. „Ein Ivan wartet schon so lange auf dich, dass er Hunde nach dir benennt. In einer Stunde am Tierheim?“

„Oh Scheiße … ich meine, da warst du auch?“

„Da sind wir gleich beide.“

Damit blendete sie die Tür wieder ein. So sehr der Ausflug aufs Land sie auch gestresst hatte, dieser Raum hier machte leider nichts besser.

„Jedenfalls kriegst du heute keinen Link fürs nächste Treffen, nicht mal einen Termin. Wenn du je wieder von Tristan oder mir hören willst, dann in einer Stunde bei *Pfote in Not*.“

Auf der Stelle loggte sie sich aus und presste sich die Hände gegen die Ohren. *Mein Kopf explodiert …* In was rannte sie eigentlich gerade hinein?

Nach und nach einzelne dieser Wesen auf die Erde zu holen, würde auf jeden Fall funktionieren. Was sollte schon passieren, wenn erfahrene Einwohner sie stets begleiteten? Ob sie wirklich so ähnlich wie Menschen tickten, musste dann die Zeit zeigen.

Verdammt, Lara! klopfte ihr Verstand von innen gegen den Schädel. *Jemand wach, jemand zu Hause?*

Tatsächlich wusste sie nicht mal, wie diese Wesen aussahen. Sie hatte noch keines getroffen, erst recht mit keinem gesprochen, auch wenn sie angeblich noch so gut ihre Sprache beherrschten.

Die diffuse Bilderflut nahm immer noch keine Struktur an. Vor ihren Augen flimmerte es, doch hinter geschlossenen Lidern sah es nicht besser aus.

Durchatmen! Bringt nichts. Kaltes Wasser? Dafür müsste sie aufstehen. Um zum Tierheim zu kommen, ließ sich das sowieso nicht vermeiden. In nur einer

Stunde – sie hatte die Zeit nur genannt, weil ihr keine Zahl eingefallen war.

Um dort irgendwas Sinnvolles zu sagen, musste sie von diesem Anfall runter kommen. Sich die blockierende Überlast aus dem Hirn schütteln. Auf dem Weg zur Tür legte sie einem Umweg ins Bad ein, streifte ihre interaktiven Klunker ab, tauchte Kopf und Hände tief in Eiswasser.

Besser! Die dunkelroten Locken klebten ihr nass in der Stirn, als sie hinaus eilte und ihren Inforing auf dem Waschbecken liegen ließ.

Der alte Vereinssitz auf Etage 298 – wie lange war es her, dass er dort rausgeworfen worden war? Nein, das war das falsche Wort. Fast vier Jahre musste es her sein, dass Mutter Geri, die dort alles beisammen hielt, die Idee als gefährlichen Unfug abgetan hatte. Und dass die Familie daraufhin beleidigt abgezogen war. An den letzten für Menschen erreichbaren Ort, an dem ein Haustier-Asyl noch wirklich notwendig war.

Der West-Aufzug schien heute schneller zu schweben. Landgebiet 200, gleich schon 250, schließlich 298. In knapp zwanzig Minuten war die Stunde um und er musste noch drei Dörfer durchqueren. Also rannte er am linken Rand des Laufbands, ließ die anderen Ausgestiegenen schnell hinter sich.

Bis auf ein Mädchen das ebenfalls rannte. Soviel er aus dem Augenwinkel erkannte, wippte eine ungekämmte Wuschelmähne im Takt ihrer hektischen Schritte. Eine Frau Anfang zwanzig, ziemlich bleich um die Nase.

Er drehte sich kurz um, doch er hatte sich nicht getäuscht. Das Mädchengesicht blieb blass, obwohl sie an einem Sommertag zur Mittagszeit durch die Dörfer rannte, mit langen Ärmeln und dem ungepflegten Haar im Nacken.

Sie schaute zurück. Überholte ihn für einen Moment, um sein Gesicht zu sehen. Überlegte kurz, drehte sich noch mal um und bremste breit grinsend ab.

Die Ärmel ihre weinroten Oberteils waren sogar an den Handgelenken zugebunden, damit sie nicht hoch rutschten. Doch die Schleifen hingen formlos herab, als waren sie gerade erst getrocknet. Nun stand sie am linken Geländer, mit dem Rücken zur Laufrichtung, zwang ihn stehen zu bleiben.

„Antonio – richtig?" Ihr schwerer Atem zischte durch die Zähne, welche zwischen Grinsen und Strahlen eingefroren schienen.

Wer sonst war genau jetzt auf dem Weg zum Tierheim? Sofern sein Auftragshacker keine Gäste eingeladen hatte … ja, dann war die Anna-Fassade weniger verlogen als vermutet.

Bisher war Antonio davon ausgegangen, hinter der überzeichneten Frauenfigur stecke ein fünfzigjähriger Kerl mit Erfahrung und Langeweile. Kein Anfänger konnte so schnell so viel herausfinden.

Zumindest Alter und Geschlecht schienen hingegen wahr zu sein. Überrascht starrte er die fremde Frau an. Der Rahmen aus warmen Rottönen verdeckte nur halbherzig, wie grau und übermüdet das Augenpaar daraus hervor blinzelte.

„Kenne ich dich als Anna?"

„Vier Buchstaben mit A am Ende“, lachten ihre fast weißen Lippen, „der Rest ist wandelbar.“

Das Dorf zog an ihnen vorbei, die letzten hundert Meter gingen sie zu Fuß. Ohne viel zu reden, obwohl Antonio vor Fragen beinahe platzte. Was wusste diese rothaarige Hexe alles schon, warum zerrte sie jetzt den Tierschutzverein mit ins Boot – wie überhaupt war es möglich, aus seinen dürren Andeutungen in so kurzer Zeit das ganze Puzzle zusammen zu setzen?

Aber er traute sich nicht, sofort drauf los zu fragen. Und sie verknotete nur nervös ihre Finger, genauso wie vorhin im virtuellen Raum.

Der Hof war um diese Tageszeit ein Minenfeld neugieriger Blicke. Kinder, die nach der Schule im Stall halfen, verbrachten ihre Mittagspause draußen. Andere führten ihre Pflegehunde aus oder brachten sie zurück. Eigentlich fielen zwei weitere Besucher gar nicht auf, dennoch fühlte Antonio sich sinnloserweise beobachtet.

Auf einmal sprach das Mädchen von selbst.

„Bist du eigentlich mit Tristan verwandt?“

„Ähm … ist das wichtig?“

„Ich frag ja nur.“

Sie schaute ihn gar nicht an, hielt zielstrebig auf das Hundehaus zu.

„So laut wie ihr denkt, wundert es mich, dass Mira Alpha nicht längst aufgeflogen ist.“

Anscheinend hatte er sie vorhin zu schief angeguckt. Dieses weinrote Langarmhemd war aber auch auffällig, in einer auf 25 Grad aufgeheizten Landetage. Blickdichte Kunstseide, die dezent kaschierende Mode der Edel-Junkies. So was trugen

Netzsüchtige, die sich intravenös ernährten, um sich tagelang nicht vom Terminal abmelden zu müssen. Wesen mit virtuellen Wohnräumen, welche sich die erdrückend flache, dreidimensionale Außenwelt nur antaten, um gelegentlich ihre Anschlüsse zu desinfizieren.

„Du kannst dich gerade nicht entscheiden, ob du ein Zuhause oder ein Wespennest betrittst." Dabei streifte ihre Schulter die offen stehende Glastür. „Damit kann ich auch nicht weiterhelfen. Aber erzähl erst mal, wo du die letzten Jahre gesteckt hast", wieder schaute sie sich blitzschnell um, streifte seinen Blick für einen Sekundenbruchteil, „sonst übernehme ich das."

Drinnen füllten Helfer aus dem Dorf das Futterlager auf. Wie in alten Zeiten. Wehmütig widerstand Antonio dem Impuls einfach mit anzupacken. Das Mädchen der vier Buchstaben mit A am Ende blieb vor der Treppe stehen.

„Tristan hatte bloß Heimweh", meinte sie, wobei sie mit weit offenen Augen hinauf ins Obergeschoss lauschte, „da oben ist niemand außer Ivan und den Rattenjägern. Aber im Prinzip passt es doch, irgendwann müsst ihr eure Weltraumdrachen auswildern", leise betrat sie die erste Treppenstufe, „und dafür hast du absolut keinen Plan."

Kaum reichte Laras Nasenspitze über den Fußboden, schnupperte ihr ein weißer Zwerghund entgegen. *Niedlich!*

„Antonio Junior mag mich wohl", rief sie in die Halle, „übrigens hab ich das Original dabei."

Ein paar schnelle Schritte tönten dumpf über den

Holzboden, sofort stand Ivan an der Treppe.

„Unfassbar, Mensch … wo hast du die ganze Zeit … nein, seid wann bist du wieder da?"

Sie nutzte die Gelegenheit, um ein paar Meter Abstand zu gewinnen. In real war der Typ schon anstrengend, wenn er nichts sagte. Oder es lag an ihren überreizten Nerven, dass jeder Geruch, jede Variation im Rhythmus der Schritte, sich ähnlich schlimm aufdrängten wie die Nuancen im Tonfall, sobald er den Mund auf machte. Leute laut denken riechen – an Tagen wie diesem brauchte sie dafür weder Software noch Schnittstellen.

Das blonde Hündchen folgte ihr treu. Kuscheliges Fell, beruhigend runde Kulleraugen. Mit einer Hand im Pelz des Maltesers, die Finger tief im Plüsch vergraben, versuchte Lara die letzten Tage in eine Reihenfolge zu bringen.

Hatte sie nicht gerade einen seriösen Beruf mit strukturiertem Tagesablauf gefunden? Ja, und dann wollten diese Kollegen eines Bekannten ihr einreden, dass sie unterfordert sei, etwas Anspruchsvolleres tun solle. Der Hund schien sagen zu wollen: „Selber schuld, was lässt du dir ausgerechnet einen Suchauftrag aufnötigen!"

Mit der im Rückblick völlig abwegigen Vorstellung, hierüber einen Artikel in einem anerkannten Magazin zu platzieren, hatte sie sich die Kanal-Abbildung eines wildfremden Jungen erschlichen. Sich daran einen Migräneanfall eingefangen, nebenbei das Phänomen des Verbaldenkens entdeckt und sich mit einer Überlast an irrem Halbwissen zugedröhnt.

Damit hätte sie noch leben können, aber heute

wurde ihr die Sache wirklich zu real. Obwohl Wochenende war, hatte sie ihr Terminal verlassen, hinter einem einsamen Kaff diesen Zoo voll anstrengender Menschen entdeckt – und jetzt prallten Außenwelt und Auftrag auch noch aufeinander.

Worüber redeten die beiden da hinten eigentlich? Wieder etwas, das sie an der Außenwelt nervte. Man konnte den Ton nicht lauter drehen, man musste in die Nähe der Sprecher gehen. Schwerfällig hob sie das Fellbündel auf und schlich zu den beiden Männern hinüber.

Der Hund zappelte, als er auf dem Arm getragen wurde. Artgerecht war das sicherlich nicht, aber Lara brauchte das Tier als Fixpunkt. Ein ruhende Mitte, um die herum die Welt rasend rotieren durfte.

„Stell dir mal vor, ich setze dich auf einem fremden Planeten ab", erklärte Ivan gerade, „die Wesen dort haben dein geistiges Niveau, aber eine völlig fremde Kultur, unförmige Architektur, verrücktes Futter. Du überlebst doch keine drei Wochen!"

„Mit einem Reiseführer schon", wehrte Antonio das Argument ab, das er vor weniger als zwei Stunden selbst vorgebracht hatte.

„Na, das setz mal durch … wie, sagtest doch noch mal, leben die in freier Wildbahn? In einem artenreichen Urwald?"

Ja, auch Ivan dachte noch lauter, als er redete. An diesem Punkt musste Lara eingreifen.

„Bevor ihr auf dumme Gedanken kommt, also, die Erdoberfläche ist keine Option."

Dann überließ sie die Diskussion wieder den

anderen.

„Dschungel gibts es da aber ...“

„... und lange würde es niemand mitbekommen; ja, mit dieser Idee sind wir auf Mira Alpha aber seit Monaten fertig. Die Flugechsen suchen genauso wenig einen neuen Wald wie Mutter Erde eine neue dominierende Rasse.“

„Wieso gehen sie eigentlich nicht nach Hause?“

„Wohin denn? Der Planet ihrer Vorfahren ist seit vielen Generationen ein ortalysches Habitat.“

„Oder zu den Namariden mit ihren vielen Kolonien?“

„Ja, tun sie doch. Die Namariden auf Mira Alpha arbeiten an ihrem Teil der Lösung. Aber schon deren Sprache fällt den Echsen schwer und die Architektur passt überhaupt nicht. Denn, weißt du, anatomisch stehen sie unseren Vögeln deutlich näher, als diesen Festlandkraken. Es sind Zweibeiner mit Flügeln, sie können nicht mal Wände senkrecht hoch laufen. Und sprich mal namaridisch, obwohl du feste Knochen im Arm hast.“

„Ist ja schon gut! Ich Erdling kenne keinen Nicht-Menschen persönlich.“ Ivan nahm Lara den Hund ab und setzte ihn zurück auf den Boden. „Und jetzt kommst du also mit der Idee nach Hause, ein paar ... nennen wir sie Gaststudenten einzuladen? Um zu sehen, wie schnell sie sich anpassen – und ob sie wirklich keine Krankheiten übertragen?“

Langsam fühlte Lara sich ernsthaft übergangen. Vielleicht war jetzt er richtige Zeitpunkt, ihre Sicht der Dinge einzuwerfen.

„Nein, der klaut nur gerade meine Idee“, antwortete

sie, die Hände nun auf dem Rücken verschränkt. „Nach Hause gekommen ist er, um jemanden einzufangen, der sich mit zu viel Information im Gedächtnis einen Landurlaub gegönnt hat. Nun ja, Letzterer war schnell gefunden, aber ich verpetze ihn nicht. Schon weil er zwei Flugechsen adoptieren will, sobald sein Bürgerprofil wieder existiert, so dass er eine Wohnung suchen kann.“

Darauf kollidierten zwei Antworten in der Luft, so dass sie keine ganz heraushörte.

„Was hat der Junge vor?“ kam ungefähr aus Antonios Richtung.

„Was macht ihr mit euren Profilen?“ musste dann wohl von Ivan gekommen sein.

Dazu sagte Lara gar nichts. Sie machte einfach den Jüngeren nach, der auch auffordernd auf Antonio guckte. Erklärungen, bitte!

„War nicht meine Idee“, begann er schließlich. „Die ersten Erdlinge auf Mira Alpha waren eben total panisch, dass sie zu früh entdeckt werden könnten. Irgendwann wurden alle gelöscht, die den Zugang über die äußere Raumstation kannten. Damit sie weder auf die Erde, noch auf auf die Stationen der Universität legal einreisen konnten.“

„Die wichtigsten Vertrauensleute mit Misstrauen vergraulen, wie blöd muss man sein ...“ Den Kommentar konnte Lara sich beim besten Willen nicht verkneifen. „Tristan neu zu legalisieren, kriege ich schon irgendwie hin. Was den Rest der Familie angeht, bin ich mir nicht sicher, ob ich euch überhaupt auf meinem Planeten will.“

„Aber eine Flugechse nimmst du, ja?“

„Gern auch zwei. In Rosa und Blau."

So beknackt die Idee sich anfühlte, so gut passte sie zu ihren Entwürfen. Blaue Tunnelbahnen, demnächst passende Haltestellen. Genau jetzt sah Lara die Chance, das erste Stück Infrastruktur interstellar auszulegen.

In ihren Haltestellen würde es sowieso Sitzplätze geben. Auf Rohre geschraubte Polster, frei gruppier- und verschiebbar bis zu den Punkten an denen der Träger in Wand oder Decke verschwand. Ein paar Sitze weniger, dafür mehr freies Tragrohr, schon war die Wartebank gleich gut für Menschen und Krallenfüßer geeignet. Die Eingänge müssten minimal höher ausfallen, damit fliegende Passagiere über die trampelten Menschenmassen hinweg gleiten konnten. Dezente Designelemente mit nachhaltigem Nutzen.

In ihren Gedanken war schon Montag und so merkte sie gar nicht, wie Antonio wieder ihre Ärmel anglotzte.

„Die Außenwelt musst du ihnen zeigen", seufzte er nach ein paar Sekunden, „es gibt kein Neural-Interface für Vogelhirne."

Blickdichte Kunstseide, klar, die zweckmäßige Mode der Edel-Junkies. Das trug sie doch nur noch am Wochenende! Statt sich blöde Sprüche anzuhören, sollte sie die plötzliche Einigkeit lieber an Juliette melden. Kommentarlos tastete Lara nach ihrem Inforing – er fehlte! Genauso wie das Armband.

Wo konnte sie das verdammte Ding verloren haben? *Du Schlampe!* Garantiert lag der Ring im Badezimmer, unten in der Stadt, eine

Dreiviertelstunde Fußmarsch entfernt. *Ich maßlose Schlampe bin die ganze Zeit offline!*

Was sie bloß verpasst hatte? Und hier konnte sie nicht mal jemanden fragen, ob sie kurz ein Telegramm verschicken durfte. Trotzdem wartete im tiefsten Weltraum jemand auf ihren Lagebericht und abends war sie mit Tristan verabredet.

„Ist gut, ich überlege es mir noch", sagte sie auf dem Weg zur Treppe. „Jetzt geht mir leider die Zeit aus. Seid ihr morgen wieder hier?"

Sah sie wirklich so weggetreten aus, als könne sie niemandem die Realität beibringen? Eine Beleidigung … das Problem war eher die Platznot in der Wohngemeinschaft. Eigentlich war gar kein Zimmer frei.

Sie ließ das Heim hinter sich und rannte den kurzen Sandweg zum Laufband. Drüben im Dorf gab es ein öffentliches Terminal. Ob es modern genug war, ein volles Gespräch ins Hyperraum-Kommunikationsnetz durchzuleiten? Egal, zumindest einen Brief konnte sie dort verschicken.

Oder ich bringe sie auf unserem Bauernhof unter! Die Idee schoss ihr durch den Kopf, als sie überlegte, wo sie besser telefonieren konnte.

Warum das öffentliche Terminal im Dorfgemeinschaftshaus anfassen, wenn die eigenen Eltern nur einen Treppen-Baum entfernt wohnten? Das Interface in ihrem alten Kinderzimmer war definitiv mit dem Netz der raumfahrenden Organisationen kompatibel.

Eine halbe Stunde später sprang sie von einem anderen Laufband und verschwand zwischen fünfstöckigen Gewächshäusern. Zu beiden Seiten gluckerte es in den Rohren der Aquaponik, hinter Glasfassaden grünte junger Salat.

Jemand zu Hause? Hinter der Algenzuchtanlage, auf halbem Weg zum Obsthaus, traf sie Jette, ihre ältere Schwester. Sie würde bald den Hof übernehmen, was gut war, denn sonst kam niemand aus der Familie in Frage.

„Hallo Schwesterherz, darf ich kurz bei euch telefonieren?"

Jette schaute hoch und musste lachen. „Dafür kommst du her, hat man dir deine Ausrüstung geraubt?"

Sie besaß die gleichen roten Haare, jedoch ordentlich frisiert. Im Moment sah sogar ihre Arbeitskleidung frisch aus.

„Hab alles zu Hause vergessen", gab Lara ehrlich zu, „Scheißtag, nur Stress, hab es eilig."

„Na, dann geh dich mal anschließen." Sie schüttelte den Kopf und wollte schon weiter arbeiten. „Bist du zum Abendessen noch hier?"

„Wahrscheinlich nicht, aber sag mal", Lara überlegte kurz, wie sie es am besten nennen sollte, „ihr habt doch manchmal Austauschschüler vom Äquator hier. Hättest du Lust, mal einen von weiter weg kennenzulernen?"

„Klar doch! Hast du dich wieder in jemanden aus Neuseeland verguckt?"

„Nein, also … ich dachte eher an Praktikanten aus dem äußeren All. Bis gleich, es eilt!"

Schon rannte sie weiter, nahm eine Abkürzung durchs Erdgeschoss des Tomatenhauses, von dort durch Pilzkeller und Saatgutlager ins Wohngebäude. Ihre ehemalige Bastelbude diente längst als Mischung aus Gästezimmer und Abstellkammer. Sie ließ sich aufs Gästebett fallen und kramte in der Schublade des Nachtschränkchens nach ihrem Datenstirnband. Einfache Standardausstattung, aber immerhin von ihr selbst installiert.

Verdammt! Juliette hatte bereits versucht sie zu erreichen. Jetzt aber schnell zurück melden.

Seit Julie den kleinen Wartungstechniker beziehungsweise Bohnenhändler aus seiner Luxuszelle befreit hatte, waren nun über zwanzig Stunden vergangen. Weder ihre Leute im Loch noch Lara auf der Erde konnte sie erreichen, doch immerhin hatte sich der selbsternannte Obermensch gemeldet.

In zwanzig Minuten würde ein Team von Mira Alpha hier sein, um die Details auszuhandeln. Das hieß, gleich ging es sozusagen um alles und ohne Lucia im Rücken war ihr, zugegeben, etwas mulmig zumute.

Sie ließ sich das Memo zum drittem Mal vorlesen. Der Treffpunkt lag im Hafenhotel, Zimmernummer Rot-4-Kalt-Grün-7, einer der wenigen menschentauglichen Konferenzräume. Gerade befreite sie sich aus ihrer schiefen Sitzecke auf der Aussichtsplattform, als ein Anruf von der Erde anklopfte.

Mühsam stand sie auf, streckte die schmerzhaft steifen Knie. *Nur Audio annehmen*, dachte sie zum Interkom an ihrem Ohr.

„Hey Lara! Hast du was heraus gefunden?“ Einfache Sprache las das Gerät direkt aus, so dass niemand mithören konnte.

„Ganz plötzlich sind sich alle einig“, platzte Lara sofort mit dem Ergebnis heraus. „Ihr könnt nach und nach einzelne Wesen zur Erde mitbringen. Wir bringen sie bei Paten unter, bis sie allein unter Affen klar kommen.“

„Langsam ... *was* habt ihr vor und *wer* ist *wir*?“

„Hab den Verein geortet von dem sich die Menschen in diesem Loch im Nichts, wie nennen sie es, Mira Alpha, einst abgespalten haben. Die betreiben hier ein Tierheim und da hab ich einen weiteren Verwandten getroffen. Wenn deine Alphaner sich schlecht benehmen, frag sie einfach, ob es sie interessiert, wie es Ivan geht. Die Namen Ivan und Gerlinde sollten ihnen ähnlich viel sagen wie Tristan und Antonio. Ich weiß wo die wohnen; reicht das als Argument?“

„Und wie es zu dem Mist hier kam, hast du darüber was?“

„So einfach wie beknackt: Die Flugechsen konnten sich keinem anderen Volk gegenüber verständlich machen, bis sie irgendwo auf Papageien-Art unsere Lautsprache mitbekommen haben. An dem Punkt hab ich noch einen Zeitriss; wie sie an die Namariden und in dieses Hyperraum-Konstrukt geraten sind, keine Ahnung. Vor ein paar Jahren hat wohl dieses Mileva-Mädel ihre erste Flugechse entdeckt und die halbe Familie überredet, sich für ihre Befreiung einzusetzen. Aber sie sind voll überfordert ... oder haben noch was anderes vor.“

„Noch etwas anderes?“ Sie gab sich alle Mühe, genau hin zu hören, während sie einen Trakt mit widerlich starker Schwerkraft durchquerte.

„Mir fehlt eine Erklärung, warum sie nicht längst allein auf die Idee gekommen sind, ihre schuppigen Einwanderer bei netten Menschen einzuquartieren. Erstens hab ich hier Tristan, dem ging die Auswilderung nicht schnell genug, aber der ist auch aus dem Projekt geflüchtet und sitzt jetzt in Italien fest. Zweitens hab ich Antonio, dem ging es bis vorhin nur darum, die Sache geheim zu halten – ließ sich nach ein paar Tagen in der alten Heimat aber verdächtig leicht umstimmen.“

„Wirklich seltsam, aber es könnte politische Gründe haben. Ist alles etwas komplizierter hier draußen.“

Die Informationen waren brillant, so was von gut, dass sich eine weitere Frage aufdrängte.

„Womit hast du denen eigentlich gedroht, dass sie ausgerechnet dir so viel verraten?“

„Mit gar nichts. Das meiste weiß ich von dem Illegalen aus Italien. Kann ich doch nichts für, dass er so laut denkt.“

„Ach Lara, eure Szene-Sprache ist nicht mein Ding! Was heißt das?“

„Die Null denkt in Sprache. Irre, nicht wahr? Ich wollte sein Interface etwas sensibler justieren, so dass er lautlos mit mir reden kann wie du mit deinem Audio-Interkom. Und auf ein Mal, ehrlich, hatte ich einen Textstrom im Ohr – echt, von allem! Was einem so durch den Kopf geht an Mustern, Erinnerungen, an Bildern eben. Ziemlich zerhackt und sprunghaft, aber beängstigend detailliert.“

Nun fehlten Julie endgültig die Worte. Sie konnte also wirklich Gedanken lesen, das erklärte einiges. Sie blieb stehen, schaute sich nach einem Blickschutz um. Denn mittlerweile war das Hotel nur noch zwei Flure entfernt. Auf keinen Fall wollte sie ausgerechnet jetzt angesprochen werden.

„Musste das gleich recherchieren", erzählte Lara schon weiter, „es gibt sogar einen medizinischen Fachbegriff. Verbales Denken. Der Typ ist ein Verbaldenker. Und es kommt noch krasser: Das Phänomen ist erblich."

Wie beruhigend! Lara konnte nicht jedermanns Gedanken lesen. Man musste, neben der verstellten Konfiguration, auch eine unglückliche Mutation besitzen. Moment, hieß das nicht …

„Soweit ich es sehe, sind hier alle um ein paar Ecken miteinander verwandt. Kennst du irgendwelche Merkmale, an denen man so einen … Verbaldenker auch offline erkennt?"

„Woher soll ich das wissen? Hab ihn nie real getroffen."

Einen Moment überlegte Lara, dann fiel ihr doch etwas ein.

„Nur so eine Vermutung. Es sind Personen mit anstrengender Ausstrahlung. Sie denken eben nur hauchzart unter der Oberfläche, du weißt schon, Leute mit aufdringlich deutlicher Mimik und Sprachmelodie. Alles wird sofort kommuniziert, sie können gar nichts dagegen unternehmen."

„Du kannst – wie hießen sie noch – Antonio und Ivan also nicht leiden?"

„Ertragen nicht, hacken vielleicht. Was mich viel

mehr interessieren würde, wären aber die Hintergedanken ihrer Vorgesetzten. Was wirklich dagegen spricht, dass ich ein oder zwei Reptilien adoptiere ...“

„Lara! Du lässt dich zu tief da rein ziehen.“

Was hatte Rihm noch über sie gesagt, beim letzten Besuch im deutschen Turm? *Wenn jemand sie emotional auf dem Teppich hält, löst sie jedes EDV-Problem. Darüber hinaus ist sie ein Kind.* Über ein Geheimprojekt konnte das Kind mit niemandem reden, und selbst wenn, es war niemand mit dem nötigen geistigen Horizont da.

„Okay, Lara, jetzt bleibst du mal ganz ruhig. Was brauchst du, um deinen Lesetrick an Vassily auszuprobieren?“

„Ich muss ihn nur ans Videofon kriegen. An mein eigenes zu Hause. Dann ist es eine Frage von Minuten, bis ich sagen kann, ob er auch so ein Sprachdenker ist. Also, ob sich sein Lügengebäude unterkellern lässt.“

„Mal überlegen“, Julie fiel kein sinnvoller Anlass ein, aber was hatte hier schon Sinn, „du bist meine Bodenstation, okay? Irdisches Konsulat von Mira Alpha, ja? Vielleicht kriege ich ihn dazu, sich in Integrationsfragen direkt an dich zu wenden.“

„Klingt bekloppt“, fand Lara, „so wie alles, was bisher funktioniert hat.“

„Willkommen in der Wirklichkeit. Wann kannst du starten?“

„Gibst du mir anderthalb Stunden? Dann kann ich das Installationspaket noch tarnen.“

„Die brauche ich sowieso – mindestens.“

Für heute sollte es schließlich um Versorgungsflüge für das bestehende Asyl gehen. Und sie würde die Vertreter persönlich treffen. Wann und weswegen sie später einen ans Interkom bekommen sollte, war für den Moment völlig offen.

„Hey, bleib dran! Kannst du für eine Weile im Hintergrund bei mir bleiben?"

„Geht leider nicht", erwiderte Lara, „ich sagte doch, ich muss an mein eigenes Terminal zu Hause. Bin gerade unterwegs und hab meinen ganzen Kram vergessen. Sobald ich da bin, rufe ich zurück!"

Damit meldete sie sich ab. Vergessen, offline quer durchs Land unterwegs … anscheinend ging es Lara gar nicht gut. Trotzdem war sie jetzt unverzichtbar.

Endlich wieder zu Hause! Von der ganzen Hektik zitterten Lara schon die Finger. Schnell klemmte sie eine Extra-Ampulle mit Traubenzucker in ihren Kochsalzschlauch; so konnte sich der Unterzucker ausgleichen, während sie sich wieder bei Juliette einklinkte. Dass sie gerade von dort kam, wo echtes Essen wuchs, war ihr schon gar nicht mehr bewusst.

Dummerweise trug die Pilotin ein schlichtes Audio-Interkom ohne Kamera. Der Gesprächsraum öffnete sich leer. Einer nach dem anderen wurden die sprechenden Personen an die berechneten Orte gezeichnet. Als diffuse Formen, wo das Programm die jeweilige Geräuschquelle verortete. Sie erschienen rund um einen leeren Fleck in der Mitte, bestimmt stand dort ein Konferenztisch. Falls noch weitere Personen daran saßen, würden sie erst auftauchen, wenn sie einen Ton von sich gaben.

Lara hörte zu, wie grau-braune Männerstimmen sich lauthals über jemandes Dreistigkeit empörten. Wie eine melodisch schwebende Stimme einen weiteren festen Lieferanten im Prinzip für vorteilhaft hielt. Auch an den leeren Plätzen tauchten kleine Geräuschmuster auf, vielleicht Atemgeräusche stiller Zuhörer, wahrscheinlich Knacken im Mikrofon.

Irdisches Konsulat von Mira Alpha. Ach nee, alles klar. Kopfschüttelnd drehte Lara die Transparenz des Gesprächs hoch, so dass es sich mit dem Texteditor überlagern ließ.

Ein paar Behördenformulare, ein Auszug aus einem Benimmkodex, touristische Stadtpläne. Haufenweise irgendwie nützliche Dokumente heftete sie schnell zusammen, obendrauf kam ein hübsches Deckblatt:

Willkommensfibel für Erdenbesucher, Version 0.1.

Wen auch immer sie bei Gelegenheit treffen würde, der sollte das Paket nur annehmen und öffnen. Der Inhalt war zweitrangig. Wichtiger war die Frage, mit welcher Emotion sie es unterlegte.

Beim verängstigten Tristan hatten die Skripte für „Ruhe" und „Vertrauen" gereicht. Nun sollte sie jemanden überzeugen, den sie überhaupt nicht einschätzen konnte.

Immer wenn Juliette selbst sprach, kam die Stimme doppelt an. Über das Mikrofon und zusätzlich direkt aus dem Sensor.

„Dachtest du wirklich, irgendwen im Griff zu haben?" Sie klang gelangweilt, aber sehr gespielt gelangweilt. „Entführst du einen Logistiker, forderst du damit eine Suchaktion an. Erwischst du einen

Testpiloten, lädst du die akademische Unfallforschung ein.“

Fängst du aber an zu feilschen, dachte Lara das Gesetz zu Ende, *dann legst du dich mit der Kauffrau an und wirst abgezockt.*

Ja, es gab tatsächlich Probleme die sich von allein lösten. Die man nur ausdauernd genug ignorieren musste. Wenn Mira Alpha nicht innerhalb weniger Tage zur weltweiten Titelgeschichte aller Reporter werden wollte, kamen sie nicht darum herum, das Schiff frei zu lassen.

Darüber hinaus machte Juliette nur ihren Job: Leute dazu bringen, anderen einen Kram ab zu kaufen, den sie dann von A nach B fliegen durfte.

Gab es schon ein Skript für „Sicherheit“ oder für „Mir doch egal“? Laras Repertoire war aufgebraucht.

„Juliette, ich bin mal kurz weg!“

Das musste sie gehört haben, auch wenn sie sich natürlich nichts anmerken ließ.

Dann blendete sie die Stufenschalter ihrer Simulation ein, welche noch auf zwei von sieben standen. Für das Atelier hinter Creanima brauchte sie mindestens fünf Raumdimensionen. Videofon und Textmappe konnten weiter überlagert im selben Raum laufen. Das machte acht, eine zu viel ... kurzerhand schob sie letzteren Raum zu einem platten Bildschirm links ihres Blickfelds zusammen, so war die siebte Dimension frei für Creanima.

Am besten sollte, wer auch immer die Willkommensfibel erhielt, gar nicht denken. Das Paket würde eine minimale Anpassung der Konfiguration anbieten, die man ohne hin zu schauen durch winkte. Gab es hier schon einen Ort der Hektik versprühte?

Im Katalog der Themenwelten fand sie eine Ruine der Ignoranz. Gemalt von einem Team das sie sogar flüchtig kannte. In der dreidimensionalen Übersichtshalle des Ateliers öffnete sie die Vorschau auf die ebenso tiefe Ruine einer Arkologie. Beide Räume überlagerten sich, ohne sich dabei zu berühren. Links davon war Juliette auf der Raumstation immer noch abgelenkt.

Neugierig begutachtete sie den zerfallenden Betonkomplex, die oberen Stockwerke waren von Efeu zerfressen, darüber schimmerten Sterne durch grau-feuchte Nebelschleier.

Lustigerweise interessierte sie das nicht. Lohnte es sich wirklich, da rein zu gucken? *Na komm schon, du hast eine Mission!*

Mit dem Gefühl, hier nur Zeit zu verschwenden, stieg sie über einen Scherbenhaufen durch ein eingeschlagenes Fenster. Eine Küche, zerbeult wie nach einer Explosion. Was hier passiert war? Ach, das interessierte doch niemanden mehr! Gelangweilt streifte sie durch Wohnblöcke, Nahversorgungs-zentrum und Schule; alles war staubig und verlassen, doch nichts hielt ihren Blick länger als eine Sekunde fest.

Ja, genau das brauchte sie! Ein „Mir doch egal" für alle Lebenslagen. Sofort schloss sie die Vorschau und schaltete die Ruine in den Bearbeitungsmodus.

Die emotionale Überlagerung war schnell kopiert. Jetzt fehlte noch ein Gefühl für „Das könnte wichtig sein". Sonst würde der Empfänger nicht nur die

Warnungen ignorieren, sondern womöglich die ganze Konfiguration verwerfen.

Woraus genau bestand das? Die Angst etwas zu verpassen oder falsch zu machen. Eine diffuse Bedrohung, aber nicht durch das Ding, sondern alles andere. Unterschwellige Angst vor dem, was übrig bliebe, wenn das Ding fehlte – auch wenn dort nichts war. Unwohlsein vor einem Loch im Nichts.

Das hieß, sie brauchte einen Cocktail aus Verlustangst und Zuversicht. Letztere konnte sie aus den Tristan-Symbolen wieder verwerten. Die Angst kopierte sie aus einem Demo-Theater, mit dem die ersten Entwickler ganz am Anfang das Exportformat getestet hatten. Grundlegende Gefühle historischer Dramen für Anfänger.

Aus Dankbarkeit hinterließ Lara das Atelier ordentlicher als sie es vorgefunden hatte. Dann zog sie das Videofon wieder dreidimensional auf, verschob die Willkommensfibel in ihr Modellierprogramm und begann den fein-würzigen Gefühlscocktail abzuschmecken.

Ein weiterer Versorgungskanal war gar nicht mal übel. Denn es wurde zusehends schwieriger, Mira Alpha unauffällig mit Lebensmitteln zu beliefern. Wenn diese Lastwagenfahrerin also als Gegenleistung fürs Schnauze halten einen neuen Stammkunden wollte, stellte das kein Problem dar.

Aber sie musste ihre Anflugrouten retuschieren, bevor die Fakultät für Maschinenbau den Flugschreiber auswertete. Letzteres wollte sie natürlich nicht kontrollieren lassen. Außerdem konnte Mira Alpha niemandem Mondpreise zahlen, ohne dass die bisherigen Partner auf dumme Gedanken kamen.

In dem Moment klopfe ein Memo an sein Interkom. Vassily hörte sich den Text an und leitete ihn an Jesko weiter.

„Wir haben ein neues Problem“, raunte er seinem Sitznachbarn zu.

Der ließ sich die Notiz ebenfalls lautlos vortragen. „Gründen die etwa eine Unterverschwörung?“

Jetzt wurden auch die beiden Vertreter der Flugechsen neugierig. Kurz darauf schlug einer der vier Namariden alle vorderen Tentakel auf den Tisch und verlangte Aufklärung.

„Unsere Ausgangslage ändert sich gerade maßgeblich“, wandte Vassily sich schließlich an alle, „wir sollten die Verhandlung kurz unterbrechen ...“

„... nein, lieber nicht“, fiel Jesko ihm ins Wort, „gerade jetzt könnte dieser blöde Frachter wichtig werden.“

Jemanden ins Sol-System zu schicken oder dort abzuholen, war bereits umständlich genug. Wenn es dort jetzt Stress gab, war es ein Glücksfall, dass sie gerade ein zusätzliches Schiff im Zugriff hatten.

„Nun denn, wie ihr ja wisst, hat sich letztens ein Mitarbeiter eigenmächtig abgesetzt.“

Die Einleitung dachte er sich aus, während er heraus fand, wie sich das Memo ins Audiosystem des Konferenzzimmers einspeisen ließ.

„Unser erfahrener Freund Antonio, Mira-Kollege erster Stunde, ist ihm hinterher gereist. Dabei heraus kommt nun“, endlich gab das System grünes Licht,

„das hier. Hört euch den Schwachsinn selbst an.“

Hey Lara, schreibst du das mit? Stillschweigend regelte Julie ihre Lautstärke hoch, damit das Kind am anderen Ende der Welt kein Wort verpasste.

Diese Wendung kam unvorhergesehen, doch dank Laras Stimme im Ohr war sie vorgewarnt. Ein Antonio, der einen Entlaufenen einfangen sollte, hatte vorhin die Seiten gewechselt, war es nicht so?

Aufzeichnung läuft, kam sofort die Antwort, gefolgt von: *Soll ich den Italiener dazu holen?*

Nachher, verdammt, dachte Julie zurück, *jetzt hört erst mal zu!*

„Die Flugechsen komplett zu verstecken, wird nicht mehr lange funktionieren. Hier auf der Erde sehe ich derzeit nur eine Lösung: Schickt die Ersten her! Solange Nicht-Menschen noch unkontrolliert ein- und ausreisen können. Hier bildet sich gerade ein kleines Team das sie in den ersten Jahren betreuen wird.“

Rund um den Konferenztisch brach ein Aufruhr los. Julie tat so ahnungslos wie nur möglich; offiziell hatte sie ja mit nichts zu tun und wollte nur schnell abreisen.

Insgeheim kam der unerwartete Brief natürlich sehr gelegen. Denn genau jetzt hatte sie alle relevanten Figuren von Mira Alpha vor sich, und zwar an einem Ort, welcher Zugriff aufs Hyperraum-Kommunikationsnetz anbot. Also nutzte sie die Redezeit der anderen, um ihre *Bodenstation* vorzubereiten.

„Lara, wie weit bist du? Hast du das Gedankenlese-Dingens einsatzbereit?"

„Du hattest mir anderthalb Stunden versprochen. Aber ja, ich bin fertig,"

„Hier draußen ist Zeit eben relativ. Hör zu! Wenn der Nächste gleich fragt, welche Stelle im Staat für außerirdische Einwanderer zuständig ist, dann mach dich auf einen Anruf gefasst. Büro-Hintergrund und vernünftiges Foto, alles klar?"

„Internationalistischer Verein, schon klar."

Die Vertreter von Mira Alpha beruhigten sich gerade soweit, dass jemand vorschlug, auf den Brief zu antworten. Was natürlich nicht ging, weil Antonio immer noch ohne amtliche Identität an öffentlichen Terminals unterwegs war. Darum konnte er ja nur schreiben, statt gleich anzurufen. An wen oder wohin sollte die Antwort adressiert werden? Und wer war das genannte kleine Team, das sich um Neuankömmlinge kümmern wollte?

Ein paar Nieten aus dem Tierschutz, warf Lara lautlos ein, *jetzt misch uns schon ein, bevor die Aufregung abklingt! Je schneller sein Verstand rotiert, desto besser.*

Mit vorsichtigem Hundeblick, wie ein Schulmädchen, hob Julie die Hand und wartete auf Aufmerksamkeit.

„Ich hätte da eine Idee", begann sie, als wenigstens die Menschen zuhörten. „Kennt ihr schon BIVV, das *Büro für interstellare Völkerverständigung*? Eine relativ junge Einrichtung, die sich um nicht-menschliche Besucher kümmert."

Neben Jesko und seinem Chef horchte nun auch

die Namariden-Gruppe auf.

„BIVV, wie lange gibt es das schon?", fragten zwei Achtbeiner gleichzeitig in den Raum. „Machen die etwas Nützliches?"

„Also, wie gesagt, das Büro ist noch im Aufbau", improvisierte Julie drauf los, „dahinter steht ein Verein, der eine Art von Tourismuszentrale für Leute werden will, die zum ersten Mal auf ihrem Planeten sind."

„Was es alles gibt!" Der linke Namaride rollte überrascht die Arme auf.

„Vielleicht ist genau das sogar gemeint", vermutete der Rechte. „Wäre es möglich, jetzt gleich mit einem von denen zu reden?"

„Moment, ich schlage mal eben die Öffnungszeiten nach."

Julie schloss kurz die Augen, als würde sie über ihr Audio-Interkom einen längeres Verzeichnis abrufen. Dabei ließ sie sich von ihrem frisch erfundenen Büro eine technisch klingende Ausrede diktieren.

Erzähl ihm, die Tourismuszentrale ist bisher nur vor Ort erreichbar, oder über ihren virtuellen Raum. Damit ist schon mal garantiert, dass eine Person anruft und nicht das Hotel. Wenn sein Interkom baugleich mit deinem ist, unterstützt es offenbar Audio-Anwesenheit in meiner Zone. Das sollte reichen.

Dann gab sie sich Mühe, Laras Anweisung überzeugend zu formulieren.

„Weil wird nicht persönlich hingehen können, bleibt derzeit nur der extra eingerichtete Netz-Raum des Vereins."

Da fiel ihr der erste Logikfehler auf, aber er ließ sich als Baustelle kaschieren.

„Ist zwar armselig, ich weiß, Schnittstellen zum irdischen Netz gibt es bisher nur für Menschenhirne. Aber das BIVV arbeitet an einer Lösung. Ihr könntet ansonsten einen Brief schreiben, aber wann der dann abgerufen wird, steht leider nicht im Branchenbuch."

Die Namariden beschwerten sich, dass jawohl Video ganz leicht einzurichten sei. Die Flugechsen hingegen boten überschwänglich an, beim richtigen Aufbau des Büros mit zu helfen, sobald sie die Gelegenheit dazu bekämen.

Währenddessen flüsterten Vassily und Jesko sich etwas zu. Letzterer erklärte laut für alle, dass es hier nicht umsonst das Hyperraum-Kommunikationsnetz gäbe und er jetzt einfach mal in den Audiokanal des BIVV-Raums lauschen würde.

Der Falsche! Oder gerade richtig? Der Typ hatte zwar weniger zu sagen, doch dafür hatte er gestern die Persönlichkeitsprofile ihrer ganzen Besatzung aufgenommen.

So erfahren wir vielleicht, hoffte Julie, *wie Mira Alpha über uns denkt. Insbesondere, wie fair man uns zu behandeln gedenkt.*

Audio war gut, dafür musste Lara nicht auch noch eine seriöse Dekoration laden. Sie öffnete einen technisch vollständigen Raum ohne überflüssige Extras. Die Verbindung zu Juliette, nach wie vor eine Kammer mit diffus-bunten Geräuschquellen, verkleinerte sie zu einem Würfel von einem Meter Kantenlänge. So konnte sie den einen Raum im anderen platzieren, um nichts zu verpassen.

Nein, so kann ich nicht arbeiten … Der Würfel wäre für jeden Benutzer im Raum sicht- und hörbar. Als warf sie ihn wieder hinaus und arrangierte das ferne Konferenzzimmer senkrecht zu allen Bürowänden. Dort verbrauchte es bloß eine zusätzliche Dimension, wobei die Gespräche sauber getrennt liefen.

Die gerade fertig modellierte Willkommensfibel in der Hand, betrat sie ihr kahles Büro und gab die Adresse durch.

„Okay, Juliette, hier kommt die Verknüpfung zu meinem Raum. Kannst du sie direkt weiterleiten?"

„Schon geschehen", hörte sie aus dem hinteren Raum, kurz bevor im vorderen eine Person ohne Videokanal auftauchte. Eine graue Standard-Figur, welche das System einblendete, damit man etwas zum Ansprechen hatte.

„Willkommen bei der interstellaren Völkerverständigung", begrüßte sie ihren ersten Beratungsfall im Büro. „Wie kann ich weiterhelfen?"

Die Figur zögerte ein paar Sekunden. Im Parallelraum hörte Lara, wie er sich mit seinem Nachbarn absprach.

„Unsere Stellenbörse kennst du schon, ja?" Es konnte nicht schaden, ein paar Angebote zu erfinden. „Für weltoffene Leute, die Arbeit im äußeren Sonnensystem suchen, vermitteln wir demnächst auch Sprachkurse."

„Eigentlich wollte ich nur kurz nachfragen", begann der Fremde, hinter dem natürlich Jesko steckte, „ob euch ein ähnliches Projekt bekannt ist. Es soll Einwanderer begleiten, die langfristig auf der Erde heimisch werden wollen.“

„Beratung von namaridischen Aussteigern hatten wir schon … ansonsten … ich schlage mal kurz in den Akten nach!“

Diese Ausrede hatte sie im öffentlichen Dienst gelernt. Wenn man Zeit gewinnen wollte, schlug man ein Dokument in einer Akte nach. Für einen Moment konnte sie sich grünes Licht von Juliette holen.

BIVV kennt die Truppe, okay?

Gut, aber noch keine Namen!

„Tatsächlich! Hier steht, mein Kollege hat neulich mit so genannten Integrationspaten geredet. Die behaupteten, irgendwer hätte ernsthaftes Interesse daran, allein unter Erdlingen zu leben.“

„Damit liegen sie gar nicht so falsch“, antwortete der Audio-Dummy. „Tun diese … Integrationspaten schon etwas Konkretes?“

Perfekte Frage! Nervös knetete Lara auf dem Kugelsymbol ihrer Willkommensfibel herum, als sie versuchte, noch ein letztes Mal unbeteiligt zu klingen.

„Also, sie haben ihre Mappe hier gelassen. Eine druckbare Sammlung von Dokumenten, um sich auf der Erde leichter zurecht zu finden. Die gebe ich dir mal mit.“

Als würde sie Flyer über einen Tresen schieben, warf sie ihm das Symbol zu. „Die Kontakte stehen auf dem letzten Blatt. Ich hoffe, das hilft dir etwas weiter.“

„Sieh an, es gibt ein Handbuch!“, kommentierte Jesko das Infopaket, das sein Interkom gerade zwischen speicherte. „Wir müssen das später am

Bildschirm lesen. Gibt es denn kein Inhaltsverzeichnis ..."

Als er nach dem versprochenen Impressum suchte, las das Interkom irgendeine Warnung vor. Egal, dafür war jetzt wirklich keine Zeit! Ohne das Ende der Ansage abzuwarten, wischte er selbige mit einem routinierten Gedankenbefehl beiseite.

„Na toll, die Seite mit den Kontaktdaten fehlt!", stellte er zwei Sekunden später fest. „Ich hake noch mal nach."

Damit wandte er sich wieder dem *Büro für interstellare Völkerverständigung* in seinem Ohr zu. „Vielen Dank! Aber ausgerechnet die Adresse finde ich darin nicht."

Lara gab der farblosen Stimme Zeit, um das Handbuch für Neu-Erdlinge zu öffnen. Auch wenn sie nicht wirklich daran glaubte, dass der Trick ein zweites Mal funktionierte, ließ sie vorsichtshalber den neuen Kanal aufzeichnen.

Wahrscheinlich hatte sie es mit der Absenkung der Signalschwelle diesmal sowieso übertrieben, so dass nur Chaos ankäme, selbst wenn dieser Jesko ein Sprachdenker-Mutant sein sollte. Sofern die automatische Installation beim Öffnen der Dokumentenmappe überhaupt funktionierte.

Da war er ja schon wieder!

„Vielen Dank! Aber ausgerechnet die Adresse finde ich darin nicht."

Zusammen mit der einfachen Rückfrage dröhnte ein Sturm von Satzfragmenten auf sie ein.

Dass der entlaufene Bengel sich so schnell

Mitstreiter organisiert hatte, ob die Ignoranten vom Tierschutz nun doch aufgewacht waren, wer hinter dem BIVV steckte, dass es immer mehr Wahnsinnige in den eigenen Reihen gab, ob eine Kuppel auf dem Mars es nicht genauso täte … Zuhören? Unmöglich!

Leiser, schnell!

Gegen solch eine Flut kamen ihre Gedanken kaum an; es gelang ihr erst im vierten Anlauf, den Ton in den Hintergrund zu schalten. Als würde nicht genug an ihrer Aufmerksamkeit zerren, meldete sich auch noch Juliette. Ob es funktionierte.

Wem zuerst antworten? Als die Dinge sich langsam ordneten, stellte sie fest, wie sich ihre Hände fest an den platzenden Schädel pressten. Eine nutzlose Geste aus der Außenwelt, die sie sich immer noch nicht abgewöhnt hatte.

„Die Adresse, oh, stimmt!"

Der Typ sollte weiter denken, sonst nichts. Was er sagte oder meinte, konnte sie später in der Aufzeichnung nachlesen.

„Jedenfalls sitzen die ebenfalls in der oberen Hälfte des deutschen Turms, nur ein paar Haltestellen von uns entfernt."

Was für eine Lawine das lostrat! Gerlindes Tierheim, Türme an sich, die Wildnis drumherum, Außerirdische siedelten im deutschen Wald, schleppten Krankheiten ein, also mal ehrlich, bei uns endet das unkontrollierbar, andere Völker bauten dutzende Kolonien mit Platz ohne Ende …

… Leiser!

Im Konferenzraum baten ein paar Farbschatten um Kopien der Willkommensfibel. Gleichzeitig hakte

Juliette erneut nach, ob sie etwas aufzeichnen konnte. Als grün-rosa Flimmern eines Raumparfüms meldete sich Laras Terminkalender – mit einem Verspätungsalarm! Sie hatte die Verabredung mit Tristan um fünf Minuten verpasst.

Egal, das hier war wichtiger, sollte er doch dazukommen … die Konzentration reichte gerade so, um eine fünfte Raumdimension zu aktivieren, mit der sie senkrecht zum Rest auf dem Marktplatz vorbei schaute. Aber reden? Unmöglich.

Wortlos schubste sie einen Verweis auf ihren BIVV-Raum in den Sand, er landete direkt neben dem Fuß des wartenden Jungen. Zum Glück kapierte Tristan den Hinweis sofort. Kaum war er ihr ins Büro gefolgt, meldete sie sich vom Marktplatz ab.

Hallo Juliette, alles Mutanten da draußen! Hab ich in den letzten zwei Minuten was verpasst?

Die Antwort klang etwas hektisch. *Hab ihn abgelenkt. Bist du jetzt wieder ganz da?*

War sie ganz da? War sie weg gewesen? Ach so, ihre Reaktionszeit lahmte. Sofort war sie wieder für den Kunden im Audiokanal des leeren Büros da.

„Oh, tut mir leid! Gerade hat es an der Tür geklingelt", gewissermaßen musste sie gar nicht lügen, „da habe ich den letzten Satz überhört."

„Kein Problem! Ich sagte nur, dass ich die Infomappe nachher in Ruhe lese. Und wenn Sie bei Gelegenheit Kontakt zu den Integrationspaten vermitteln könnten, wäre das wirklich hervorragend."

Tristan brauchte kein Bild. Augenblicklich erkannte er Jeskos Stimme. Damit schlug der nächste Gedankenhagel in Lara Verstand ein. Sie gab sich keine Mühe mehr, irgendein Wort zu verstehen.

Die vielen Stimmen flimmerten quer durchs Blickfeld, obwohl sie längst bis zur Unhörbarkeit gedämpft waren. Plötzlich schwand die Trennschärfe zwischen den Kanälen: Bildräume, kühl-kratzige Klangräume mischten sich mit stinkenden Hinweisen aus dem Statusmonitor.

Ihr letztes Stück Klarheit nutzte Lara, um die Hyperraum-Verbindung zu Juliette an Tristan zu übergeben. Schon implodierte das Universum in einem stechenden Schauer von Textsplittern.

Still fluchend, fast weinend, schüttelte sie etwas Heißes von ihrem Arm. Wollte sie wirklich die Augen öffnen, in diesem flachen Rest einer verbrannten Welt? Wenigstens musste sie sehen, was zu retten war.

Zuerst streifte sie das Datenstirnband ab; an den Druckstellen spürte sie helle Flecken … also kalte Luft. Das Ding hatte sich wohl etwas erwärmt. Ein leichter, süßlicher Plastikduft stieg von dem Filtereinschub auf, der ihr gerade den linken Arm verbrannt hatte. Das alte Schmuckstück war an der Datenflut, die es in ihren Kopf pumpen musste, offenbar heiß gelaufen.

Das Programm im Terminal lief brav weiter. Glück gehabt! Es diente als Proxy für Tristan, der ja an geliehener Standard-Ausrüstung hing. Ob Letztere zur Station Austausch-1 telefonieren konnte? Weil Lara das nicht aus der Ferne erkennen konnte, musste ihre Anlage eben vermitteln.

Wie ging es jetzt weiter? Kältespray drauf und abwarten. Sobald ihre Hardware wieder lief, würde sie die Aufzeichnung von Jeskos Gedanken auswerten und dabei ein Chaos astronomischen Ausmaßes bewundern, welches sie garantiert gerade angerichtet hatte.

Von außen schien das Raumschiff sauber zu sein. Keine Abhörwanzen, keine erkennbare Sabotage. Es von innen zu prüfen, würde leider Tage dauern. Mehr Tage, als sie hier in der Parkzelle auf Austausch-1 bleiben konnten.

„Tut das nicht weh?" Nishu zeigte auf den Kratzer in Julies Arm.

Sie schaute an sich hinab. Gestern Abend hatte der Vogel sie gekratzt, vor der Tür zum Portal, vor einer Ewigkeit. Seitdem war so viel passiert, dass sie das harmlose Missgeschick völlig vergessen hatte.

„Quatsch", erwiderte sie und drückte die letzte Kachel zurück in den Hitzeschild. „Bevor wir abreisen, scannen wir noch mal den kompletten Innenraum nach Normabweichungen. Der Bordcomputer wird aufs mobile Backup zurückgesetzt."

„Ich meinte ja nur", der Medizinstudent glotze schon wieder auf die rote Stelle, „wie ist das überhaupt passiert?"

„Eine Flugechse hat mich versehentlich berührt. Die haben eben Drachenkrallen, dafür können sie ja nichts."

Erst jetzt fiel ihr auf, dass die Krallenspur tatsächlich nicht zu spüren war. Weder juckte noch brannte die Stelle. Seltsam war das schon, aber wenn es Echsen mit giftigen Händen gäbe, hätte es auf Mira

Alpha längst Ärger gegeben.

Beide stiegen über die Laderampe ein. Drinnen arbeiteten Rihm und Zis bereits daran, jede Wand auf unregistrierte Objekten zu durchleuchten.

„In dieser Halle ist soweit alles sauber", fasste Rihm sein Ergebnis zusammen, „genauso auch in der unteren."

Zis fügte unnötigerweise hinzu: „Bleiben noch die Brücke, die Küche, die Quartiere und sämtliche Flure."

„Das kann warten", winkte Rihm dem Achtbeiner zu. „Nur die Maschinen und Treibstofftanks schaffen wir noch vor dem Start."

Im Herzen des Schiffs waren natürlich Lucia und ihre Schülerin beschäftigt. Zumindest das geliehene Triebwerk musste überprüft werden, mit dem wollten sie nach Hause kommen. Denn daran war Sabotage am wenigsten anzunehmen. Das Ding steckte in einer versiegelten Kapsel voller Sensoren die an Neptun-4 berichteten. Den Rest würden sie vor dem nächsten Werkstattbesuch einfach möglichst wenig belasten.

„Prima, dann sind wir ja voll im Zeitplan!" Julie schenkte ihrem Team ein strahlendes Lächeln, bevor sie ihren Informatiker umarmte und beiseite zog.

„Können wir das Ding überhaupt sicher steuern?" Sie führte ihn zu der stets offen liegenden Datenleitung im hinteren Laderaum. „Ich meine, wer garantiert, dass sie Software nicht ausgetauscht wurde? Schließlich haben wir den Bordcomputer gestern mehrere Stunden am Stück aus den Augen gelassen."

„Zumindest die Signaturen sind intakt", fand ihr Experte. „Die letzten Prüfsummen von Programmen und Datenbank hatte ich gestern Morgen gesichert und eingepackt, kurz bevor wir die Türen verriegeln mussten. Vorhin waren sie noch identisch mit den Aktuellen. Da wohl niemand mit hypothetisch-parapsychologischen Infostrahlen mein Armband gehackt haben dürfte, heißt das, niemand hat sich am Bordcomputer vergriffen."

Für Julie klang das zu mathematisch. „Ich weiß nicht … es schadet doch nicht, trotzdem das Backup einzuspielen."

Doch, es schadete. Rihm zählte auf:

„Dann verlieren wir alle Aufzeichnungen über Mira Alpha. Die Anflugroute, die Videos, das Log im Flugschreiber. Zumindest, wenn wir es richtig, also vollständig machen. Und wenn wir den Flugschreiber nicht zurücksetzen, obwohl wir ihn für verseucht halten, dann schlägt das hypothetische Supervirus sowieso von dort aus wieder zu. Das heißt, alles umsonst. Wenn wir also annehmen, die Prüfsummen reichten nicht und das ganze System gehöre zurückgesetzt, dann gehören auch alle unsere Beweise gelöscht."

„Wenn du meinst – okay, dann lassen wir es so."

An der Tür, die den Laderaum mit dem Wohnbereich verband, war Lucia aufgetaucht. Sie winkte allen zu, dass sie die Halle verlassen sollten.

„Magnetresonanzprüfung", erkannte Julie und wandte sich zum Ausgang, „aber anderes Thema: Lara hat vorhin ein ellenlanges Paket geschickt. Aufgezeichnete Gedanken von zwei Alphanern."

„Aufgezeichnete *was* ... hast du schon rein gelesen?“

„Lass uns das nach dem Abflug zusammen machen.“

Als alle auf dem Flur standen, schlossen sich Tür und Laderampe. Der Laderaum scannte sich zum Abschluss selbst nach unregistrierten Magnetfeldern, Massen und Chemikalien.

„Siehst du, auch hier ist alles sicher“, bestätigte Lucia mit dem Versuch eines mütterlichen Lächelns. „Wann willst du unserem Haus wieder vertrauen?“

„Ich überlege, es zu verschenken und ein Neues zu beschaffen. Ist jetzt irgendwie kein Zuhause mehr.“

Als Julie den empörten Blick bemerkte, fügte sie schnell hinzu: „War nur so eine Idee. Nichts Konkretes.“

„Hör mal, das hier bleibt mein Zuhause und ja, es ist neu! Keine Komponente ist älter als zehn Jahre.“

Lucia schimpfte ungehalten los, doch heute hatte jeder Verständnis. Nach zwei unglaublichen Tagen war die Vorstellung, bald auch noch umziehen zu müssen, natürlich zu viel.

Immerhin hielt sie den rostigen Kahn seit fünfzehn Jahren flugtauglich. Da war es unter ihrer Würde, ihn wegen einem bloßen Verdacht auf Manipulation aufzugeben.

„Ist ja schon gut!“ Julie versuchte, die Wogen schnell zu glätten. „Ich wollte es erst nachher bei der Lagebesprechung ausbreiten, aber ... nun, dass wir uns überwachen lassen, war eine Vertragsbedingung, die ich den Alphanern mühsam ausgeredet habe. Mir geht es eben scheiße bei dem Gedanken, dass sie das jetzt heimlich durchziehen.“

„Guter Punkt, unter welchen Bedingungen wir eigentlich wieder frei sind. Verrätst du es uns auf dem Weg zur Brücke?"

Also klärte Julie das versammelte Team auf. Über ihren neuen Großauftrag, Kakaobohnen für das Reptilienasyl zu beschaffen. Über die Unterbrechung durch Abtrünnige und die unerwartete Hilfe von der Erde.

Insbesondere, wie Lara spontan eingesprungen war, um die Verwirrung am runden Tisch auszunutzen. Bis diese plötzlich aus der Leitung geflogen, dafür der Verräter drin und die Verhandlung in internem Streit untergegangen war. Auf einmal hatte Mira Alpha genug andere Probleme, so dass man das störende Frachtschiff unter ziemlich dünnen Auflagen ziehen ließ.

Für die Futterlieferungen konnten sie nur wenig über dem Regeltarif kassieren – dafür den doppelten Tarif für Passagierflüge für jede ins Sol-System geschleuste Flugechse. Der letzte Punkt war nur auf Drängen der Drachen selbst angefügt worden.

Außerdem hatte man ihnen die undankbare Aufgabe abgenommen, Jerry davon zu überzeugen, dass Raumfahrt nicht seine Welt war. Sein Quartier konnten sie nun umbauen. Zu einem Hotelzimmer für Passagiere, oder eventuell zu einem Gemüsebeet. Oder zu beidem, denn nirgendwo hielt man es länger aus, als in einem gepflegten Garten.

„Moment mal, eines verstehe ich nicht", hakte Ilsina nach, als sie gerade auf der Brücke ankamen. „Diese Lara, der wir auf der Erde einen Minijob vermittelt haben, wusste plötzlich was hier los ist?"

„Sagte ich schon, dass ihr blinde Hühner seid?"

Julie ließ sich auf den linken Pilotensitz fallen und bot Ilsina den rechten an.

„Du hast sie an genau den Alphaner vermittelt, der den Abtrünnigen nach Hause holen sollte. Und jetzt zeig, was du besser kannst. Bring uns raus in die Wildnis!"

Missmutig schnitt Lara das Modelliergel um ihre angeschmorten Datenfilter auf. Innen roch es gar nicht verbrannt. Nur eine winzige Lötstelle schien geschmolzen, ohne Mikroskop war der Fehler gar nicht zu sehen.

Zuverlässig hatte das Sensorset im Stirnband durchgehalten, die Software im Terminal sowieso. Welches Teil fiel als Erstes aus? Natürlich die *Schlampenware*! Die einzige anfällige Komponente war ihre selbst gebastelte. *Scheiß Naturgesetze* ... egal, nach zehn Minuten war der Filter repariert und neu zugeklebt.

Da sie Tristan beim letzten Treffen mit ihrer echten Identität abgeholt hatte, brauchte sie keine Anna-Puppe mehr. Jetzt war sowieso bekannt, wer dahinter steckte. Jedoch würde sie die Eigenbau-Schnittstelle nächste Woche vielleicht brauchen.

Also wanderte das Ding für heute in die Schublade. Es gab keinen Anlass mehr für Geheimniskrämerei, das hieß, mit dem Standard-Set aus der Grundversorgung war sie sicherer unterwegs.

Zehn Minuten später saß sie neben Tristan am Ruhestrand von Creanima. Der optimale Zeitpunkt, um etwas Grundlegendes klarzustellen.

„Könnten wir ab heute miteinander reden? Ich mag deine Gedanken nicht mehr lesen.“

„Hab ich was Falsches gedacht?“

„Nein, zu viel. Als ich gestern plötzlich weg war, also, das war kein reiner Hardware-Defekt. Zu zweit wart ihr einfach zu laut.“

Sie hob eine Muschel auf und warf sie ins Meer. Hoffentlich traf sie einen Taucher … *nein, ich soll mich nicht an fremden Figuren abreagieren!*

„Aber für meine Seite ist alles gut ausgegangen; das kleine Transportschiff ist wieder frei. Nach versteckten Gemeinheiten sucht die Besatzung wohl gerade in den mitgeschnittenen Hintergedanken.“

Tristan schaute der Muschel hinterher, die im freien Fall von einer Möwe aufgefangen wurde. Gestern hatte Lara ihn ins provisorische *Büro für interstellare Völkerverständigung* eingeladen und sich daraufhin selbst mit einer Überlastung abgeschossen. Die anschließende Eskalation bestand heute vor allem aus Gedächtnislücken, Verwirrung musste die Details gefressen haben.

Erinnern konnte er sich jedenfalls daran, dass er sich gegen Ende des Gesprächs bereit erklärt hatte, die ersten Flugechsen auf der Erde zu betreuen. Von Jesko kam natürlich nur ein „Vergiss es“. Aber über die Telefonverbindung zu dieser fremden Weltraum-Spediteurin konnte er den Gesang dreier Echsen mithören, die ihn möglichst zeitnah treffen wollten.

Da gab es nur noch ein Problem: Wie um alles in der Welt wollte er Einwanderer integrieren, ohne legalen Aufenthaltsstatus für sich selbst? Offiziell war Tristan nach wie vor nicht existent.

„Und wie geht es jetzt weiter?"

„Weiß ich auch nicht." Lara warf die nächste Muschel ins Wasser. „In Italien kann ich dir nicht helfen. Nur in Deutschland habe ich gute Kontakte, Leute die dich neu legalisieren könnten."

„Na toll … dann müsste ich vorher illegal ausreisen, ein Linienflug kommt da schon mal nicht in Frage."

Lara seufzte, starrte auf die einsame Insel am Horizont. „Denn, weißt du … du kannst nicht einfach als Fremder bei der italienischen Verwaltung anklopfen und behaupten sie hätten gepfuscht, da sei eine Identität zu Unrecht verschwunden. Aber als liebe Kollegin kannst du bei einem deutschen Beamten anklopfen und behaupten, die Italiener hätten gepfuscht. Damit kommt man eher durch, verstehst du?"

Die verspielte Möwe brachte ihn auf eine Idee. „Moment … ein freies Frachtschiff weiß also ohnehin schon alles über die Station?"

„Gestern hast du mit der Besitzerin telefoniert. Frag selber, ob sie dich abholt!"

Zum Abschied versprach Tristan, sich die Sache mit der Auswanderung bis Montagmorgen zu überlegen. Vorher konnte die liebe Verwaltungsangestellte sowieso keinen Kollegen in der Beamtenkantine treffen.

Kurz darauf tauchte Lara in die nächste Datenbank ab. Nach Spuren der Profillöschung hatte sie noch gar nicht gefahndet. Eventuell würde sie welche brauchen, falls jemand fragte, wobei genau die Italiener gepfuscht hätten.

„So, ich hab an etwas gedacht. Hörst du es?“

„Nein. Hörst du was von mir?“

„Nur dein eigenes Echo. Du denkst jeden Satz ein Mal, kurz bevor du ihn aussprichst.“

„Macht ja nichts. Solange nur durch kommt, was ich sowieso gleich sage.“

Nach einer erstaunlich ereignislosen Hyperraum-Passage drehte das Schiff Warteschleifen über der Marsstation. Diese unerhört kurzen Reisezeiten! Mit dem herkömmlichen Antrieb hätte es das gebuchte Landefenster verpasst und jetzt war sogar Zeit für eine Pause.

Julie und Rihm nutzten die Ruhe, um das Gedankenarchiv durch zu arbeiten, das Lara nach ihrem – wie sie es nannte – *winzigen Systemfehler* geschickt hatte. Und um den Trick, mit dem es erbeutet worden war, an sich selbst zu testen.

Zu beiderseitigen Beruhigung funktionierte er nicht. Keiner von ihnen dachte verbal genug, um irgendeinen Hintergedanken zu transkribieren.

„Gut so, dann scheinen wir beide gesund zu sein.“ Julie drehte die Intensität des virtuellen Raums hoch, um nicht von der Unordnung in ihrem Zimmer abgelenkt zu werden. „Ich bekam echt Angst, bei dem großen Textblock den sie dem Jesko abgezapft hat.“

„Dass das nicht als Erbkrankheit gilt ...“ Rihm dachte noch mal nach, „... na gut, bisher war es nie ein Problem.“

Und wenn schon – Julie sah derzeit wichtigere Probleme, als ein paar abhörbare Erdlinge. Sie blendete einen Zeichenblock für Notizen ein und fasste die Kernaussagen zusammen.

„Für jede besiegte Krankheit erfindet die Natur eine neue. Aber jetzt zu Jeskos Gedanken. Soweit ich den Redestrom begreife, hat ein gewisser Kern der Alphaner gar nicht vor, sie mit den Sol-Völkern gleichzustellen. Lieber sähen sie die Flugechsen in einer eigenen kleinen Kolonie. Nur deshalb verstecken sie sich noch in ihrem Loch im tiefsten Nichts.“

„Genauso verstehe ich das auch. Die Flugechsen brennen darauf, sich einer gut etablierten Zivilisation anzuschließen. Bloß diese Familie will das verhindern. Man versucht sie zu überzeugen, sich von den Namariden ein Ökosystem stricken zu lassen, statt sich zu sehr an die Menschenkultur anzupassen. Warum nur, also, ich glaube ...“

„... sie fürchten Konkurrenz. Du weißt ja, Menschen wurden von der Evolution verarscht. Abgesehen von den Händen, stecken wir in ziemlich billigen Körpern. Lass nun geistig ebenbürtige Leute einwandern, die Metallschuppen tragen und fliegen können. Kleingeister könnten befürchten, dass die Menschheit früher oder später abgelöst wird.“

„So ein Quatsch!“ Für Rihm klang das nach Verschwörungstheorie. „Notfalls öffnet jemand die Türme. Dann können nur die Menschen auf der Erdoberfläche überleben. Für außerirdische Reptilien wächst da garantiert nicht genug Futter.“

„Was nichts daran ändert, dass Kleingeister sich einbilden, die Herrschaft über die Erde abzugeben. Was natürlich gar nicht passieren kann, weil niemand Kontrolle über den Planeten besitzt. Du kannst nichts abgeben, was du gar nicht hast. Im Endeffekt macht das Ökosystem was es will."

„Kinderweisheit." Bei Kritik an der Menschheit stimmte Rihm automatisch zu. „Genau deshalb können die Flugechsen jederzeit im Affenland ihr Glück versuchen. Egal, ob ein paar Angsthasen aus dem Dackelschutz das begreifen."

Julie malte währenddessen ein Diagramm der Verflechtungen.

„Wir schweifen ab. Zurück zu Jeskos Gedanken. Ein innerer Zirkel bemüht sich also um Geheimhaltung und will die Echsen von der Erde fernhalten. Seine Tochter, welche die Echsen ursprünglich auch entdeckt hat, konnte er aber nicht überzeugen. Klar, Milevas Schulzeit ist nicht so lange her, sie hat noch Hirn."

„Auf der Station lebt also ein nicht zu kleiner Haufen Menschen, auch welche mit gewissem Einfluss, die eine Ansiedlung in den Erdentürmen durchaus positiv betrachten. Und mit denen ..."

„... nur mit denen lohnt es sich zu reden!"

„Aber nicht mehr heute." Damit schloss Rihm das Textarchiv und verschwand in die Außenwelt.

Was sollte sie alleine hier? Im nächsten Moment saß auch Julie wieder in ihrem Quartier, auf dem grünen Teppich, vor dem seit vorgestern unberührten, zerwühlten Bett.

Der Anblick erinnerte sie daran, dass sie kein Auge zu bekommen hatte, seit sie Mira Alpha betreten hatte. Ohne weitere Worte hievte sie ihre trägen Beine über die Bettkante.

„Außerdem hast du seit über sechzig Stunden dieselben Klamotten an. Ist das nicht unhygienisch?"

Mit dem fürsorglichen Lächeln, von dem Julie nie genug bekam, begann er sie vorsichtig aus dem Anzug zu schälen. Wieder zu Hause zu sein, war einfach unbezahlbar.

Jeder Montag war für sich ein Grund, die Idee von seriöser Arbeit und geregeltem Tagesablauf wieder zu verwerfen. Doch heute dehnte Lara ihre flexible Arbeitszeit nicht bis an die Grenzen. Seit früh um sieben saß sie an ihrem Entwurf für eine Haltestelle, dezent drachengerecht mit doppelter Deckenhöhe.

Denn was sollten die Kollegen über jemanden denken, der pünktlich zur Frühstückpause erschien und sofort in die Kantine verschwand? Dort passte sie die Pausenzeit des Einwohnermeldeamts ab.

„Hallo Dorian! Ist der Stuhl neben dir noch frei?"

Der ältere Herr aus der BRK-Abteilung nickte mit vollem Mund.

Sein Nachbar, ebenfalls grauhaarig, lachte Lara über den Kaffee hinweg an. „Du auch mal wieder hier?"

Sie stellte ihr Tablett ab und setzte sich zu der Frühstücksrunde. Hier hatte sie gleich drei Beamte um sich, die in der Position waren, direkt mit der regierenden KI zu sprechen.

„Ihr kennt mich doch", lachte sie zurück, „ich komme nur, wenn Mama zu viel Himbeergelee gekocht hat. Möchtet ihr welches mitnehmen?"

Sie fischte fünf rosa Gläser aus ihrem Rucksack, stellte sie wahllos auf den Tisch. „Für die Allgemeinheit, bitte mitnehmen, kommt sonst weg."

Diese Masche funktionierte immer. Eine paar

Minuten tratschte sie mit den Kollegen aus dem benachbarten Verwaltungsblock über Arbeit und Essen. Dann kam der angemessene Zeitpunkt.

Ein guter Freund hätte ein Riesenproblem, erzählte sie ihnen. Die Italiener hätten seine Identität verpfuscht, einfach so sei das Profil aus dem Einwohnerregister verschwunden. Wahrscheinlich bei der Ausreise-Registrierung, denn seitdem lasse kein Flughafen ihn mehr rein.

An so einen Skandal zu glauben, fiel Dorian zunächst schwer. Doch sein Sitznachbar, ein Moritz aus der Beschwerdestelle, hielt es für möglich. Es seien schon ganz andere Akten verschwunden.

Lara ließ sie einen Moment fachsimpeln, bevor sie vorsichtig fragte, ob man da nicht irgendwas tun könne. Hier im Lande, ohne dass der gelöschte Freund extra nach Italien zurück müsse. Schließlich könne er ohne Identität nicht mal einen Flug buchen.

Dorian aus dem Innendienst verwies sie auf den offiziellen Weg, aber der könne dauern. Für so groteske Datenfehler sei die Sicherheitsabteilung zuständig. Denn es gäbe Gerüchte, dass Löschattacken eine neue Methode von Erpressern seien.

Moritz von der Beschwerdestelle warf Elanor von der KI-Kommunikation ein Stück Würfelzucker zu. „Das ist ein Notfall! Geht da nicht was auf dem kurzen Dienstweg?"

„Da könnte ja jeder kommen." Damit ließ die Unbestechliche das Zuckerstück fallen, ohne einen Finger zu krümmen.

Dann kicherte Elanor über sich selbst und fügte

hinzu: „Du kennst deinen Freund ja persönlich, das heißt, du kannst bezeugen wer er war. Bei Moritz kriegst er auf jeden Fall einen befristeten Notfallausweis. Oder, Moritz?"

„Wenn ihr noch einen zweiten Zeugen und einen plausiblen Erklärungsansatz parat habt, registriert das Amt sofort sein Profil und fahndet später nach dem zugrunde liegenden Problem."

„Einen zweiten persönlich Bekannten ..."

Lara verwarf die Idee, einen der durchgeknallten Tierschützer mitzubringen. Schließlich hatte sie etwas Besseres.

„... im Archiv liegt ein Backup von seiner echten Identität, das komplette Profil. Ihr könntet einen DNA-Test machen."

Dafür brauchten sie jemanden vom medizinischen Dienst. Überhaupt würde das eine größere Aktion werden.

Man benötigte die Beschwerdestelle, um den Fall aufzunehmen, den Gesundheitsdienst für den DNA-Abgleich und zum Schluss die KI-Kommunikation, um eine irreguläre Bürgerregistrierung bei der Regierung anzufordern. Anschließend würde sich der nationale Sicherheitsdienst einschalten, um die Ursache der Löschung zu ergründen.

„Lasst uns gleich einen Termin ausmachen", schlug Elanor vor, „damit der Ärmste nicht noch länger am Flughafen herumlungern muss."

Auf der abgenutzten, ehemals weißen Tischplatte überlagerten sich die Projektionen ihrer Kalender. Moritz schob sein Tablett zur Seite, damit auch der Nachmittag vollständig lesbar war. Noch am selben

Abend, eine Stunde vor Dienstschluss, hatten beide einen freien Zeitschlitz.

„Dann blocken wir mal neunzehn Uhr für euch", beschloss Moritz, „bei mir im Büro. Vom medizinischen muss notfalls der Notdienst anrücken."

„In deinem Büro, gut", Elanor setzte einen Marker, „dann frage ich gleich ein Einmal-Passwort von der KI ab. Das schickst du deinem Freund, damit kann er ein Mal die Grenze passieren."

Lara bedanke sich etwas zu überschwänglich. Glücklicherweise mussten jetzt alle zurück an ihre Arbeit, so dass sie sofort an Juliette schreiben konnte. Wo wollte die heute noch mal sein? Ach ja, ein paar Container auf dem Mars abladen.

Ob der Frachter noch heute auf der Erde ankommen würde? Lara hatte keine Ahnung von Flugzeiten. Sie erinnerte sich nur, dass die Besatzung neulich von ihrem neuartigen Hyperraum-Spezial-Dingens geschwärmt hatte. Sollten sie doch zeigen, was das Ding drauf hatte!

Also fasste sie sich kurz: „Ich brauche den Italiener in zehn Stunden in Deutschland. Wenn Hyperraum-Sprünge innerhalb des Sonnensystems immer noch nicht möglich sind, springt eben raus und wieder rein. Bis nachher!"

Auf einem öden, roten Krümel im inneren Sonnensystem entluden Roboter einen Lieferung Tiefkühlgemüse. Abzuholen gab es hier nichts. Bloß ein paar Anhalter wollten mitgenommen werden, aber ohne Gästezimmer nahm Julie niemanden auf.

Es ist wirklich an der Zeit die Quartiere umzubauen, überlegte sie gerade, als ein Telegramm sie unterbrach.

Wie bitte? In nur zehn Stunden sollten sie es nach Italien und gleich weiter nach Deutschland schaffen? Absolut unmöglich! Landefenster in Europa waren Wochen im Voraus ausgebucht.

Lara sollte einfach aufhören, sich in Dinge rein ziehen zu lassen, die sie nichts angingen. Überhaupt waren sie Mira Alpha gerade entkommen. Wie die mit ihren Abtrünnigen fertig wurden, betrachtete Julie als ein Problem anderer Leute.

Andererseits hatte das Kind am Samstag großartige Arbeit geleistet. Im Anschluss hatte ihr Italiener eine optimale Schau abgeliefert. Irgendeine Gegenleistung hatten die beiden im Prinzip verdient.

Rostroter Staub klebte an ihren kaum noch weißen Schuhen. Der letzte Roboter rollte gerade von der Laderampe und wirbelte noch mehr Sand auf. Auf dem Dach des Raumschiffs stand ihr achtbeiniger Mitarbeiter, neuerdings festes Mitglied der Familie.

„Hey Zis", sprach sie ihn mit der linken Hand an, „ist zufällig ein Landefenster im italienischen Turm frei?"

„Sind wir nicht mehr nach Argentinien unterwegs?"

„Schau bitte mal nach, ob wir das Fenster eintauschen können!"

Zis kletterte ans Heck, die senkrechte Rückwand hinab und um die Kante herum in den Laderaum. Dort lief er kopfüber an der Decke entlang, bis er über der Tür zum Innenbereich zu Boden sprang.

Julie folgte ihm zu Fuß vor den kleinen Bildschirm,

welcher dort nahtlos in die Wand eingelassen war. Als sie ankam, hatte Zis bereits die Parkplatzbelegung der zwei Türme geöffnet.

„Nichts mehr frei", las er ab, wobei er auf ausgestreckten Fußspitzen stehen musste, um den Schirm lesen zu können.

„Und in der Tauschbörse?"

„Moment … da kriegen wir für unser argentinisches Zeitfenster eines in Japan."

Das war die letzte Zeile. Warum gab Zis nicht einfach zu, dass er von da unten nichts sehen konnte? Ohne zu fragen, hob sie ihn auf ihre Schultern.

„Hier steht eine Parkplatzreservierung in Italien zum Tausch", las sie ein Angebot aus der Mitte vor, „bricht aber leider an, bevor wir da sein können."

„Na und? Hauptsache, es endet nicht, bevor wir da sein können."

Damit hatte Zis eindeutig Recht. Schnell arrangierte sie mit dem Piloten einen Tausch der gebuchten Zeitfenster, bevor es jemand anderes tat. Spätestens um 16:30 Uhr Ortszeit mussten sie dort wieder verschwinden.

Das passte. Viel länger könnten sie sowieso nicht verweilen, wenn der nächste Termin noch am selben Abend sein sollte. Damit war sie beim nächsten Problem: ohne Tauschplatz eine Buchung für Deutschland zu ergattern.

Vielleicht war gerade ein guter Bekannter dort, der sich für sie beeilen würde? Dann könnte sie dessen Restzeit übernehmen. Julie blendete die Tauschbörse aus und rief den Belegungskalender des deutschen Hafens auf.

Ohne viel zu hoffen, durchsuchte sie die Liste nach alten Freunden, dann nach irgendwelchen vertraut klingenden Namen. Tatsächlich befand sich gerade eine alte Schulfreundin im Turm; doch die musste um 15:00 Uhr abreisen.

An den beklopptesten Orten trifft man Leute wieder. Aber wenn man sie mal braucht, ist keiner im Lande!

Langsam, wie durch dichten Nebel, kroch ein letzter Listeneintrag in ihr Bewusstsein. Mit aller Kraft hatten ihre Augen den Namen verdrängt Doch es stimmte, das Arschloch wollte tatsächlich noch heute Deutschland anfliegen.

Na super, dachte sie deprimiert, *falls ich wirklich da rein komme, laufe ich auch noch Gefahr, dem da über den Weg zu laufen.*

Es gab nur eine Lösung: Sie musste nicht irgendeinen, sondern genau diesen Parkplatz bekommen. Dem Arschloch das Zeitfenster abjagen.

„Lass uns schauen, ob wir den da persönlich erreichen."

Zuerst brauchte sie einen Sitzplatz. Wahllos zog sie eine ohnehin im Weg stehende Verpackungskiste vor den Bildschirm, daneben stapelte sie zwei davon für Zis.

Dann forderte sie eine Direktverbindung zu dieser kosmischen Null an. Ob Audio reichte? Bloß nicht, seine Stimme wollte sie nicht hören. Dann Video? Nein, diese Fresse wollte sie erst recht nicht sehen.

Also entschied sie sich für eine rein schriftliche Unterhaltung. Dabei diktierte man die Sätze mit den Fingern, beim Gegenüber kamen sie in Textzeilen an.

Immerhin hatte sie einen Plan im Kopf. Ob sie ihn

brauchen würde? Ja, tatsächlich, Xi nahm den Anruf wirklich an.

„Na, Hübsche?"

Es war dieselbe Begrüßung wie letztes Mal. Also schlug Julie ebenfalls den gewohnten Ton an.

„Hey du Arsch, wie ist Deutschland? Wärst doch bestimmt lieber woanders, oder?"

„Dir Koksnutte geht es wohl zu gut!"

„Besser als dir, wenn du dein Landefenster nicht abgibst."

Soweit lief das Gespräch wie erwartet. Dass für drei Sekunden keine Antwort kam, nahm Julie als Aufforderung ihr Angebot vorzulegen.

„Was du vor sechs Jahren gewagt hast, ist noch lange nicht verjährt. Ich schreibe gerade an einer Anzeige. Soll ich sie wirklich einreichen?"

„Die heiße Schwarzhaarige will also meinen Parkplatz erpressen. Wenn sie mich echt verklagt, zeige ich sie in Kalifornien an."

Ob das ein Zufallstreffer war? Oder dachte der gerade dasselbe wie sie? Julie konnte sich nicht erklären, woher irgendwer im interstellaren Gütertransport davon wissen konnte. Aber vollends ausschließen ließ es sich ebenso wenig.

„Was, bitte, sollen die Kalifornier von mir wollen?"

„Quatsch nicht herum! Ich weiß, wo du deinen Mann her hast. Also, welchem Projekt du das Testobjekt entwendet hast."

Scheiße! Aber das änderte gar nichts.

„Trau dich, melde es! Damit gibst du dich als Mitwisser zu erkennen und verschwindest spurlos. Die Welt wird ein besserer Ort sein, ohne dich!"

„Hübsche, wie du mit mir umgehst, gehört in die Klatschnachrichten."

„Fein! Und was deine Koksnutte von Lehrmädchen vorher von Beruf war, landet auf deren Titelseite."

„Ist ja schon gut! Du bekommst vier Stunden Deutschland ab. Hältst du dann die Fresse?"

„Für zehn Stunden schon eher."

„Und wenn du fünf bekommst?"

„Ach, ich sehe gerade, als Nächstes willst du Japan anfliegen! Wäre doch schade, wenn du dort wegen versuchter Vergewaltigung gesucht wirst."

„Du Zimtzicke schreckst vor gar nichts zurück, was?"

„Bei dir nicht mehr. Ab 17:00 Uhr gehört die Luftschleuse mir – alles klar?"

Ohne Worte wurden acht Stunden auf Julie umgebucht. Prima! Nun konnte sie auch das zweite Land ansteuern und bis in die Nacht bleiben. Und danach? Schnell in den Hyperraum verschwinden.

Zis beobachtete interessiert den neuen Stil terranischer Gesprächskultur. Zu gern hätte er den Tonfall dazu gehört.

„Verstehe ich richtig, dass soeben ein sogenannter Nichtangriffspakt geschlossen wurde?"

„Nicht ganz", fand Julie, „aber so ungefähr."

Ihr ganzer Mund schmeckte nach Blut. *Das ist ja echt,* stellte sie fest, *keine lebhafte Erinnerung.* Es war schwer gewesen, nicht die Kamera anzuschreien. Mindestens zweimal hatte sie sich auf die Zunge gebissen. Und es gar nicht bemerkt.

Erstaunlicherweise tat die löchrige Zunge nirgendwo weh. Sie spürte überhaupt keinen

Schmerz, genau wie neulich am blutigen Arm. Dort sah sie eine saubere Schorfkruste, welche sich anfühlte wie normale, gesunde Haut.

Vielleicht war es doch besser, die Stelle auf Reste von Betäubungsmitteln zu untersuchen. Wozu sonst hatte sie einen Medizinstudenten im Team? Für Punkt zehn Uhr war der Abflug terminiert, das war in fünf Minuten. Anschließend musste sie sowieso sechs Flugstunden sinnvoll füllen.

Die skurrile Form des Universums in den höheren Dimensionen erforderte, dass sie Abstand vom Planeten hielt. Denn der Hyperraum-Tunnel, welchen der 4D-Verzerrer vorab berechnen musste, war in der Nähe großer Massen praktisch nicht mehr planbar.

Das hieß, gleich musste sie mit dem Standardtriebwerk etwa drei Stunden lang Abstand zum Mars gewinnen. Dann kurz ins Steuerprogramm abtauchen, um den Hyperraum-Sprung durch zu führen. Zuletzt standen noch mal drei Stunden Restweg nach Italien auf dem Plan.

„Schau mal, die Bestätigung ist da! Pack deinen Kram und sei in zwei Stunden am Hafen!"

Lara leitete die Antwort vom Mars weiter und hoffte, dass Tristan sie noch rechtzeitig las. Sofern alles klappte, würde sie in knapp drei Stunden sehen, mit wem sie eigentlich die ganze Zeit zu tun hatte.

In der Zwischenzeit wollte sie wenigstens ein Bisschen darüber herausfinden, welche Spuren man beim Löschen fremder Profile so hinterließ. Das hieß, sie machte es sich auf dem Teppich vor ihrem

Schreibtisch bequem, um hinter dem unbekannten Datenpfuscher der Alphaner her zu forschen. Leider war es kein Pfuscher.

Zuerst suchte Lara ein paar Orte auf, an denen der echte Tristan seinerzeit Spuren hinterlassen hatte. Seine Fotos in einem öffentlichen Album – die gehörten jetzt angeblich einem anderen Jungen, der vor drei Jahren bei einem Unfall ums Leben gekommen war. Virtuelle Pflanzen in Creanima, von denen er erzählt hatte, dass er sie als Kind mal demonstrativ zertreten hätte – in der Änderungsliste hatte diese eine alte Dame deformiert, welche vor sieben Jahren gestorben war.

Alle Spuren, von denen Tristan behauptete sie hinterlassen zu haben, waren heute anderen Urhebern zugeordnet. Willkürlich ausgewählten Toten. Möglichst wenig sollte darauf hinweisen, dass Tristan jemals existiert hatte.

Fündig wurde sie letzten Endes im archivierten Klassenbuch seiner Grundschule. Als achtjähriger Bengel hatte er einen Wandertag geschwänzt. Der Eintrag war mit einer Identität verknüpft, an deren Stelle ein dezentes Fehlzeichen stand.

Unerwartetes Problem bei der Rekonstruktion, sagte das Klassenbuch dazu.

Dass so ein Kinderkram überhaupt gespeichert wird! staunte Lara, wobei sie sich eine Notiz machte, bei Gelegenheit ihre eigene Schule unter die Lupe zu nehmen.

Als sie die zerbrochene Verknüpfung von Hand aufrief, kam die Anfrage gerade bis zum letzten zuständigen Einwohnerregister. Dort prallte es mit einer Meldung ab:

Der gesuchte Eintrag wurde nicht gefunden.

Es war die aussagelose Standardmeldung mit der man dumme Benutzer abspeiste. Ob es wohl half, den Namen des abfragenden Programms zu ändern? Sie spielte ein paar Runden mit dem Verweis herum, bis sie eine schönere Antwort bekam:

Der gesuchte Eintrag wurde vor 685 Tagen, 5 Stunden und 42 Minuten gelöscht.

Schon besser. Bestimmt kam man so auch an den verantwortlichen Benutzernamen. Aber sie konnte nicht den ganzen Tag auf einen Zufallstreffer hoffen. Die Software der Staatsverwaltungen war auch nur von Beamten geschrieben, also war sie öffentlich einsehbar. Kurzerhand besorgte sie sich das Programm.

Nachdem im Quelltext eine Stelle gefunden war, die den gleichen Fehler schöner ausgab, verfolgte sie den Ausführpfad zurück bis zur dafür nötigen Eingabe. Minuten später war eine passende Suchanfrage gebastelt und das Einwohnerregister stieß auf die nächste Lücke.

Der gesuchte Eintrag wurde vor 685 Tagen, 5 Stunden und 42 Minuten vom Mitarbeiter [Name nicht auflösbar][Anschlussadresse wa.Taiga.57.a54bf7e2] gelöscht.

Damit stand zumindest fest, dass der Typ, der fremde Profile löschte, nicht beim Staat arbeitete. Er oder sie hatte sogar sein anonymes Fälscher-Profil wieder vernichtet, aber gegen den Log-Eintrag mit der Adresse des ausführenden Terminals war schwer anzukommen.

Mit etwas Glück existierte der Netzanschluss noch. Auch wenn es vielleicht nur der letzte Knoten in einer Kette von Weiterleitungen war, hätte sie zumindest einen Rechner gefunden, mit dem der mysteriöse Löscher gearbeitet hatte.

Kam sie so vielleicht an Namen? Obwohl … gab es überhaupt ein privates Hausterminal, auf dem nicht die Standard-Nachrichtenzentrale lief?

Diese jedem geläufige Umgebung färbte die Eingangshalle des Benutzers: Neue Memos, offen behaltene Räume, abonnierte Zeitungen. Ohne die überall gleiche Kommunikationszentrale lief gar nichts.

Irgendwie musste es möglich sein, den Namen des angeschlossenen Benutzers aus dem ständig am Netz lauschenden Ding heraus zu kitzeln. Vielleicht eine eingehende Einladung in einen virtuellen Raum simulieren? Natürlich in einen gesperrten Raum, damit sofort etwas zurück kam wie:

Verbindung nicht möglich, [Name] darf den Raum nicht betreten.

Dabei gab es nur ein Problem. Was immer sie an diese Anschlussadresse schickte, würde ihre eigene als Absender enthalten.

Nein danke, dachte sie, *dann bin ich bloß als Nächste gelöscht.*

Wenn überhaupt, dann würde sie einen anderen Anschluss fernsteuern, um wa.Taiga.57.a54bf7e2 direkt anzusprechen. Zu dem durfte Wer-auch-immer sie dann gerne zurückverfolgen.

Aber welchen? Sollte sie ihren letzten paar Freunden die Privatanschlüsse abschwatzen?

Blödsinn. An einem öffentlichen Terminal basteln? Noch größerer Unfug. Wieder mit Annas Blumenladen tricksen … Ach was, viel einfacher!

In Neuseeland war es jetzt kurz nach zwei Uhr in der Nacht. Ein Land im Tiefschlaf – mit Ausnahme einiger Leute, die dort an einem Projekt arbeiteten, das eigentlich auch ihres hätte sein sollen. Bastler die nachts zur Höchstform aufliefen. Und die garantiert einen Moment für sie übrig hatten.

Da ihr nichts Besseres einfiel, betrat sie die virtuelle Lounge in der sie sich sonst an jedem letzten Freitag im Monat trafen. Der Ort war eine Mischung aus Musikclub, Treffpunkt und Gartenparty. Die meisten Gäste kamen nur, um mit Leuten herum zu hängen, die sie real nicht besuchen konnten.

Für einen Montag war der Saal erstaunlich voll. Dafür war die Musik in Ordnung und ihr Lieblingsplatz unter der großen Palme frei. Also dachte sie ein Kontrollfenster herbei und schickte eine Einladung an … *wer würde am ehesten kommen* … okay, an Cle.

Eine Minute später erschien der Dauerstudent neben ihr, wie üblich ohne Foto, einfach als gesichtslos orange Figur.

„Du heute hier?", fragte er überrascht und machte es sich auch unter der Palme bequem. „Ich dachte, du wärst unter die Normalen gegangen."

„Frag deinen ehemals besten Kumpel! Der hält mich indirekt davon ab."

„Womit denn?"

Dabei fiel auf, wie Cles Blick vibrierte. Im schnellen Wechsel schaute er zu Lara und in seine anderen offenen Räume. Dem Takt nach zu urteilen, musste er gerade an mindestens sieben Orten gleichzeitig sein.

Welches bewusstseinserweiternde Zeug er wohl heute im Tropf hatte? Ein Bisschen Neid stieg in ihr auf. Bestimmt würde sie schneller voran kommen, wenn sie sich nicht immer noch an die ursprüngliche Abmachung halten würde: *Keine Drogen und kein illegaler Scheiß.*

Um nicht bei der Arbeit zu dehydrieren, trug die Lara der Außenwelt zwar auch brav ihren Wassertropf. Doch darüber hinaus zwang sie sich nach wie vor, ganz mit sich selbst auszukommen. Von wegen Mittagessen, war in der Glukoseröhre vom Wochenende eigentlich noch was drin? *Müsste eigentlich …*

„Erklären wir später. Sag mal … kennst du zufällig ein freies Terminal, das für einen kurzen Hochlasttest gut ist?"

Plötzlich hielt der Neuseeländer eine Liste in der Hand. Alle derzeit freien Testumgebungen seiner Hochschule, offenbar schneller als in Echtzeit abgerufen.

„Nachts sind die eh im Leerlauf. Was willst du testen?"

„Kriegst du Ärger, wenn ich eine davon als Proxy nehme?" Ihr Blick klebte am Flirren der durchlaufenden Liste; verlegen fügte sie hinzu: „Für etwas völlig Legales … *jemand* soll mich nur nicht verfolgen."

„Beziehungsprobleme hast du keine, ja?" Cle lachte über seinen eigenen Witz. „Okay, wie viele Proxy-

Terminals brauchst du? Unter einer Bedingung schalte ich sie dir unter meinem Namen frei."

„Und die wäre?"

„Na, was wohl! Morgen klärst du mich in Ruhe auf, was du mit den Dingern angestellt hast."

Kurz darauf duftete ihre Nachrichtenzentrale nach vier neuen Verweisen.

„Hey, danke! Ich geh dann mal spielen."

„Bleibst du dabei nicht hier?"

Verdammt! Sollte sie sich etwa vor der orangen Figur bloßstellen lassen? Nüchtern war jeder weitere Parallelraum eine üble Herausforderung. Aber von ihren Freitagstreffen war Cle es gewohnt, dass alle in ihren Welten arbeiteten, während sie gleichzeitig hier feierten.

Lara hatte keine Lust, in Erklärungen darüber abzuschweifen, dass sie ein chemiefreies Projekt versprochen hatte. Darum beschloss sie, es einfach zu versuchen.

„Klar bleibe ich hier. Bin nur nicht ganz wach gerade; war ein harter Tag. Bleibst du auch?"

Der dreidimensionale Club verblasste ganz leicht, als sie eine Dimension dazu schaltete, um in dem neuen Parallelraum eine der Testumgebungen als Proxy einzurichten. Dieser sollte alle Datenpakete durchleiten, dabei den Absender ausfiltern und selbigen von überflüssigen Details abschirmen.

Endlich war sie gerüstet, um das unbekannte Terminal wa.Taiga.57.a54bf7e2 anzufunken. Es sollte doch nur den Namen seines Besitzers verpetzen!

Sie probierte den Trick mit der gesperrten Einladung aus, doch die normalen Fehlertexte waren offenbar überschrieben. So umformuliert, dass kein Name darin vor kam.

Auch gut, denn damit stand fest, dass mit der Gegenstelle etwas nicht stimmte. Ebenso war praktisch sicher, dass die Standard-Nachrichtenzentrale darauf lief, nur eben in einer persönlich angepassten Variante.

Das wiederum hieß, im Unterbau des Betriebssystems mussten gewisse Module auf ihren Einsatz warten. Das Programm verließ sich auf feste Schnittstellen, etwa um Bilder zu öffnen oder Zeitungen zu übersetzen.

Niemand konnte die Zeit gehabt haben, alle, wirklich alle dieser Module auf Texte zu durchkämmen, die irgendwann in einem speziellen Ausnahmefall eventuell mal ausgegeben wurden. Leider hieß das, sie schaffte das auch nicht in wenigen Stunden. Aber besaß sie nicht gerade drei Hochleistungs-Testmaschinen am anderen Ende der Welt? Die konnten zumindest ein paar Millionen Codepfade abklopfen.

Schleifenweise ließ sie die Rechner fast normale Anfragen erzeugen. Unauffällig genug, um von einer Software-Schicht nach der anderen entpackt und ans nächste Modul weiter gereicht zu werden, bis die jeweils innerste Schicht auf ein Problem lief und ihre Fehlermeldung ausspuckte.

Der Test lief keine Minute, schon leuchtete der gesuchte Name in sattem Grün aus dem Chaos der Antwortzeilen heraus. Die drei Testmaschinen der Universität stoppten, um nicht mehr Aufmerksamkeit als nötig anzuziehen.

Sacha-Xi – beknackter Name für einen Russen. Jedoch besser als nichts, wenn sie heute Abend vor der Verwaltung irgendwas erklären musste.

Von wegen Abend ... gut, der ist noch über zwei Stunden hin!

Die letzte Zeit nutzte sie, um sich an öffentlichen Plätzen nach diesem Xi um zu schauen. Werkeverzeichnisse, Hobbygruppen – in den ersten Minuten fiel nichts Besonderes auf.

Dann auf einmal – ein Schlag auf die Finger? Im Reflex schaltete sie den Schmerz-Kanal ab.

Gerade hatte sie ein Stellengesuch von ihm in einer Minijobbörse geöffnet. Das Glaskugelsymbol ließ sich zwar soweit heran winken, dass Bewerber und Qualifikation darin lesbar wurden. Doch gleichzeitig versetzte ihr das Ding ... nein, etwas ... völlig abseits der erwarteten Kanäle ... eine Art von Stromschlag.

Wie zur Hölle funktioniert das?

Feinheiten an der Spezifikation vorbei durchs Neural-Interface zu schleusen, war nicht das Problem. Genauso liefen ihr Marktstand und der friedliche Strand. Das Verrückte war die Signalquelle: Hier schossen Objekte zurück, die gar nicht Xi gehörten. Auf einem Sinneskanal der offiziell existierte und im Moment ganz klar stumm geschaltet war.

Der nächste Schlag traf härter; in einem 3D-Raum glühte ihr Arm von der Fingerspitze bis zur Schulter.

Verdammter Mist!

Offenbar hatte sie vorhin mit dem vielen Datenmüll auf sich aufmerksam gemacht. Nun wusste sie zwar, dass jemand, wahrscheinlich Xi, gerade wach und online war. Aber auch, dass er bereits hinter ihrem Proxy-Terminal her war.

Alle Dinge die man schnell über ihn fand, also die auch Lara sofort gefunden hatte, waren auf einmal mit Ereignisroutinen verknüpft. Fasste jemand etwas davon an, löste dies eine Rückmeldung an ein entferntes Programm aus, welches die Person prüfte und gegebenenfalls den irren Stromschlag-Hack postwendend zurück schleuste.

Garantiert schrieb es auch mit, wer genau was lesen wollte. Bei der Suche nach seinem Namen hinterließ sie also automatisch ihren eigenen – nein, nur den des Proxy-Terminals. Genau dafür war es da.

Sie suchte weiter. Die Gegenseite erhöhte die Intensität. Schon wieder stach eine glühende Nadel durch ihren Fingernagel die Armknochen hoch bis ins Schlüsselbein. Bis ihre Konzentration wieder hell genug war, um den Reiz bewusst abzuschalten, verlor sie jedesmal wertvolle Sekunden.

Für eine Atempause schloss Lara die Suchebene, somit brach das Universum auf lässigere vier Raumdimensionen zusammen. Nun war ihr Kopf wieder frei, wie ein Greifvogel über dem Problem zu kreisen.

Was sie gerade erleben durfte, war schwierig zu programmieren. Eigentlich hatte Lara für den Moment gar keine konkrete Idee, wie man so was anging. Erstmal wechselte sie den Proxy; die noch nicht entdeckte Testmaschine Zwei war jetzt mit Durchleiten dran.

Dass das Spinnennetz aus Bewegungsmeldern so schnell hochgefahren war, konnte jedenfalls nur bedeuten, dass er ein fertig vorbereitetes Programm dafür auf Lager hatte. Immer wenn Xi sich verfolgt fühlte, heftete er solche Fallen an eben die Fakten die man öffentlich über ihn einsehen konnte.

Was für ein Aufwand ... der muss es echt nötig haben!

Trotzdem war es faszinierend effizient. Falls sie diesem Xi jemals privat begegnete, musste sie ihm den Code dringend abschwatzen.

Währenddessen pflückte sie im Musikclub ein Blatt von der Palme und ritzte eine Zeichnung hinein. Der russische Hausanschluss, ein paar öffentliche Namensnennungen, der Anschluss eines Betrachters. Dazwischen der Informationsfluss: Ein normaler Lesezugriff aufs Symbol löste einen Alarm in Russland aus, welcher ein Programm weckte, das den Leser direkt kontaktierte, nein, attackierte.

Das ergab ein Dreieck quer über den Globus und ... *Autsch!* ... die nächste Schnüffelstrafe.

Nun hatte Xi also den zweiten Proxy entdeckt. Anscheinend wartete er auch nicht mehr auf Impulse seiner Bewegungsmelder, sondern feuerte ohne Anlass auf den zuletzt geloggten Schnüffler.

Sie musste endlich einen Weg finden, diesen Mist vor ihrem Sensorset auszufiltern.

„Ich bin kurz weg", sagte sie zu Cle, „in der Zwischenzeit kannst du dir hierzu was überlegen."

Die Skizze verschwand in einem seiner vielen Paralleluniversen. Lara speicherte alle Ebenen ihrer Welt zwischen, um sich kurz auszuklinken.

In einem kleinen Restaurant irgendwo in Italien verschwand der Küchenjunge für eine verspätete Mittagspause. Eilig huschte er in seine Kammer über dem Geschäft, um kurz seine Post abzurufen. Hatte Anna, nein, sie hieß jetzt Lara, sich zurück gemeldet?

Ja, da war eine Notiz von ihr! Am Flughafen sollte er warten, und zwar um … heute in einer halben Stunde?

Tristan las den Text dreimal, aber die Uhrzeit änderte sich nicht. Gleich sollte ihn dort ein Raumschiff abholen, ein uralter Mittelklasse-Frachter. Die Nummer der Parkzelle stand auch dabei, ebenso ein Einmal-Passwort für die Einreise nach Deutschland.

Wie in Trance griff er nach seinem Rucksack und warf die nötigsten Sachen hinein. In einer halben Stunde würde er das alles hier nie wieder sehen. Wohin auch immer es ihn stattdessen verschlagen würde. Es war so schade darum! Noch gestern hatte er davon geträumt, sich zum Chefkoch hoch zu arbeiten. Jetzt stand er wieder vor dem Nichts.

Schnell malte er ein halbwegs stilvolles Dankschreiben. Das ließ er gut sichtbar im Zimmer zurück, als er in einem Strudel aus Hektik und Unsicherheit die Treppe hinab stolperte.

Auf dem mittleren, schnellsten Laufband ging es zum Süd-Aufzug. Nachmittags um kurz vor vier war der Stau davor noch nicht allzu schlimm. Dass er sich die Atemnot nur einbildete, war ihm völlig bewusst, doch davon ging sie auch nicht weg.

Zu welcher Etage gehörte die Platznummer? Ahnungslos stieg er auf der ersten Flughafen-Ebene aus.

Hier oben gab es keine Tageszeiten, rund um die Uhr herrschte derselbe Betrieb. An der Decke flackerte eine Projektion, aktualisierte regelmäßig eine Liste der zuletzt angekommenen und demnächst abreisenden Luftschiffe. Terrestrische Flüge, also falsches Stockwerk, zurück zum Aufzug.

Im oberen Hafen wurden die aktuellen Flüge genauso an die Decke projiziert. Doch hier waren, zwischen Namen und Zielorten von Luftschiffen, auch viele Registriernummern der *Vereinigung interplanetarischer Gütertransport* gelistet.

Luftschleusen säumten die Außenwand des Turms, daran entlang verlief eine breite Straße für Logistik-Roboter. Ein schmaler Schutzstreifen für Fußgänger führte Tristan an offenen Toren vorbei, an Schildern die Reise gegen Arbeitskraft anboten, hinter denen breite Transporter parkten die von Robotern umschwirrt wurden, während die schneeweiß gekleideten Bewohner meist auf dem Dach standen und aufpassten.

Je tiefer er in die Zone der Fernflüge eindrang, desto abfälliger werteten ihn die Blicke der Leute. Wer hier kein Weiß trug, musste zumindest wie ein Handwerker aussehen, um nicht als Fremdkörper aufzufallen.

Gleichzeitig wurde es immer leiser. Das Grundrauschen aus menschlichem Gerede, dem man anderswo kaum ausweichen konnte, fehlte hier völlig. Denn seit Interstellar die offizielle Amtssprache der ViG war, sprach praktisch niemand mehr laut.

Schließlich fand er die Luftschleuse mit der

richtigen Nummer. Davor stand tatsächlich ein fast schon historisches Raumschiff, jedoch so perfekt gepflegt, dass es wie neu wirkte. An der vorderen Seitentür, die anscheinend direkt auf die Brücke führte, fiel im ein winziges Siegel ins Auge:

Testfahrzeug der Fakultät für Maschinenbau, Globale Universität.

Was hier wohl getestet wurde? Tristan hatte davon gehört, dass die Universität am liebsten mit den ältesten Schiffen experimentierte. Denn dort gab es weniger unerwartete Seiteneffekte, die Besitzer verlangten keinen Lohn – außer dem neuen Bauteil – und nicht zuletzt war im Schadensfall der Restwert rein ideeller Natur. Doch dieses Exemplar strahlte einen unbeschreiblichen Glanz aus. Marode war hier sicherlich nichts, eher liebevoll auf den heutigen Stand gebracht.

Wie bei den meisten ViG-Frachtern, saß die Besatzung auch hier auf dem flachen Teil des Dachs und schaute auf ihn herab. Sie redeten aufgeregt, jedoch in einem Tempo bei dem Tristan nicht mit kam.

Natürlich hatte er die interstellare Zeichensprache auf Mira Alpha gelernt. Normalerweise konnte er sich einigermaßen in Fingerstellungen verständlich machen. Aber worüber die Blondine mit dem schneeweißen Porzellangesicht sich gerade mit dem Namariden unterhielt, war nicht ansatzweise zu erkennen. Ein flatternder Sturm aus zwei mal fünf Strichen. Bestimmt lästerten sie über ihn.

Ganz vorne, die Füße über der Frontscheibe der Brücke hängend, saßen zwei weitere Frauen: eine etwas ältere und eine mit dem vorgeschriebenen dunkelgrünen Pilotenumhang. Anscheinend teilten sie sich die einzige Führungsposition; das Schiff befand sich mitten in der Übergabe an die nächste Generation.

Die einzigen beiden Männer hatten sich ganz ans hintere Ende zurückgezogen. Sie redeten langsamer, aber außerhalb von Tristans Blickwinkel. Aus der Ferne sahen beide viel zu jung aus, um irgendwas zu sagen zu haben.

Selbst der Fußboden war hier Teil der Hafenmaschinerie. Feine Rillen durchzogen die Kante an der die Luftschleuse sich nachher schließen würde. Als er sich dem Linienbündel und damit der Grundstücksgrenze näherte, drehten die Chefinnen sich fast gleichzeitig nach hinten um.

„Jungs abholen ist Jungsarbeit!"

Von hinten kam eine Handgeste zurück, die er wieder nicht sehen konnte. Dafür hörte er Schuhsohlen auf glatter Keramik, als einer ihrer Jungs aufstand und eine Seitenleiter herunter kletterte. Kurz darauf stand auch die Pilotin auf dem Boden; Anhalter schaute sie sich wohl doch lieber selbst aus der Nähe an.

Es war erstaunlich, wie die beiden Raumfahrer einander ähnelten. Zwei eher schmale Gestalten und beiden fiel glattes, schwarzes Haar über die Schultern. Der Mann beobachtete jede seiner Bewegungen. Der Blick der Frau hingegen traf nur sekundenweise sein Gesicht. Sie trug eine Elektrode hinterm Ohr, wahrscheinlich pendelte ihre Aufmerksamkeit zwischen drinnen und draußen.

Tristan fragte sich, ob er zuerst sprechen sollte. Und in welcher Sprache, denn die Luftschleusenrille als offizielle Grenzlinie verlief genau zwischen ihnen. Letztendlich nahm ihm die Pilotin die Entscheidung ab, indem sie mit ortsüblicher Lautsprache begann.

„Hallo, woher kennen wir uns?"

Natürlich war das eine Testfrage. Tristan versuchte, sich von diesem unsteten Blick nicht aus der Ruhe bringen zu lassen, während er die Tage rückwärts zählte.

„Vorgestern haben wir telefoniert. Ich bin der Tristan, wir kennen uns über Lara aus Deutschland."

Richtige Antwort! Noch fünf Minuten ließ er sich so ausfragen, bis die Transportnomaden der Meinung waren, tatsächlich den richtigen Erdling vor sich zu haben.

Das meiste, was sie über ihn wussten, musste wohl aus einem Mitschnitt von Lara stammen. Jetzt wurden seine Gedanken schon per Post verschickt! Trotzdem schafften sie es irgendwie, kein Stück bedrohlich zu wirken.

Um exakt 16:30 Uhr versiegelten sich die Türen, vom Zischen der Luftschleuse war drinnen nichts zu hören. Während die Kernbesatzung beschäftigt war, folgte Tristan dem stummen Namariden und einem Südländer der sich als Nishu vorgestellt hatte.

„Das Vibrieren im Boden ist übrigens normal", erklärte Nishu auf dem Weg durch eine Art von Chemielabor. „Das Schiff ist eher für luftleeren Raum geschaffen, und für Schwerelosigkeit. Die halbe

Stunde zum Nachbarturm fliegen wir ausnahmsweise terrestrisch. Ist zwar anstrengend, geht aber schneller.“

Leider gab es kein Fenster, durch das man die Wolken hätte sehen können. Dafür gab es ein Ecksofa mit weichem Stoffbezug. Völlig formlos bot der Gastgeber ihm eine Hälfte des Sofa an, während er sich gleichzeitig auf der anderen Hälfte ausbreitete.

„Willkommen in unserer Küche“, erklärte er endlich die seltsame Halle. „Auf Passagiere sind wir gerade überhaupt nicht eingestellt, aber wir sind ja auch gleich da.“

Tristan hatte viel davon gehört, dass jedes ViG-Schiff ein kleiner Kulturkreis für sich sei. Das käme von der Einsamkeit da draußen, von der Isolation auf den langen Reiserouten. Er wusste selbst nicht, was er erwartet hatte, aber diese Besatzung tickte schon sehr seltsam.

Hektisch zog sie das Standard-Interface am Kabel aus der Buchse, steckte ihr eigenes wieder an. Das Gute mit dem schief genähten Stirnband, mit der frischen Klebnaht um den Eigenbau-Signalfilter.

Dann rollte sie sich wieder auf dem Teppich zusammen und ging zurück an die Arbeit. Von so einem gefühllosen Arsch ließ man sich schließlich nicht schlagen.

Die magenta-glühenden Nadelstiche ganz zu löschen, erschien übertrieben. Dann bekäme sie nicht mit, ob sie überhaupt noch gesendet wurden, wann die Notwehrwelle abebbte. Etwas Besseres musste daraus werden.

Hatte sie nicht Tristans Text-nach-Schall-Kodierung entziffert, indem sie ihre Kanal-Abbildung ausgetauscht hatte? Sie öffnete den Filtercode von neulich, leitete diesmal alle Störsignale in Außentemperatur um. Das dürfte jeden Stromschlag in einen lauen Sommerwind verwandeln.

Fein, du kannst also Schmerz, dachte sie vor ihrer Skriptsammlung, *und ich beherrsche die Angst dazu.*

Offensichtlich zählte Xi zu den sorgfältigen Typen die stets ihre Statuslogs im Blick behielten. Darin mussten ihm die vielen verworfenen Anfragen aufgefallen sein, als Lara vorhin seine Nachrichtenzentrale mehr oder weniger vorsichtig abgetastet hatte. Anders hätte er gar nicht bemerkt, dass etwas nicht stimmte.

Was lag also näher, als seine geliebten Logs zu vergiften? Von seichten Windböen begleitet, schaltete sie eine fünfte Raumdimension frei, so dass Platz für ihre vertraute Modellierwerkstatt war. In den Welten senkrecht dazu lebten nach wie vor die Administrationssicht der vier Hochlasttester sowie der kuschelige Palmengarten.

In gewissen Grenzen hatte sie etwas in der Hand, das von Xi geöffnet werden würde. Denn jedes Datenpaket hinterließ Statusinformationen nach einem festen Protokoll. Sorgfältig modellierte sie Memos, Einladungen und ähnlich banales Zeug, dessen Statusblock mit Panik untermalt war. Im Prinzip auf dieselbe Art, die mit dem Blumenladen genauso gut funktioniert hatte wie mit der Willkommensfibel für Einwanderer.

Nur sollte die Angst nicht beim Öffnen über

Seiteneffekte des Sensorsets ins Hirn kriechen, sondern bereits beim ersten Bemerken des Pakets im Statuslog. Und das bloß nicht zu dezent. Da sie keine Ahnung hatte, wann und wie lange der Angriff funktionieren würde, musste jedes einzelne Paket massiv einschlagen.

Selbst ausprobieren wollte sie die Panikskripte natürlich nicht, stattdessen baute sie ein paar Hundert Variationen ein. Irgendeine davon würde garantiert funktionieren. Als die gefälschten Nachrichten über Neuseeland nach Russland flossen, wandte sie sich wieder dem Musikclub zu.

„Machst du bitte keinen Quatsch mit meinen Terminals?"

Was sie Cle als Skizze auf einem grünen Blatt gegeben hatte, schwebte jetzt als animiertes Modell zwischen ihnen im Saal. Gläserne Rohre verbanden vier silbern schillernde Endpunkte: Von Deutschland nach Neuseeland, von dort in die Minijobbörse, dann nach Sibirien und von da zurück in Laras Schlafzimmer.

„Im Moment wehre ich Quatsch nur ab", meinte sie, während sie die fröhlich durchs Leitungsquadrat kullernden Murmeln bewunderte.

„Dann ist ja gut. Ich hatte nur mal übers Sendelog geblinzelt." Cle drehte das Modell in eine geografisch passende Position. „Irgendwie war mir dabei nicht ganz wohl."

„Richtig so", nickte Lara, „das ist ein Experiment. Soll nur genau der da lesen."

Sie zeigte an einer Leitung entlang auf das entfernte

Terminal. Welches Accelerando die kühlen Flecken von Fuß bis Stirn über ihre Haut tanzten, bekam dabei niemand mit.

„Und was schickt der die ganze Zeit zurück in deine Richtung?"

„Dinge die ich ausblende. Darf ich die Hochlasttester noch eine Stunde behalten?"

„Bis sie jemand braucht." Die detaillose Figur stand auf und begann zu verblassen. „Vor morgen früh denkt hier keiner ans Arbeiten und ich bin auch mal eben weg."

„Super, vielen Dank!" Sie winkte dem Schatten hinterher. „Am Freitag verrate ich den Rest!"

Ohne ihren Lieblingsplatz im Club aufzugeben, wandte sie sich wieder den vier Terminals zu. Der Raum mit der Administrationssicht müffelte nach einer wilden Gewürzmischung von Meldungen. Glücklicherweise blieben die Details einen Erddurchmesser weit entfernt.

Der Fremde wurde anscheinend unruhig. Oder er gab auf, oder hatte keine Zeit mehr für dieses Spiel. Jedenfalls fühlte Lara sich wieder fast gleichmäßig warm.

Brav und zuverlässig schrieben die geliehenen Maschinen jede Antwort mit. Noch ein paar Fehlermeldungen enthielten den Namen Xi, zwei wiesen auf die Stadt 77 im sibirischen Turm hin.

Doch das gleichmäßige Rauschen der Daten kräuselte sich, als wollte es Wellen schlagen. Es entwickelte ein irreguläres Muster. Was lag näher, als einen Blick aufs große Ganze zu werfen?

Routiniert packte sie alle vier Logs in ein

Gedankenpaket. So wie sie immer arbeitete, wenn sie nebenher mit *den Großen* im Club herum hing.

Ohne daran zu denken, was heute anders war: Das Versprechen, ohne Bewusstseinserweiterer aus zu kommen, galt noch. Überhaupt hatte sie für die geplante kurze Recherche nichts in der Versorgungsnadel, außer etwas Salzwasser und dem Rest Traubenzucker vom Wochenende.

Im Eiltempo breitete das Paket sich in ihrem Gedächtnis aus. Milliarden Informationskrümel in allen Farben der Tonleiter, ein Rosenbeet von Statusnuancen. Sofort erkannte sie das ausfransende Wellenmuster in den Reaktionszeiten. Auch die binären Inhalte verloren entlang der Zeit an Glanz.

Jedoch blieb es ein grober Überblick. Wieso sprangen die Details nicht an, die konkreten Inhalte der letzten zehn Minuten?

Verdammter Mist, es ist nicht Freitagnacht!

Das hieß, Zeit für Kleinkram blieb sowieso nicht. Offensichtlich zeigte die Grobstruktur, wie am anderen Ende der Leitung etwas aus dem Takt geriet. Obwohl ihr Datenhagel kontinuierlich lief, variierten die Antworten zusehends stärker.

Ebenso stürmte der eben noch sanfte Sommerwind auf ihrer Haut, welcher eine gefilterte Variante der dreisten Stromschläge war, jetzt plötzlich in herbstlichen Turbulenzen.

In einer höheren Dimension war die Minijobbörse noch offen, senkrecht zur Straßenkarte von Stadt 77. Ob die Symbole noch immer Alarm schlugen? Probeweise zog sie das Inserat in ihr Blickfeld, welches ihr vorhin den schlimmsten Schlag verpasst hatte. Die symbolische Glaskugel drehte sich vor ihrer Nase; eisige Kälte schoss an Lara hoch, als würde sie ins Polarmeer fallen.

Glück gehabt … nein, korrekt programmiert!

Ohne Signalfilter würde sie jetzt wohl heulend in der virtuellen Ecke liegen. Dem Fremden schien es nicht viel besser zu gehen, von seiner Seite kam ab hier nichts mehr. Vielleicht hatte er in sein Statuslog geschaut, wer da wiedermal abgewehrt werden musste. Vielleicht hatte er sich daraufhin panisch abgemeldet.

Überhaupt kam plötzlich nichts mehr an. Das Gedankenpaket mit den Protokollen verschwand auf einen Schlag aus ihrem Kopf. Der Musikclub kollabierte um die Palme herum zu einem schwindenden Punkt. Danach löste die Jobbörse sich auf.

Lara gelang es noch, die geliehenen Testrechner zu stoppen. Schon brach auch deren Verbindung zusammen. Was blieb, war ein Nichts das nicht mal schwarz sein konnte. Ein punktförmiges Universum, ohne Fläche, geschweige denn Höhe.

Nur Zeit tickte durch das undefinierte Nichts. Die Systemzeit einer Anlage die auf nichts mehr reagierte.

Lustige Luftwirbel. Tanzende Turbulenzen. Was draußen auf dem Hitzeschild hüpfte, besaß als Infrarotaufnahme durchaus künstlerischen Wert. Plötzlich störte ein Anruf Rihms kurze Ruhephase. Ausgerechnet jetzt lud ein alter Schulfreund ihn in seinen Stammclub ein.

Betreff der Einladung: „Lara antwortet nicht. Kein

anderer ist in der Nähe.“

Wollte Lara nicht in zehn Minuten in der Transitzone warten? Bestimmt hatte sie nur ihr Armband vergessen. Ohne etwas Ernstes zu erwarten, lud er Cles Parallelraum in einen kleinen Schaukasten neben den bunten Luftwirbeln.

„Was ist daran so besonders?“

„Ihr seid heute in Deutschland, oder? Das trifft sich perfekt!“

Irgendwie wirkte Cle unruhig. Wieso konnte der nicht erst mal erklären, was sein Problem war?

„Noch nicht ganz, noch im Anflug. Lara ist nur unterwegs, sie wird wohl im Aufzug stehen. Weißt du, wir sind gleich am Hafen verabredet.“

„Bist du dir absolut sicher? Vorhin erst hat sie sich eine handvoll Testrechner geliehen. Und dann schaltet sie die plötzlich alle ab und seitdem ist sie weg, völlig unerreichbar.“

Die Luftschleuse gab gerade gelbes Licht. Zu den Luftwirbeln gesellten sich Temperaturdifferenzen.

„Weil sie an unseren Termin erinnert wurde? Du verpennst doch selber oft, wann du raus musst.“

„Und die Logs auf den Rechnern, völlig irre … hab versucht sie zu lesen, aber das geht nicht. Kaum schau ich grob auf die Liste, kriege ich krankhafte Angst und blende sie wieder aus. Wie zur Hölle funktioniert so was?“

Na also, das hätte Cle auch gleich sagen können. Netznutzer mit künstlichen Gefühlen zu irrationalen Handlungen zwingen – war da nicht was gewesen?

„Klingt gruselig … nach diesem Emotions-exportformat. Sie hat daraus eine echt geniale

Anwendung gebaut ...“

„... also, gehst du kurz nach S66 runter? Nur mal nachsehen, ob alles in Ordnung ist?“

„Wenn wir da sind, Mensch! Ich sagte doch, wir sind gerade mitten im Landeanflug.“

„Schon klar, also, wenn sie euch nicht erwartet, gehst du sie suchen, okay?“

„Natürlich, Alter! Was denn sonst?“

Ja, was denn sonst? Ohne Lara konnten sie ihren Passagier hier nur wieder hilflos absetzen. Da wäre es fast sinnvoller, ihn zurück nach Mira Alpha zu bringen und gegen eine Flugechse zu tauschen.

Jetzt wurde es jedenfalls höchste Zeit sich auszuklinken. Der Rest des Teams war bestimmt längst auf der Brücke.

Temperatur – angeglichen.

Keime – ausgefiltert.

Schleusentor – öffnet.

Während der üblichen Landeprozedur, verplante Julie die knappen acht Stunden Aufenthalt. Nachdem Lara ihren Bekannten abgeholt hatte, würde sie sich am besten um ihren neuen Großauftrag kümmern und eine Ladung Nüsse beschaffen.

Nishu und Ilsina standen bereits vor der Ausgangstür und strahlten um die Wette, denn sie durften sich nach einem ersten Gartenbau-Modul umsehen. Völlige Autarkie ließ sich bei ihrem knappen Platz nicht erreichen, aber alle waren gespannt, was wohl maximal möglich wäre. Damit sie nichts anschleppten was sich nicht einbauen ließ, musste Lucia die beiden begleiten.

Endlich erschien auch ihr Mann in Begleitung von Zis auf der Brücke. Die beiden hatte sie noch nicht verplant.

„Kommt ihr mit auf die Plantagen? Nur zehn Stockwerke von hier wächst ein Überschuss an Studentenfutter."

„Im Prinzip gerne, aber eventuell gibt es ein Problem."

„Hat es mit unserem Gast zu tun?"

Selbiger war gerade hinter ihnen in der Tür aufgetaucht. Rihm trat einen Schritt zur Seite, um ihn durch zu lassen.

„Soweit ich noch durchblicke, hat Lara vorhin noch schnell für die Behörden recherchiert. Also, weißt schon … wenn sie nicht schon draußen wartet, dann würde ich sie gerne suchen gehen."

Draußen warteten sie fünf Minuten, während das Gartenbau-Team bereits im Gewimmel verschwand. Doch in dem üblichen Hafentrubel tauchte kein bekanntes Gesicht auf.

„Verdammt, irgendwas läuft schief in der Stadt!" Rihm machte sich langsam wirklich Sorgen. „Du hast dein Einreise-Passwort? Dann holen wir das Mädel jetzt ab."

Bevor Tristan etwas erwidern konnte, legte Julie Einspruch ein.

„Mir wird schon schlecht, wenn du alleine auf diesem Planeten herum läufst – aber mit jemandem zusammen, der genauso seine Feinde hat?"

„Und in der Transitzone soll es sicherer sei, ja? Wo man sogar entführt werden kann, ohne dass eine Ausreise registriert wird?"

„Zis begleitet euch. Alles klar?"

Das war akzeptabel, mit dem blauen Lagerarbeiter auf der Schulter konnte er leben. Obwohl Julies Angst ihm langsam auf die Nerven ging, hatte sie im Prinzip schon Recht. Niemand konnte wissen, ob nicht doch noch irgendeine Institution hinter Rihm her war, oder wie ernsthaft die Tierschützer wirklich hinter Tristans Einbürgerungsplan für die Flugechsen standen.

Beide hatten ihre eigenen Verfolger und Zis war der perfekte Schutzschild. Nichts und niemand auf der Erde würde sich vor einem Nicht-Menschen eine Straftat erlauben. Denn keine interne Angelegenheit konnte es wert sein, eine außenpolitische Krise mit überlegenen Rassen zu provozieren.

Praktisch bedeutete dies: Mit einem Achtbeiner an der Hand erfuhr man maximalen Respekt besonders von Personen, die einen sonst wie eine Null aus dem All herum schubsten. Außerdem konnte Zis sich gleich dafür entschuldigen, was er als planloser Arbeitsvermittler angerichtet hatte.

Bis zur Einreise-Prüfstelle gingen alle vier zusammen. In dem breiten Torbogen, der den Hafen vom vollwertigen Staatsgebiet trennte, legten die Raumfahrer nur kurz ihre Hände auf den Scanner und wurden als Bürger registriert. Tristan wurde natürlich abgelehnt:

Unbekannte Person. Einreiseprozedur nicht möglich.

Darunter erschien eine Eingabezeile ohne jede Beschriftung. Ob dort das Einmal-Passwort hinein gehörte? Er probierte es aus und bekam die nächste

Meldung:

Dieser Sonderausweis ist an eine Begleitperson gebunden. Zum Fortfahren bitte Hand scannen.

Ohne die hübsche Blumenverkäuferin kam er hier anscheinend nicht vorbei. Ratlos stand er vor der orange glühenden Zeile, welche ihn starrsinnig aus der Säule des weißen Torbogens an leuchtete.

Hinter ihm drängelten fremde Leute. Plötzlich spürte er Krallen und Saugnäpfe an seinen rechten Fingerspitzen. Zis reichte ihm die Hand. Dabei drückte er ein anderes Tentakel sanft auf den Scanner und zog den unlesbaren Menschen neben sich durch das Tor.

„Hey, danke!"

„Nicht dafür!"

Im Hauptaufzug kletterte Zis, wie gewohnt, auf Rihms Schultern. Tristan atmete auf, schaute hinter sich. Um ihn herum standen mehrere Leute, die seine mehr oder weniger illegale Einreise beobachtet hatten. Keiner ließ sich etwas anmerken. Einem Namariden etwas vorzuwerfen, wäre schließlich eine interstellare Angelegenheit.

Auf einer Agrar-Etage verabschiedete Julie sich. Zu den Städten hin wurde der Aufzug voller; ohne seine seltsame Begleitung wäre Tristan in der Menge unsichtbar geworden. Fast so seltsam wie der Anblick dieses Tandems war, dass Rihm auf dem ganzen Weg noch kein Wort geredet hatte. Ein Bisschen sah es aus, als unterhielt er sich mit Zis in einem Dialekt, der wohl ans Original-Namaridische angelehnt war.

Auf Etage 66 stiegen sie in die Tunnelbahn um. Hier versuchte Tristan ein Gespräch zu beginnen, aber der

Mensch war im Geiste weit weg und dessen Reiter verstand er nur bruchstückhaft.

Die letzten hundert Meter ging es zu Fuß; an einer unscheinbaren Ladenstraße sprangen sie vom Laufband. Vor ihnen lag ein geschlossener Zooladen, im Friseursalon darüber brannte noch Licht.

Tristan schaute sich um – in den oberen Etagen der Geschäftshäuser schienen Wohnungen zu liegen. Eine getrennte Haustür war jedoch nicht zu finden.

Dabei verlor er das Raumfahrer-Tandem aus dem Augenwinkel, übersah so auch das klare „hier entlang". Schließlich zupfte etwa an seinem Ärmel; Rihm zog ihn in einen unscheinbaren Süßwaren-Kiosk.

Der kleine Zis hielt sich nun besonders gut fest, als ein wuscheliger Wachhund schwanzwedelnd die Hosenbeine der Gäste beschnüffelte.

„Der tut nichts." Damit wurde der Namaride ungefragt auf dem Boden abgesetzt.

Daraufhin verzog sich der Hund in sein Körbchen. Leise winselnd beobachtete er das fremde Wesen.

„Voll der Wachhund! Jetzt hat er Angst vor dir."

In der hinteren Wand, flankiert vom Schokoladen-sortiment, führte eine Wendeltreppe ins obere Stockwerk. Dort ließ ein schmuckloser, grauer Flur daran zweifeln, dass es wirklich zu Wohnraum ausgebaut war. Es roch mehr nach Atelier. An den kahlen Betonwänden hingen und lehnten leuchtend bunte Ölbilder, ebenso farbenfrohe Skulpturen verstaubten in den Ecken. Nichts davon zeigte ein erkennbares Motiv.

Tristan folgte den beiden durch ein Lager abstrakter

Kunst, von geometrischen Komplexen zu reinen Farbfeldern. Die Ausstellung endete an einer unerwartet normalen Wohnungstür. So eine Tür hätte auch jede gewöhnliche Wohnung verschließen können.

Zis federte verspielt auf den blauen Beinen, machte einen Hochsprung und traf den Klingelknopf. Er fand es witzig, Dinge auf Menschenhöhe allein zu erreichen.

Hinter der Wand waren Schritte zu hören, dann öffnete eine Frau mit farbverschmierten Händen. Sie sah aus wie Ende Dreißig, trug eine schlichte Steckfrisur und alte Arbeitsklamotten.

„Oh, Hallo … ja, sie ist zu Hause."

Nach einem kurzen Blick auf die drei Besucher rief sie laut in die Wohnung zurück: „Hey Lara, der Typ mit dem Tintenfisch ist wieder da!"

Keine Antwort. Die Malerin wartete einen Moment, dann bat sie die Fremden herein. Tristan staunte nicht schlecht, als er das blühende Gewächshaus sah. Eine geräumige Halle erstreckte sich bis zur Gemeinschaftsküche am hinteren Ende, links und rechts trennten dichte Hecken in Blumenkästen einzelne Zimmer davon ab. Daraus zwitscherte es, zwei silbern schillernde Singvögel flüchteten vor ihm.

„Ist etwas passiert?", fragte Rihm, mit Blick auf eine abweisend stachlige Rosenhecke.

„Heute Mittag kam sie pünktlich wie immer von der Arbeit. Dass sie sich danach verkriecht, ist völlig normal."

„Lara wolle uns vorhin abholen. Jetzt antwortet sie nicht mal aufs Telefon!"

Alle kannten sich bereits. Als Tristan noch überlegte, ob diese Wohnwerkstatt vielleicht eine Art von Bodenstation darstellte, winkte Rihm ihn wortlos durch einen Torbogen hinter die Heckenrosen.

Dahinter befand sich das Schlafzimmer eines jungen Mädchens. Ein ungemachtes Bett, ein Arbeitstisch voller Elektronikwerkzeug, eine Kleiderstange mit ordentlichen Sachen für Büroangestellte.

Die Bewohnerin fanden sie zusammengerollt auf einem flauschigen Teppich. Tristan konnte nur hilflos auf die Szene starren. So ein Anblick war das Letzte, womit er an diesem fröhlichen Ort gerechnet hatte.

Doch der wortkarge Raumfahrer reagierte hellwach. Gerade prüfte er Puls und Atem des Mädchens, dann verfolgte er den Kabelbaum von ihrem Nacken zum Anschluss unter dem Tisch.

Das Terminal stand auf einem Klotz aus grauem Kunststoff. Dessen Front ließ sich herunter klappen, dahinter fand er den Notfall-Bildschirm und klinkte sich in ihren virtuellen Raum ein. Lara reagierte dort auf nichts, genau wie hier draußen.

„Nein, den Fehler gibt es doch schon lange nicht mehr!"

Ihr Interface erfüllte nur einen Standard: Feinste Bastelqualität der Marke Eigenbau. Vorsichtig, doch mit professioneller Selbstsicherheit, rückte Rihm ihr die Sensoren exakt auf die Druckpunkte. Am Notfall-Bildschirm drehte er die Intensität der Simulation auf Maximum.

Tristan starrte ahnungslos auf die Szene.

„Ähm ... was gibt es nicht mehr?"

Rihm schaute nicht auf, mit festem Griff drückte er die winzigen Kupferelektroden auf Laras Stirn. „Sieht aus wie ein Null-Abriss. So was gab es früher, mit Sensorsets der ersten Generation."

Mit der freien rechten Hand tastete er nach zwei in den Kabelbaum eingelöteten Zusatzfiltern. Heiß gelaufen. Und in einem Modelliergel isoliert, das seit Jahren nicht mehr hergestellt wurde.

Offenbar hatte Lara ein ziemlich altes Experiment wiederbelebt. Natürlich, der Zeitdruck. Hiermit war sie schnell einsatzbereit, statt sich erst mühsam ein neues inoffizielles Interface zu löten.

„Na komm schon ... siehst du wieder etwas?" Es war mehr ein Selbstgespräch; natürlich hörte Lara ihn nicht. Schließlich hatte er ihr die Außenwelt gerade voll ausgeblendet. Dabei glitt seine linke Hand über ihr Stirnband hinweg, vergrub sich in der dichten, roten Lockenmähne.

„Wacht gleich auf", meinte er dann, etwas lauter, in Tristans Richtung.

Der gefürchtete Null-Abriss war früher bei unsachgemäßer Abmeldung entstanden. Meistens durch einen missratenen Schreibzugriff auf die Hirnströme. Man wachte auf, ohne Verbindung zu seinen Sinnen. Im Nichts. Wirklich *aufwachen* konnte man den Zustand nicht nennen, eher war es wie ein ruheloser Unschlaf, ein bildloser Traum der nicht enden konnte.

Meistens kletterte der Geist von selbst aus dem Loch. Spätestens nach einem Tag absoluter Ruhe wachten die Opfer auf. Die schnellere und sicherste

Lösung blieb jedoch, sie wieder richtig anzuschließen und ihre Simulation neu zu starten. Der Mensch griff dann schnell den letzten Bewusstseinszustand wieder auf, dann konnte er sich ganz normal abmelden.

Heutzutage kam das praktisch nicht mehr vor. Standard-Sensorsets ließen sich im laufenden Betrieb abwerfen. Wie gut jemand den Schock weg steckte, wenn der Raum schlagartig zusammenbrach und flache Wirklichkeit herein strömte, war nur noch eine Frage von Talent und Training. Rihm selber konnte sein Stirnband schon im Gehen öffnen, ohne zu stolpern.

„Na also, da bist du wieder!"

Jetzt musste er Lara nur noch dazu bringen, freiwillig heraus zu kommen, bevor ihre eingelötete Filterkaskade wieder abstürzte. Mit geschlossenen Augen sah sie noch dünner aus als neulich, als er sie wach angetroffen hatte. Ein Blick in das Medizinregal unter der Rosenhecke bestätigte, dass sie öfter ohne Glukose unterwegs war. Die Hälfte ihres Vorrats war so gut wie verdorben.

Wie konnte man in dieses Terminal eine Statusmeldung einspeisen? Da, über die Kamera, mit klassischen Steuergesten. Während er eine Notiz an Lara schrieb, wandte er sich wieder dem ahnungslosen Jungen zu.

„Falls du im Lande bleibst, dann pass bitte auf sie auf. Immerhin hat sie dir die Identität gerettet. Obwohl ihr Auftrag eigentlich lautete, dich zu orten und auszuliefern."

Und gegen eine Belohnung keine Fragen zu stellen – bei dem Bild musste Rihm unwillkürlich kichern.

Nein, so funktionierte das Mädel nicht! Schon immer pfiff Lara aufs Geld, wenn sie stattdessen auch Wahrheit haben konnte.

„Also gib ein Bisschen auf sie Acht. Okay? Dann passt sie auch auf dich auf. Damit du dich nicht wieder hacken lässt."

Rotbraune Wimpern zuckten in ihrem friedlichen Gesicht. Gerade halb anwesend, schüttelte sie die fremde Hand ab. Selbige fuhr sanft ihre Wange hinab und zog sich schließlich zurück.

Tausend Fragen rasten durch Tristans Kopf, doch er traute sich keine einzige jetzt zu stellen. Der Mensch hinter seiner mysteriösen Anna setzte sich auf, zupfte sich die nutzlose Nadel aus dem Arm und warf sie zielsicher in einen Desinfektionsnapf.

Ein mächtiger Geist, der sich in die Gedanken fremder Personen hackte wie in die Archive der Behörden – weinrote Kunstseide verschonte Tristan mit Details.

„Oh, Hallo! Ihr seid ja beide da."

Mit einem tiefen, schwerfälligen Atemzug stand sie auf.

„Vielen Dank fürs Wecken! Das war aber auch eine Wahnsinnsjagd, auf die ihr mich geschickt habt."

„Immer wieder gern", zwinkerte Rihm ihr zu, mit einer aus Tristans Sicht völlig unangebrachten Lässigkeit. „Aber bastel dir bei Gelegenheit neue Filter. Deine alten sind nicht für Datenmassen ausgelegt, wie du sie heutzutage so abgreifst."

Nun betastete auch sie die von Hand modellierten Einschübe im Kabel.

„Ach, Mist! Jetzt ist das gute Stück wohl endgültig durch geglüht."

Sie ließ die Elektronik fallen, ihr Blick blieb an Tristan hängen. Doch ihr fiel nichts zu sagen ein; sie guckte ihn bloß an, als wollte sie seine Gedanken auch durch die leere Luft lesen.

„Ich werde mir dann mal etwas Besseres anziehen. Geht ihr Jungs so lange raus?"

Auch das richtete sich mehr an Tristan. Der andere zählte anscheinend nicht als fremder Junge. Trotzdem wandte Rihm sich zur Tür; mit einem verträumten Lächeln schob er den Fremden mit hinaus.

Draußen in der Gemeinschaftsküche sortierte die Malerin ihre Farbtöpfe. Ein älterer Gitarrist versuchte dabei, einen kleinen blauen Singvogel von seiner Melodie zu überzeugen.

„Siehst du", flüsterte Rihm, „die Freunde denken sich schon gar nichts mehr."

„Wie, ist Lara was passiert?"

Die Malerin hörte also immerhin zu.

„Was halt so passiert, wenn man in einem Systemfehler fest hängt, bis die Salzlösung leer läuft."

„Was Ernstes?" Sie saß im Schneidersitz auf dem Boden und wirkte etwas verzweifelt. „Von außen erkennt man das so schlecht. Und sie wird immer gleich wütend, wenn man sie aus Versehen unterbricht, ohne dass es wirklich nötig war."

„Ist halb so wild wie es klingt", antwortete er der Künstlerin. Dann wieder leiser: „Echt, ich hatte nicht die geringste Ahnung, was für ein Chaos wir ihr da vermitteln. Sah aus wie ein lösbares Rätsel für gelangweilte Neurohacker.“

Beinahe hätte Tristan gefragt, ob er es sonst gelassen hätte. Dann hätte höchstwahrscheinlich ein verlässlicher Lohnarbeiter nach ihm gesucht. Er fragte auch nicht, was zwischen den beiden sonst noch lief. Jedenfalls schien die Vertrauensbasis zwischen ihnen sehr alt zu sein, vielleicht irgendwas aus Kindertagen.

Lara beschloss, erst mal die Klappe zu halten. Irgendwas, nein, jemand hatte sie vorhin angegriffen. Oder sich verteidigt.

Für den Rest des Abends zog sie die ordentlichen Kleider an, in denen sie morgens auch ins Büro ging. Darin sah sie schon viel gesünder aus. Trotzdem könnte jemand sie auf die Augenringe ansprechen. Wie gingen die schnell weg?

Mit bloßen Händen schob sie die Stachelzweige beiseite, schaute durch die Hecke – ihr Nachbar war nicht da. Aber sie wusste, wo der Musiker seine Bühnenschminke lagerte. Also zog sie die schicke Jacke wieder aus, um durch die Zweige ein kleines Kästchen von Serris unterstem Regalbrett zu angeln. Ein winziges Bisschen Weiß über das Dunkelgrau, schon ging sie wieder als Mensch durch.

Schnell kopierte sie noch die relevanten Fakten über diesen sibirischen Löscher in ihr Armband. Auch wenn es schade war, dass sie ihn noch heute den Behörden melden musste. Denn der war wirklich verdammt gut.

Und wenn sie so tat, als wüsste sie nichts? Wenn sie aufhörte zu spionieren, würde der Angreifer sie bestimmt in Ruhe lassen. Vielleicht war es wieder eines der Probleme die von selbst verschwanden, wenn man sie nur hart genug ignorierte.

Unfug! Jetzt aber los!

Draußen warteten ihr erster sowie ihr neuester Freund. Ein paar hundert Meter unter ihnen warteten Beamte auf Feierabend. Als klassische Büromieze verkleidet, trat sie durch ihr Rosentor.

Die Turmbeleuchtung dimmte über alle erdenklichen Rottöne ins Violette, bis sie in schwach blaues Nachtlicht überging. Das Schattenfeld einer Kakaoplantage im Rücken, wanderte Julie zu Fuß durch die dämmerige Landetage.

Für einen Agropark war die Region wirklich hübsch angelegt, fast schon kitschig. In ihrem linken Ohr rasselte der Status der Logistik-Roboter, das rechte lauschte den letzten Singvögeln.

Es war kurz nach neun und oben stand tatsächlich ein erweiterbares Gartenbau-Modul, welches sie nachher, auf der nächsten Reise, gemeinsam installieren würden. Ihre genialen Studenten hatten es wiedermal kostenlos besorgt, sie nahmen jetzt an einer Langzeitstudie des Botanischen Instituts teil. *Optimierung autarker Selbstversorgung auf engstem Raum,* oder so ähnlich.

„Wo steckt ihr eigentlich gerade?", rief sie in Gedanken nach Nishu.

„Grünzeug besorgen", antwortete die Stimme in ihrem Kopf. „Laras Eltern spendieren uns eine Erstbepflanzung."

„Zum Dank für was? Ihr habt ihr keinen neuen

Auftrag vermittelt, oder?“

„Keine Sorge! Nur für den neuen Praktikanten. Tristan wohnt ab heute völlig legal auf dem Bauernhof.“

Gut, das war natürlich auch eine Lösung. Soweit sie diese Lara in den letzten Tagen kennen gelernt hatte, entsprach es genau ihrem Stil: Einen Suchauftrag übernehmen, technisch alles locker hin biegen, sich persönlich hinein steigern und am Ende selbst tiefer im Problem drin stecken als das Zielobjekt.

Andererseits klang es nach ziemlich dreister Taktik: Person geortet, Kunde zahlt nicht; also behält sie den Jungen als Arbeitskraft. Mit einem resignierten Kopfschütteln stieg Julie aufs Laufband.

„Prima! Ich bin unterwegs, wir sehen uns gleich im Gewächshaus.“

Den einzigen Neurohacker, den sie jemals verstehen würde, hatte sie bereits vor fünf Jahren an Bord geholt. Alle anderen blieben undurchschaubare Chaoten.

„Ach ja, noch was“, fügte Nishu nach einer verlegenen Pause hinzu, „dein Laborbericht ist da. Darf ich ein weiteres Semester mit dir fliegen?“

Heute früh, vor einer gefühlten Ewigkeit, hatte der Student ihren wundersam betäubten Kratzer gescannt. Ging es um Kontakte mit Nicht-Menschen, lieferte die zuständige Uniklinik erstaunlich schnelle Analysen.

„Heißt das, die haben was Relevantes entdeckt?“

„Nun ja, residentes Morphiumsurrogat. Sieht aus, als sondern die Echsen ein Zeug ab, das für Menschen als leichtes, aber extrem lang wirksames

Schmerzmittel taugt."

Einheimische Mücken betäubten ihre Opfer, um sie in Ruhe zu stechen. Außerhalb der Türme sollte es giftige Schlangen geben. In dieses Bild wollten die harmlosen Flugechsen ganz und gar nicht passen.

„Komisch, dabei sind sie doch Vegetarier."

„Reiner Zufall", fand Nishu. „Sie stammen aus einem Sonnensystem das wir Erdlinge noch nicht mal entdeckt haben. Da ist jede Wechselwirkung absolut reiner Zufall."

Vier Etagen und ein Laufband später erreichte sie das dunkle Labyrinth aus Gewächshäusern, Rohren und Waldkompositen. Bei Nacht konnte eine mehrstöckige Gärtnerei ziemlich unheimlich blubbern. Dezente Lichtpunkte markierten den Weg an einer Lagerhalle entlang. Die Schatten zur Linken deuteten kleine Bäume an, welche wohl im Schatten größerer wuchsen. Darunter dichtes Gestrüpp, eventuell Blaubeeren.

Die Tür des Wohngebäudes stand offen. Julie besaß den Anstand, trotzdem zu klingeln. Nach einer Weile tauchte eine alte Dame in Arbeitshosen und blumenbestickter Bluse auf. Die Gärtnerin musste nicht fragen, mit wem sie es zu tun hatte.

„Hallo, du musst mit zu den Raumfahrern gehören", erkannte sie auf den ersten Blick. „Das Zimmer meiner Jüngsten ist da drüben ... ach nein, jetzt ist es ja das von unserem Neuen!"

Offensichtlich hatte Laras Mutter einen aufregenden Abend hinter sich. Ohne sich vorzustellen oder nach Namen zu fragen, führte sie die nächste Fremde ins Gästezimmer.

Dort saß die versammelte Besatzung auf dem Rand des breiten Gästebetts, dazwischen die kleine Lara und natürlich Tristan, *der Neue*.

„Und wenn das *Büro für interstellare Völkerverständigung* dann von selbst läuft, machen wir aus eurem Hofladen eine Eisbude.“

„Tristan, du träumst!“ Nishu winkte ihm zu, als gäbe es Fliegen zu verscheuchen.

„Nur so als Idee“, träumte der ehemalige Küchenjunge weiter, „vor diesem Fenster wachsen zwanzig verschiedene Obstsorten. In Italien käme niemand auf die Idee, die *nicht* auch als Eis anzubieten.“

„Schon klar, Gastronomie ist mein Hauptfach. Und weil mein Nebenfach Medizin ist, verrate ich dir: Bis euer BIVV den ersten Einwanderer bekommt, kann es dauern.“

Nishu bemerkte die fragenden Blicke, holte tief Luft und versuchte sich an einer Zusammenfassung.

„Wie sich vorhin herausstellte, hat mindestens eine Flugechse kritische Substanzen an den Krallen. Bis das Phänomen geklärt ist, müssten sie auf der Erde rund um die Uhr mit Handschuhen herum fliegen.“

Das nahm Julie zum Anlass, sich endlich bemerkbar zu machen.

„Genau deshalb holen wir als Nächstes ein paar von denen ab.“

Dabei suchte sie sich einen Platz zwischen den anderen auf dem Gästebett.

„Im relativ isolierten Ökosystem unseres Frachters wird jemand vom ViG-Zentralkrankenhaus genau untersuchen, in welchen Situationen ihre Drachenkrallen was absondern. Wäre ja dumm, wenn sie giftig werden, sobald die ungewohnte Umgebung ihnen Angst einjagt."

Sie schaute Nishu an und grinste breit.

Der grinste zurück. „Danke für die Zusage!" Dann quer in die Runde: „Tja, ihr müsst mich noch mindestens ein Semester lang ertragen. Wegen Feldstudien und Facharbeiten."

Lara spürte ein Kribbeln an ihrem Handgelenk. Da glimmte ein Telegramm in ihrem Armband. Um die Versammlung nicht zu stören, ließ sie sich rücklings auf die Matratze fallen und projizierte den Brief direkt in ihr rechtes Auge.

Es war ein Dankschreiben aus der Verwaltung. Als sie nach dem fünften Lesen den Inhalt begriff, hörte sie nichts mehr um sich herum. Auf einmal war es sehr, sehr kalt hier.

Ilsina stupste sie von der Seite an.

„Was liest du da so Schlimmes?"

„Nichts was dich angeht."

„Aber etwas, worüber du reden solltest."

Kommentarlos drehte sie den Arm und lenkte die Projektion auf die Mitte des Betts.

Liebe Kollegin!

Bezüglich der gelöschten Identität, lässt die sibirische Verwaltung ihren ganz besonderen Dank ausrichten. Aufgrund deiner ausführlichen Hinweise auf den Standort des Verantwortlichen, konnte eine Ermittlungseinheit sofort das verdächtige Terminal aufsuchen.

Der Benutzer wurde bewusstlos an seinem Arbeitsplatz aufgefunden und ins Staatskrankenhaus eingeliefert. Nach derzeitigem Kenntnisstand erlitt er einen Kreislaufzusammenbruch, vermutlich in Folge eines pathologischen Panikanfalls.

Ohne deinen Einsatz hätte ihn womöglich erst nach Tagen jemand vermisst. Wir werden dich bei Bedarf über den Fortgang des Verfahrens informieren.

Schönen Gruß aus der Nachbarbehörde!

Stille breitete sich aus, bis den Ersten einleuchtete, was während ihres Flugs über die Alpen passiert sein musste. Rihm blinzelte in Laras Richtung und durch sie hindurch, bevor er einen leisen Kommentar zustande brachte.

„Der wacht schon wieder auf ... ansonsten kannst du zu ein paar archaischen Gottheiten beten, dass du keine Pionierarbeit geleistet hast.“

Da war etwas dran. Niemand wollte so in die Geschichte eingehen; als Erster der es geschafft hatte, übers Netz einen Menschen umzubringen.

Das kleine Mädchen mit der roten Mähne verknotete die Finger, die schon wieder zittern wollten. Als würde alles gut ausgehen, wenn sie nur lange genug durch den Boden hindurch ins Nichts starrte.

„Wir haben doch nur Pingpong gespielt.“

„Pingpong?“

„Der hat mir seinen neuesten Neurohack vorgeführt, ich hab mit meinem gekontert. Das ist doch, als wenn man einander sein Spielzeug zeigt.“

„Mit Feuer spielt man nicht.“ Vorsichtig griff Rihm

nach ihren Händen und löste den Fingerknoten. „Und was hast du jetzt vor?“

Gute Frage. Wie ging es weiter? Zuerst befreite Lara ihre Hände, setzte sich auf die unterkühlten Finger.

„Zuerst muss ich wohl die Spezifikation meines Schutzfilters ins Reine schreiben. Damit ich das Ding veröffentlichen kann, bevor solche Angriffsmethoden Schule machen.“

„Du hast schon einen Filter dagegen?“

„Ich lebe noch. Reicht das als Beweis?“

Damit ging das technische Rattenrennen weiter. Der nächste gefährliche Trick war aufgetaucht; hätte Lara ihn nicht erfunden, dann hätte es früher oder später ein anderer geschafft. Bald wurden die Standards hochgesetzt, in wenigen Wochen würden sich alle Hausanschlüsse automatisch aktualisieren.

„Und dann bleib ich am Thema dran“, dachte sie laut nach, „sonst machen es andere.“

Denn das war das Wichtigste, wenn sich eine Sache in die falsche Richtung entwickelte. Solange man mitmischte, behielt man ein Minimum an Kontrolle. Wer sich angewidert zurückzog, warf damit die Macht einem Unbekannten vor die Füße.

Deshalb stand für Lara fest, dass sie weiter am emotionalen Exportformat arbeiten musste. Sowie gleichzeitig an Schutzmaßnahmen dagegen.

Doch für heute konnte sie genauso gut einfach liegen bleiben. In ihrem früheren Kinderzimmer, auch wenn es jetzt einem Erntehelfer gehörte.

Letzterer beobachtete sie aus dem Augenwinkel und war nun froh, ihr öfter offline zu begegnen. Denn das verringerte das Risiko, ihr noch mal im Netz zu begegnen. Dabei sah sie so harmlos, richtig zerbrechlich aus – überhaupt fühlten sich dieselben Blumenkränze im Hofladen völlig anders an als, als neulich im Europamarkt.

Eine Minute vor Mitternacht schloss sich die Luftschleuse hinter einem aufgemotzten Mittelklasse-Frachter. Drei Stunden lang suchte er Abstand vom Planeten, dann verschwand er senkrecht zu allem in den Hyperraum. Drei Siegel zierten die Einstiegsluke:

Testfahrzeug der Fakultät für Maschinenbau
Globale Universität

~

Biologische Schutzzone
Vereinigung interplanetarischer Gütertransport

~

Experimentelles Habitat des Botanischen Instituts
Deutschland

Zwei Organisationen würden Alarm schlagen, wenn dem Schiff irgendwas zustieß. Die Dritte sorgte für etwas Unabhängigkeit von Transportaufträgen. Sicherheit und Autarkie ließen sich hervorragend kombinieren.

Eine bunte Menschentraube stieg aus der Tunnelbahn. Der Drache hüpfte als Letzter durch die ozeanblaue Schiebetür und wartete, bis die Einheimischen sich dem Ausgang näherten. Ein Anblick im Fluss – Wände und Boden spiegelten im gleichen, glasigen Dunkelblau, zarte Schlieren leuchteten darin.

Dann nutzte er die freie Flugschneise, um mit einen kräftigen Flügelschlag über die Leute hinweg zu gleiten. Die Deckenhöhe über der Treppe war optimal, wie genau hierfür berechnet.

Das glänzende Portal öffnete sich in einen kleinen Stadtteilpark. Als der Drache in einem Kirschbäumchen landete, um sich kurz zu orientieren, suchte ein Schwarm Spatzen aufgeregt das Weite.

„Hey, war nicht so gemeint!" sang er den Vögelchen hinterher. Doch die verstanden, wie immer, kein Wort.

Quer über die Grünfläche und dann das zweite Haus von links. Das Fenster mit der Stahlleiter, dem billigen Notausgang. Er stellte sich auf die oberste Leitersprosse und pickte an die Scheibe.

„Jemand zu Hause? Die Musiker warten auf ihren Gitarristen!"

Hornhauthände öffneten das Fenster, dann schaute der Wuschelkopf des fehlenden Bandmitglieds heraus.

„Was soll die Hektik? Wir wollten gerade los gehen."

Statt den Umweg über die Treppe zu nehmen,

schnallte er sich die Gitarre auf den Rücken und stieg einfach aus dem Fenster. Hinter ihm her kletterte seine Zimmernachbarin; eine übermüdete Rothaarige, deren Knochen man hätte zählen können, wäre die blickdichte Kunstseide ihres Oberteils etwas enger gewesen.

Der Drache kreiste über der Stadt, während seine Freunde zu Fuß gehen mussten. Erst im nördlichen Aufzug standen sie nebeneinander, ein glitzernder Farbfleck unter vielen.

Laras Lieblingswald wuchs auf Etage 307, nur sieben Ebenen über den höchsten Dörfern. Dort hatten die ersten Flugechsen ihre Baumhäuser gezimmert. Als sie ausstiegen, duftete die Luft blaugrün, frisches Laub, feuchter Boden. Alte Bäume warfen Schatten aufs Unterholz. Dazwischen blühten Buschwindröschen, bis sich vor ihnen eine kleine Lichtung öffnete.

Die Holzhäuser, hoch in den Baumkronen, waren kaum zu erkennen. Doch in deren Mitte bedeckten heute Teppiche das feuchte Moos, eine gemischte Band baute gerade ihre Musikinstrumente auf.

Lara folgte Tricartuso ein paar Meter durch das Runddorf, wieder in den Wald und bis zur Außenwand. Dort gab es eine Aussichtsplattform, von der aus Spaziergänger einen Blick auf Wolken und Wildnis werfen konnten. Nebeneinander standen sie vor der dicken Plexiglasscheibe und schauten zu, wie der Luftfahrtverkehr sich durch eine Regenwolke kämpfte.

Hoch über dem Unwetter kreiste ein Mittelklasse-Frachter in der Warteschleife. Sein Umriss vor dem blauen Himmel erinnerte an ein uraltes Modell. Doch schon die Farbe der Kacheln verriet, dass er bis an die Grenzen des technisch Möglichen hochgerüstet war.

Kaum verschwand er um die Kante des Turms, verließ ein kleineres Schiff die Luftschleuse und startete beinahe senkrecht ins All. Der Drache winkte ihm zu.

„Guck mal, ein Flitzer vom Xi-Clan räumt seinen Parkplatz!"

Schweigend grinste Lara dem Raumschiff hinterher.

Tricartuso blinzelte sie von der Seite an. „Wie ich gerüchteweise hörte, hattest du etwas mit denen zu tun."

„Fernunterricht. Hab deren Bruder das Fürchten gelehrt. Seit dem halten sie Abstand von allem, was nach Mira Alpha riecht."

Lara wartete, bis der aufgemotzte Transporter wieder hinter der Turmkante zum Vorschein kam.

„Ist aber gar nichts gegen die Siegel an der Tür! Niemand legt sich mit so vielen staatlichen Stellen gleichzeitig an."

Auch wenn die feinen Schriftzüge aus der Ferne nicht zu lesen waren, erkannte man ein paar der Siegel an den Farben. Ganz offensichtlich hatte diese Chaotentruppe ordentlich Karriere gemacht.

Mit jedem erfolgreichen Test erarbeitete man sich das Vertrauen der Forschungseinrichtungen. Und je mehr guten Ruf man sich erarbeitete, desto leichter waren weitere Testflüge zu bekommen.

Mittlerweile brauchte Julies Schiff nur noch etwas Treibstoff, die Besatzung versorgte es praktisch autark. Der brandneue Hitzeschild für

Schnelllandungen deutete an, dass auch das Gravitationssystem neu sein musste.

„Wo wir gerade beim Thema sind", nun kicherte Lara hörbar, „ich glaube, der Sacha aus Sibirien ahnt immer noch nicht, wer ihn vorletztes Jahr ins Krankenhaus codiert hat. Hab ich schon erzählt, dass wir seit letztem Winter Skripte tauschen?"

„Du spielst mit den Schmuddelkindern? Das ist nicht dein Ernst!"

„Hab es so eingerichtet, dass er mein echtes Profil unter völlig harmlosen Umständen kennenlernt. Schließlich haben wir beide im Auftrag einer Fraktion von Mira Alpha gearbeitet, das macht uns gewissermaßen zu Kollegen."

Durch die Bäume drang entfernte Musik. Auf der Lichtung begann die Willkommensparty für die nächste Echsenfamilie. Auch die würde anfangs im Baumhaus leben, bis sie sich ein Haus in der Stadt artgerecht renoviert hatte.

„Und damit ..."

„... geht das Rattenrennen weiter."

Überall musste man mitmischen, sonst taten es andere. Pause hieß Kontrollverlust. Doch der Drache schloss nur seine lackierte, rund geschliffene Kralle um Laras Handgelenk und zog sie auf die Musik zu.

„Lern erst mal fliegen!"

Halbsichtigkeit
Ein utopischer Roman
Corinna John

3D-SCHOCK
Die Welt da draußen: Flach wie ein Würfel
CORINNA JOHN
Unabhängige Fortsetzung
von >>Halbsichtigkeit<<